EM
CAR
NE
VI
VA

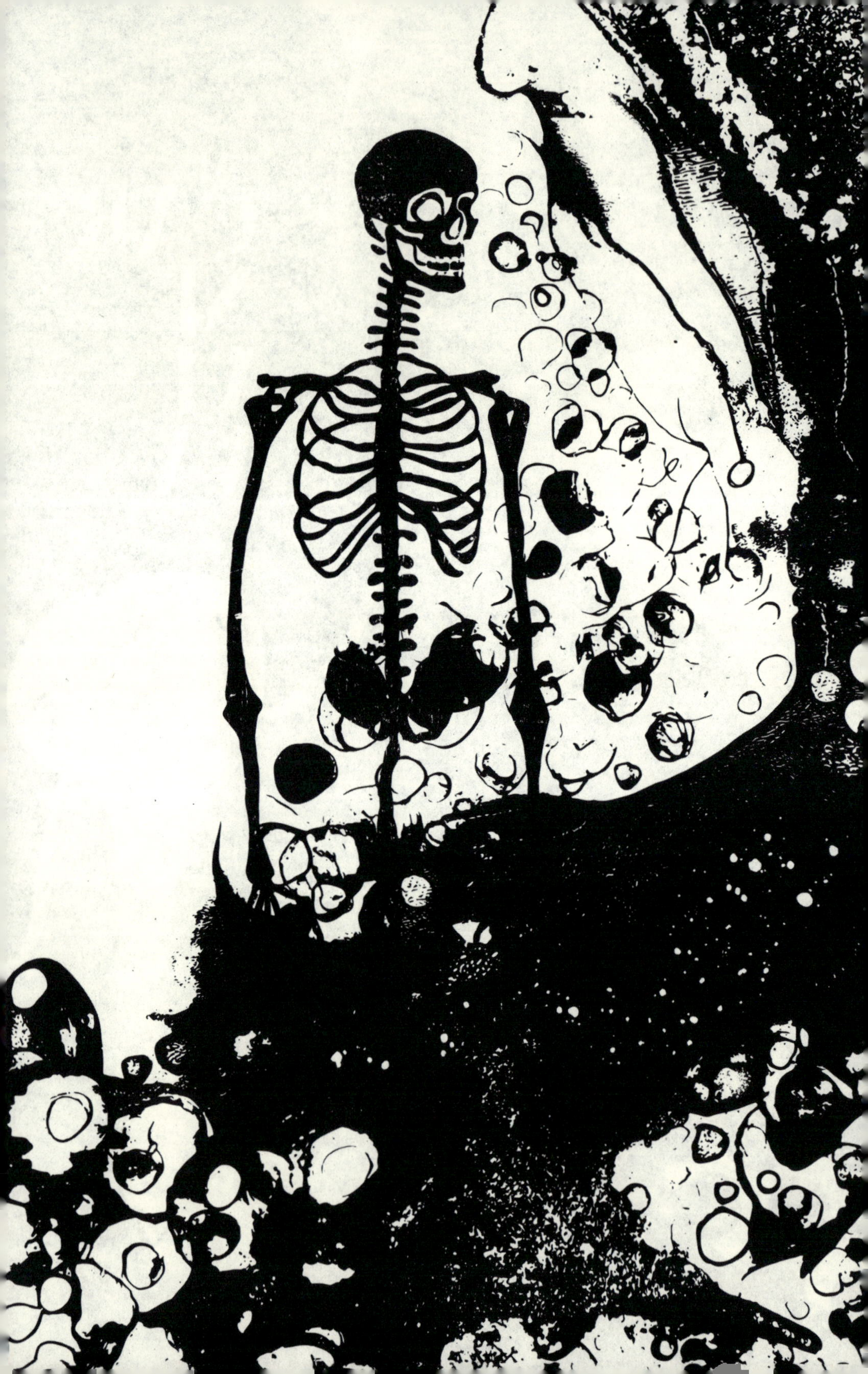

DADOS INTERNACIONAIS DE
CATALOGAÇÃO NA PUBLICAÇÃO (CIP)
Jéssica de Oliveira Molinari CRB-8/9852

Em Carne Viva / Joyce Carol Oates...[et al] ;
tradução de Regiane Winarski.
– Rio de Janeiro : DarkSide Books, 2024
272 p.

ISBN: 978-65-5598-366-1
Título original: A Darker Shade of Noir: New Stories of Body Horror by Women Writers

1. 1. Contos de terror I2. Antologia
I. Oates, Joyce Carol II. Winarski, Regiane

24-1342 CDD 808.83

Índices para catálogo sistemático:
1. Contos de terror

Impressão: Braspor

Nesta Colheita Macabra, corpos se tornam palco na sinfonia da mudança. O horror corporal é uma arma afiada, um grito, uma façanha. Nas entrelinhas da pele, há um aviso entranhado, um documento da alma, do sistema violado. Que nesta jornada sombria, contemos histórias que tracem os limites do corpo, onde o terror se enlaça e se desfaz.

Fazenda Macabra
Reverendo Menezes
Pastora Moritz
Coveiro Assis
Caseiro Moraes

Leitura Sagrada
Fernanda Fedrizzi
Francylene Silva
Jessica Reinaldo
Tinhoso e Ventura

Direção de Arte
Macabra

Coord. de Diagramação
Sergio Chaves

Colaborador
Jefferson Cortinove

A toda Família DarkSide

MACABRA™
DARKSIDE

EM CARNE VIVA

ORGANIZADO POR

JOYCE CAROL OATES

TRADUÇÃO
REGIANE WINARSKI

MACABRA™
DARKSIDE

Para as Harpias, Fúrias, Górgonas
e Moiras ao longo dos séculos que
nunca tiveram a oportunidade
de contar suas histórias.

SUMÁRIO

O Monstro FEMININO

INTRODUÇÃO

"Um sonho enterrado pode renascer como
uma maldição nos rastros dos mortos."
— **Tananarive Due**, "Dançar"

Dentre as figuras mitológicas da Antiguidade, não há nada mais monstruoso do que harpias, fúrias, górgonas — Cila e Caríbdis, Lâmia, Quimera, Esfinge —, criaturas aterrorizantes representando, para o olhar masculino afrontado, a perversão da "feminilidade". A mulher que, em sua forma física, repele o desejo sexual em vez de despertá-lo; a mulher que repudia o papel tradicional de submissão, subordinação e cuidado maternal. Como essas figuras fantásticas foram criadas por homens, podemos supor que o monstro feminino é uma projeção rudimentar dos medos masculinos. É a personificação do poder feminino sob o qual o homem não tem controle, e que, de maneira perversa, assumiu algumas das qualidades do herói masculino: a proeza física, a belicosidade e a astúcia, um apetite por vingança e por crueldade. Assim como nas fantasias masculinas mais terríveis de sadismo e masoquismo, o monstro feminino sinaliza a castração e algo ainda mais primitivo: a humilhação.

Considere a Medusa, o emblema clássico do horror corporal feminino. Todo mundo sabe quem foi Medusa, certo? Uma figura feminina demoníaca, uma górgona, com serpentes venenosas que se contorciam no lugar do cabelo e um rosto de feiura incomparável; uma criatura bestial tão horrenda de se ver que qualquer um que olhasse para ela viraria pedra. Como Medusa também era uma mulher mortal, o "herói" Perseu conseguiu decapitá-la ao observá-la não de forma direta, mas por um escudo. Como favorito da deusa Atena, Perseu usou então a cabeça cortada da Medusa como arma, transformando inimigos em pedra.

O que a maioria não sabe é que, em algumas variações dessa lenda, a Medusa no princípio era uma mulher de beleza excepcional, com cabelo particularmente bonito. Como muitas outras mulheres mortais na mitologia clássica, Medusa foi estuprada por um deus, no caso Poseidon, o rei do mar. Como o estupro ocorreu no templo de Atena, a deusa ficou enfurecida, e com a falta de lógica cruel do patriarcado — Atena, nascida da cabeça de Zeus, sem mãe, era uma companheira masculina —, ela puniu a vítima, não o estuprador, transformando a bela Medusa na horrenda górgona, com cobras na cabeça e um rosto repulsivo.

Uma história de alerta: as mulheres deveriam ser bonitas e desejáveis mesmo sendo punidas por serem bonitas e desejáveis, pelo menos fora dos perímetros protetores do casamento.

Mesmo que não conhecêssemos nada dos monstros femininos da Antiguidade, ainda saberíamos que o horror corporal em sua miríade de manifestações fala de forma mais poderosa com mulheres e garotas. Ser mulher é habitar um corpo que, por natureza, é suscetível à fecundação e gestações repetidas, condenado a sofrer no parto, muitas vezes resultando em mortes precoces no parto e no pós-parto. Há um tanto de madrastas nos contos de fadas porque muitas jovens esposas morriam no parto, então era natural os homens se casarem outras vezes, tantas quanto os recursos permitissem.

Mesmo em civilizações ocidentais, ser mulher tem sido uma espécie de posse, com o intuito de servir uma vida ao patriarcado. As mulheres não podiam ter propriedades, se divorciar, votar, assumir hipotecas, nem mesmo ter cartões de crédito até pouco tempo. Ao longo da história, o corpo feminino foi condenado por pecado, por despertar desejo sexual no homem. Códigos rigorosos de vestimentas para mulheres são uma característica das religiões patriarcais, nas quais o corpo feminino é considerado repugnante, enquanto o corpo do homem, a virilidade, é reverenciado. A condenação da Medusa está alinhada a punições antigas para as que têm o azar de atrair atenção sexual indesejada de homens. No entanto, rejeitar tal papel, recusando-se a se casar, a procriar, a aceitar o modelo da feminidade dócil e subserviente, simbolizado, por exemplo, pela Virgem Maria, é arriscar ser declarada antinatural: "piranha", "bruxa". A punição maior a quem resistisse à feminilidade era ser queimada na fogueira, condenada à morte por patriarcas religiosos em nome do bem comum.

Em *Frankenstein* (1818), de Mary Shelley, um sonho febril em forma de romance epistolar, as passagens mais poderosas advêm de fontes insubstanciais e surreais de ansiedade: a criatura feita pelo dr. Frankenstein é a personificação de um parto bizarro. É grande demais, com partes destoantes retiradas de um cemitério e pele amarelada, semelhante a pergaminho. Sabemos que Mary Shelley tinha apenas 18 anos na época em que começou a escrever *Frankenstein*; era solteira e estava grávida, vivia com o poeta romântico Percy Shelley, com quem tinha fugido para a Itália, em circunstâncias instáveis. Ele havia abandonado a esposa adolescente na Inglaterra, a mãe de seu filho, e ela logo cometeria suicídio. Em meio a tanta tormenta e incerteza, Mary Shelley criou um dos monstros literários mais horrendos, como se fantasiasse as piores possibilidades do parto iminente. É provável também que ela se identificasse com a criatura, com seus sentimentos de isolamento e exílio. (No fim das contas, o bebê que ela carregava na barriga durante a escrita de *Frankenstein* morreria no parto, assim como aconteceria a outros três bebês; e apenas um sobreviveu. Até a morte repentina de Percy Shelley, Mary Shelley permaneceu grávida ou amamentando ao longo de oito anos.)

Em décadas recentes, o horror corporal foi estabelecido como subgênero literário do horror e da fantasia sombria. Monstros e aberrações de todo o tipo sempre existiram em abundância na ficção popular e nos filmes, e em clássicos cult como *Monstros*, de Tod Browning (1932) — um filme explícito mais perturbador em nosso tempo do que era décadas atrás, quando a contratação de pessoas com deficiências no papel de "monstros" não era vista como moralmente repugnante.

Um diretor reconhecido como mestre do horror corporal de alta qualidade é David Cronenberg, cujos filmes (*Os Filhos do Medo*, *Gêmeos - Mórbida Semelhança*, *Crash - Estranhos Prazeres* e *Crimes do Futuro*) contêm choques viscerais e visuais que funcionam tanto como horror literal quanto psicológico. (A visão do corpo nu da esposa e mãe afastada em *Os Filhos do Medo*, cujo ódio pelo ex-marido deformou seu corpo de forma hedionda, é uma das mais memoráveis.) Da mesma forma, é difícil para quem leu *Geek Love*, de Katherine Dunn, esquecer da família circense da qual a ninhada grotesca foi criada deliberadamente pelos pais, com ajuda de anfetaminas, arsênico e radioisótopos — uma história dickensiana na qual o surreal e o "real" colidem em uma exploração da sociedade capitalista de consumo por meio da perspectiva de autodefinidos "monstros". Eles não têm vergonha, e sim orgulho da própria linhagem.

Em Carne Viva traz um horror corporal tão variado e imprevisível quanto as escritoras na exploração do gênero e tão inclassificável quanto as ilustrações assombrosas e sinistras de Laurel Hausler que acompanham as histórias. Embora os protagonistas possam causar o caos a outros ou ser vítimas do horror corporal, é só na evocação lírica de licantropia desenvolvida por Cassandra Khaw, em "Focinho", que uma protagonista feminina *é* um monstro: "Meu próprio lobo, o que dormia encistado no meu cérebro de lagarto". No bizarramente casual "Frank Jones", de Aimee Bender, uma jovem funcionária de escritório cria o próprio Frankenstein em miniatura a partir de partes peculiares que surgem de seu corpo. Ela emprega o artifício para manter os colegas de trabalho a uma distância respeitosa. Acusada de "solidão" e "bizarrice" no local de trabalho, essa é a defesa dela.

Megan Abbott ("Fitas vermelhas"), cuja ficção em prosa geralmente se move com a velocidade desconcertante de um filme de suspense, descreve o apavorante mundo noturno que espreita abaixo do mundo diurno de um bairro comum de subúrbio, onde um horrível homicídio familiar aconteceu. O crime foi vivenciado por uma garotinha hipnotizada pelas histórias que ela ouviu sobre um pai amoroso que matou a família com um porrete, um pai amoroso nada diferente do dela. Em "Malena", suspense de Joanna Margaret, uma escultora precisa enfrentar o ser monstruoso, uma "gêmea parasita", que emerge de dentro do próprio corpo, enquanto em "Dançar", de Tananarive Due, uma mulher altruísta de 40 anos, metade deles dedicados a cuidar da avó enferma, sucumbe a um ataque de dança e risadas demoníacas depois da morte da idosa. O corpo "em guerra consigo mesmo". O espírito da avó, cuja carreira no balé foi negada por causa da raça, se torna uma maldição, que dança de forma frenética por meio dela.

A maldição de um corpo em guerra consigo mesmo, em uma mulher que é ao mesmo tempo uma artista criativa e negra em meio a uma sociedade insidiosamente racista, é explorada com intensidade enervante por Raven Leilani no perturbador "Exercício de respiração", que deve deixar o leitor sem fôlego até o final. A história gráfica de Lisa Lim, "Dançando com espelhos", é uma parábola apavorante de avó-mãe-filha sobre como uma "língua tóxica" pode, de fato, ser uma maldição nas gerações subsequentes de mulheres; sobre como a dismorfia corporal pode ser herdada, não pela genética, mas pelas histórias que contamos sobre nós mesmas.

Em meio a essa reunião de histórias bastante imaginativas, "Metempsicose, ou a viagem da alma", de Margaret Atwood, é, talvez, a mais estranha. Mas Atwood, uma das escritoras de prosa mais criativas e originais do nosso tempo, nunca é previsível. Nessa narrativa fabulista de uma metempsicose muito incomum, uma criatura de outra espécie se vê "compartilhando espaço" pacificamente com uma mulher humana, uma representante de atendimento ao cliente de nível intermediário em um banco, com resultados inesperados para ambas. Na satírica e selvagem "Porte oculto", de Lisa Tuttle, que se passa, de maneira bem apropriada, no mais raivoso dos estados norte-americanos em relação a armas, o Texas, uma arma de fogo adquire vida maléfica e se acopla de forma parasitária a uma mulher humana.

"Anatomia macroscópica", de Aimee LaBrie, é a única história desta coletânea com um protagonista homem, um estudante de medicina cujo comportamento em relação a um cadáver de mulher no necrotério da faculdade é de fato nojento... Mas não passa impune. "O coração dela pode falhar", de Yumi Dineen Shiroma, é uma apropriação ousada das personagens femininas desafortunadas Lucy e Mina, de Bram Stoker (*Drácula*), e as reimagina em um triângulo erótico sensualmente evocado, sendo que uma das pontas é uma vampira. "A sétima noiva, ou curiosidade feminina", de Elizabeth Hand, se apropria da história de séculos do Barba Azul e suas esposas vítimas, nesse caso como trupe teatral viajante na Inglaterra do século XIX, com um elenco incomum tanto vivo quanto morto.

"Nêmesis", de Valerie Martin, também se desenrola no século XIX e coloca um jovem narcisista, vaidoso e inexperiente contra uma astuta esposa e mãe de meia-idade, cujo rosto foi desfigurado pela varíola, algo repulsivo para ele. Os resultados são adequados para o homem vaidoso o qual a beleza é destruída para sempre. Em "Sydney", de Sheila Kohler, acompanhamos o casamento de uma jovem ingênua com um homem mais velho de caráter duvidoso, em um triângulo amoroso com um amante muito incomum. (Como boa parte de *Em Carne Viva* é de fato sombria, pareceu apropriado começar e encerrar a coleção com histórias de mulheres vítimas que se tornam, ao longo do confronto com suas situações, inteligentemente empoderadas.)

"A cadeira da tranquilidade" pode ser lida como ficção em prosa ou em poesia, a única contribuição para *Em Carne Viva* que não envolve nem o surreal nem o sobrenatural, mas é baseada em registros históricos: o monólogo interior de uma mulher presa em um tratamento médico diabólico do século XIX, porém muito respeitado, para a chamada histeria. Esse tratamento, conhecido como "cura do descanso", defendido pelo distinto médico Silas Weir Mitchell (1829–1914), era de fato a infantilização forçada de mulheres que podiam estar em revolta (saudável) contra o confinamento de seus papéis na sociedade. Qualquer variação à norma filha/esposa/mãe obediente era considerada aberração, a "histeria" da qual elas precisavam ser curadas a qualquer custo.

Por essas tramas muito diferentes, algo parecido com uma pulsação bate em oposição desafiadora ao confinamento da mulher pelo patriarcado, por meio de imagens de autolaceração e derrota internalizada pela tradição. Se a rebelião é aberta ou indireta, bem-sucedida ou fatalmente evitada, somos afetadas de maneira profunda pelas formas variadas pelas quais, nas palavras de Tananarive Due, "um sonho enterrado pode renascer como uma maldição".

Joyce Carol Oates
Maio de 2023

I
VOCÊ CRIOU UM MONSTRO

PRIMEIRO CORTE

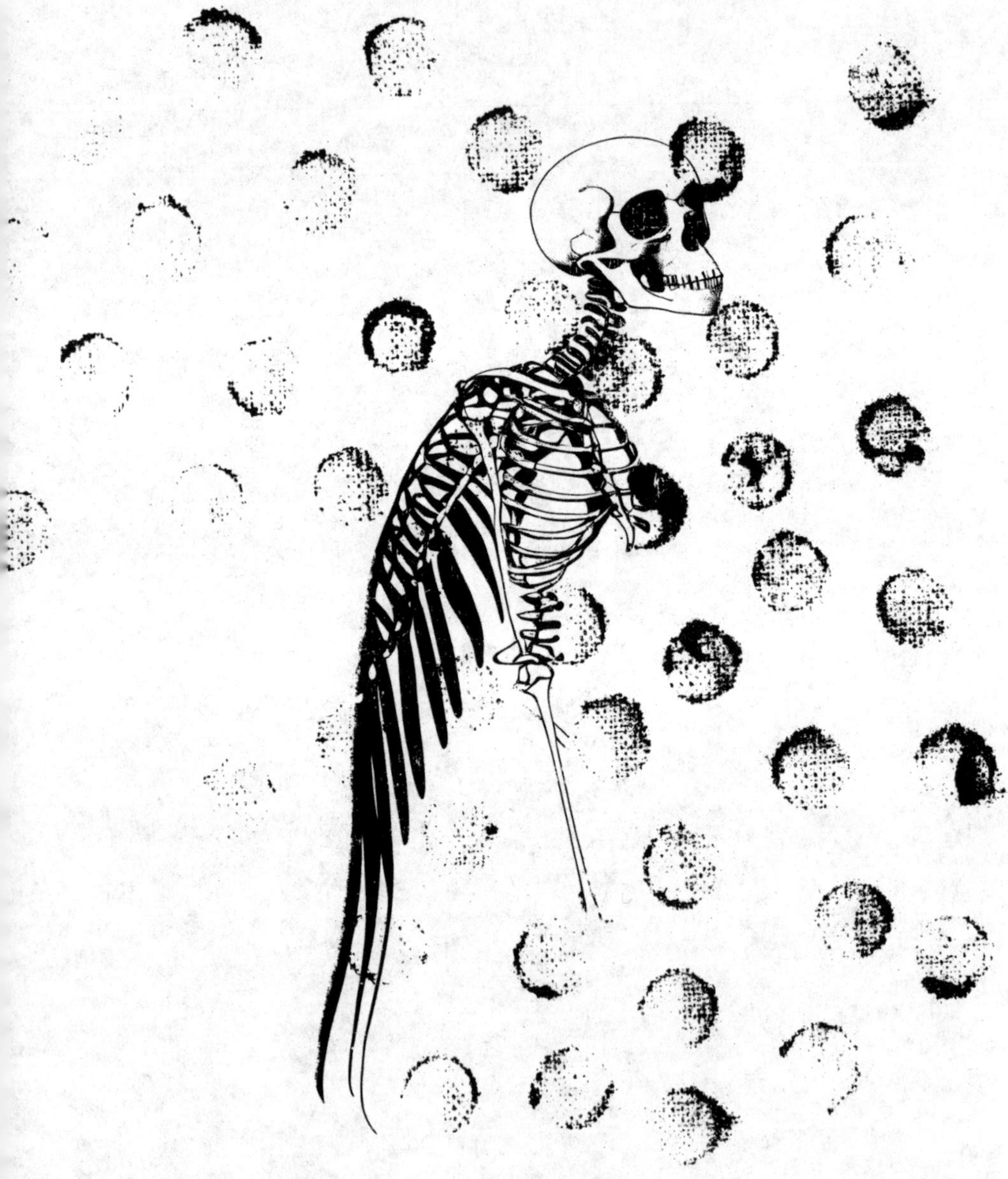

1

Frank JONES

AIMEE BENDER

Eu tinha um caroço na pele, uma pinta alta na área do quadril do tamanho de um dente de leite achatado. Eu mesma o arranquei, torcendo a bolinha. Não tinha terminações nervosas. Não doeu! Eu não ligo para isso, até tenho orgulho de não ser fresca com essas coisas. Minha colega de quarto da faculdade não conseguia nem botar os próprios brincos, sem exagero. Eu tinha que enfiar a haste pelo buraco porque sentir o próprio lóbulo a incomodava muito. Ela também não aguentava vacinas e injeções. Não gostava de tiras de sandálias. Nem de pão. O que acontece com uma pessoa tão frágil como uma bolha de sabão? Eu nunca me dei ao trabalho de manter contato, ou, se tentei, ela nunca respondeu. Ela me dava a sensação de querer apagá-la da memória, e eu nunca a prejudiquei, mas ela devia sentir fúria às vezes, deitada na cama de solteiro do outro lado do quarto com os lóbulos sensíveis enquanto eu, em silêncio, arrancava a bolinha do meu quadril, apesar de acabar crescendo de volta em algumas semanas. Eu tinha um copo de papel encerado cheio delas. Eu não o exibia; ficava escondido atrás de uns livros. É nojento, eu entendo. Mas eu sentia uma espécie de atração contínua por essas partes desnecessárias de mim.

O copo foi ficando mais cheio de caroços, e eu continuei enchendo-o. Ele passou pela faculdade comigo, pelo mestrado, até estar quase completo. Era, eu ria sozinha às vezes pensando, a marca mais clara dos meus estudos. A bolinha deveria crescer de volta com a frequência com que crescia? De acordo com o Google, não é tão incomum. Em determinado ponto, examinei uma delas de perto com um microscópio poderoso, mas a aparência era boa até onde eu conseguia saber. Todas as células estavam alinhadas e ordenadas como tijolos cimentados em uma parede.

Em determinada ocasião, visitei uma exposição de um artista chamado Tim Hawkinson. Logo antes de chegar, meu acompanhante me deu o bolo com uma desculpa idiota sobre problemas com o carro, mas talvez tenha sido melhor, porque, ao andar pelas galerias e contornar as construções de canos, navios e proas, encontrei um esqueletinho sujo de pássaro em uma caixa de vidro em um canto, algo que eu talvez nem tivesse notado se estivesse distraída pela presença falante de outra pessoa. O esqueleto parecia pertencer a um pássaro filhote, tão pequeno e delicado, e eu me perguntava como se encaixava na obra do escultor e até se ele o tinha matado sem piedade em nome da arte. Quando cheguei mais perto para olhar melhor, descobri ao ler embaixo do título que os materiais utilizados eram unhas e cola.

Ele tinha construído um esqueleto de pássaro a partir das próprias unhas cortadas. O branco sujo das pontas das unhas de fato se parecia com ossos de pássaro. Evocou a forma como nossas unhas e cabelo crescem depois que morremos, aquelas fotos de esqueletos com cabelo comprido e esvoaçante. São mesmo materiais criativos, eles têm força além de nós. Além disso, foi a maneira encontrada por ele para dar à luz um passarinho a partir dos detritos do próprio corpo. Foi ótimo. Daquele ponto em diante, passei a olhar Hawkinson como inspiração.

Portanto, não foi tão estranho, quando eu tinha umas quarenta pintas e estava começando no meu trabalho novo, o fato de fazer uma criaturinha minha. Eu tinha comprado uma agulha muito afiada e linha preta para incrementar a qualidade da costura. Naquela época, eu trabalhava em um laboratório de computação, meu primeiro emprego depois de me formar. Em um porão. Com três outras pessoas que eu achava bastante irritantes. Olhei o conteúdo do copo e descartei as pintas com formato menos útil, colocando as boas em um formato aproximado de gente, com braços de pintas, pernas de pintas e uma cabeça de pinta do tamanho do meu polegar. Não precisei acrescentar enchimento, o ser tinha solidez própria. Cada bolinha era quadrada e criava uma colcha de retalhos de pessoa, costurada com fio preto, com duas letras X pequenas como olhos e uma boca miúda e reta.

O que dr. Frankenstein fez para despertar a criatura dele? Peguei o livro na biblioteca para recordar, mas não ficou muito claro como ele ativou a magia. Tentei prender meu carinha com cordões, mas não deu certo, claro. Era arte performática naquele momento; eu sabia que não ficaria animado. Precisava de algo para animá-lo, e onde encontraria o espírito? Eu sou o espírito, falei para mim mesma, colocando-o no bolso. Pode só impactar o que faço, pode exercer influência por meio da presença no meu bolso.

Passava muitas horas no laboratório, curvada na minha cadeira, mas para melhorar a condição de trabalho e clima, comprei uma camisa vermelha com bolso de botão para colocar o ser, o carinha. O sujeito de pinta sem nome. Frank, eu o batizei em homenagem a Frankenstein, porque gostava do fato de que, ao longo do tempo, ao longo dos séculos, o monstro tinha roubado o nome do médico, transformando-se na cria que tanto queria ser. Na prática, ele conseguiu ter um nome pela força da sua presença no livro e em um filme ou outro. Quem diz que Frankenstein é o nome do médico? Só os chatos. Como homenagem, dei ao carinha feito de pintas meu sobrenome, Jones. Se fiquei preocupada com decomposição? Não. Pele pode durar um bom tempo. Você já guardou uma casca de ferida? Só vai ficando mais dura e mais seca.

Frank Jones ficou menor, desidratou um pouco, mas isso só deixou os pontos da costura melhores, mais oficiais, tornou os olhos e o sorriso mais reais. Sorriso, eu falei? Havia agora uma curvatura para cima que não tinha sido feita por mim.

Uma manhã, eu o coloquei no meu bolso fechado e o levei para o trabalho comigo pela primeira vez. Ele me fazia companhia enquanto eu separava e rastreava tudo. Tê-lo comigo lá me acalmava. O dia tinha começado de forma irritante; meu colega Francisco, como sempre, fez o trabalho sozinho e me mandou conferir, apesar de a parte divertida estar terminada. Depois reclamou que eu não tinha feito o suficiente para ajudar. A situação já havia ocorrido várias vezes. Então, quando ele saiu, deixei Frank Jones na mesa dele. Amarrei uma cordinha na cintura de pinta para poder puxá-lo de volta.

Um tempinho depois, Francisco voltou do almoço batendo na barriga, suspirando, fazendo comentários sobre a glória da refeição. Todos os dias, ele ia até os *food trucks* próximos e nunca perguntava se alguém queria alguma coisa. Eu queria? Não. Sou do tipo que leva o próprio sanduíche. Mas não é legal quando perguntam?

Ele se sentou para trabalhar.

Depois de alguns minutos, ele esticou a mão e tocou na colcha seca que é Frank Jones. Onde eu estava? Na minha mesa. Segurando o fio de leve como um pescador unido à linha e à isca. Eu não queria perder FJ; àquela altura, ele era um verdadeiro companheiro. Ao contrário de Frankenstein, rejeitado, FJ era legal comigo, um parceiro.

"O que é isso?" Francisco afastou a mão. "Porra, cara, o que é isso?"

Eu ri no meu cantinho. Puxei o fio e em segundos estava com FJ de volta, protegido no bolso fechado com um botão.

"Você está botando bonecos de vodu na minha mesa, por acaso?"

"Não é você", falei, ofendida. "Não tem nada a ver com você, nenhuma semelhança."

"Vou ligar pro RH", avisou ele.

"Pode ligar", falei. "Mais ninguém viu."

"Eu vi", anunciou Timma do outro lado da sala.

"Você não consegue ver tão de longe", rebati, lembrando-me de uma conversa no almoço meses antes. "Você é míope."

"Eu uso óculos", justificou Timma, apontando.

Timma era a pessoa mais legal do grupo e ainda assim não era muito legal.

Francisco já estava no telefone.

"Claro, eu espero", dizia ele.

"Escuta", murmurei. "Eu só estava querendo fazer uma gracinha. Foi brincadeira."

"É o que todo babaca diz", atestou Francisco. "Sim, claro", de novo ao telefone.

Timma voltou a digitar. Luc estava, como sempre, dormindo na própria mesa. Ele vive em *jet lag* porque segue o horário francês para poder conversar no Zoom com o amor dele, apesar de que, quando eu escuto, o tom dela parece mordaz e crítico. Os dois estavam presos em um ciclo de *feedbacks* ruins, mas eu sentia que estava me libertando. Com o pequeno FJ no bolso, encontrava novas fronteiras.

"Eu gostaria de denunciar um incidente", afirmou Francisco ao telefone. "Minha colega botou um boneco de vodu na minha mesa. Costurado. Era nojento." Ele assentiu um pouco. "Tudo bem. Não, primeira vez... Tudo bem."

Quando desligou, ele me olhou, pensativo. E, naquele momento, pela primeira vez me ocorreu que eu tinha sido assunto de conversas anteriores entre os outros. Nunca tinha pensado nisso antes, mas eu começava a perceber pelo olhar dele. Rindo de mim, talvez. Questionando sobre mim.

"Não vou fazer uma denúncia formal agora", comunicou ele. "Disseram que eu podia ir lá e oficializar. Eu poderia. Mas não vou. Só não faça mais. Tá bom? Nós todos ficamos meio com pé atrás com você. Pega leve."

"Eu?", falei em voz alta. "Comigo?"

"Você parece esquisita. Você sabe disso, né?"

Timma, do outro lado da sala, assentiu.

"O sanduíche, o jeito solitário. A gente tem que tomar cuidado hoje em dia."

"O que tem de errado com meu sanduíche?" Era uma fatia de peru no pão branco. Perfeição.

"Não tem nada de errado com ele", assegurou Timma. "Só fala de..."

"Solidão", concluiu Francisco. "Inflexibilidade."

Eu balancei a cabeça. Bati no bolso.

"E o que quer que aquela coisa fosse", acrescentou Francisco, "era nojenta."

Mais tarde, depois de comer macarrão e ver televisão, tirei FJ do bolso e o coloquei na mesa de cabeceira, ao lado do carregador do telefone.

"Vá, rapazinho", orientei com um sussurro. "Seja livre. Vá fazer alguma travessura."

Eu dormi bem, melhor do que em algum tempo. Os sonhos foram leves e tranquilos, como pedras quicando na água sobre meu eu adormecido. E ele ainda estava lá quando acordei, o pequeno FJ, na mesma posição deitada, o sorriso de pontos largo e quase caloroso nas feições.

No laboratório, Francisco e Timma pareciam exaustos quando entraram. Luc estava curvado na mesa, dormindo de novo.

"Não dormiram bem?", perguntei, me acomodando no meu lugar.

"Nadinha", garantiu Francisco. "Sonhei que estava lutando com um exército de pele."

"Que bizarro", analisou Timma. "Eu sonhei que lutava contra um céu de pele sufocante."

"Que nojento", exclamei.

Eles me olharam.

"Ué, agora vocês vão me acusar de me meter nos sonhos de vocês?"

Eu ri um pouco. Peguei meu lanchinho da manhã, uma barrinha que continha todas as vitaminas e era coberta de chocolate. Às vezes, aquele também era meu jantar. Isso é um problema? Eu não gosto de cozinhar! Não sei cozinhar! Não me sinto motivada para aprender! Fodam-se vocês todos.

"Bizarro nós dois sonharmos com pele", murmurou Francisco. "Taylor, o que tinha naquele boneco de ontem? Era feito de pele? Parecia. Um boneco de pele."

"Nããããão", espantou-se Timma. "Sério? Isso é bárbaro."

"É? É bárbaro mesmo considerando que você usa sapatos de couro todos os dias?", questionei.

Ela olhou para os pés. Calçava chinelos de plástico.

"De qualquer modo, não é uma informação pública", anunciei.

"Não é, considerando que estava na minha mesa?"

"Não está mais."

"Para com isso!" Francisco balançou as mãos no ar. "Você é britânica, por acaso?" Voltei ao trabalho. Tinha tantas listas para olhar. Em um intervalo, eles cochicharam juntos em um canto.

Quando peguei FJ naquela tarde, em uma cabine do banheiro, ele me pareceu robusto; ainda menor conforme secava, mas forte, firme, como se fosse capaz de aguentar muita coisa. Seria mais poderoso do que eu tinha percebido? Teria ele de alguma forma interferido nos sonhos deles? Meu braço diabólico maligno, se esticando até o mundo deles? Admirei minha costura; eu tinha me esforçado para fazer pontos tão caprichados. Tinha habilidade nisso. Eu poderia ter sido cirurgiã, minha mãe costumava dizer nas janelas de tempo em que estava coerente e encorajadora.

O RH me ligou. Queriam que eu fosse passar pelo que chamaram de verificação de rotina, embora estivesse claro que Francisco tinha dado meu nome em algum momento. Tudo bem, concordei, colocando a jaqueta. Nada de mais. Eu preciso mesmo de um descanso! Andar me faria bem! Ar fresco me faria bem!

Quando cheguei lá... Quem fez a decoração do escritório? Alguém desconectado de qualquer sentimento. As almofadas sem graça, as paredes simples com arte nelas. Até as coberturas das janelas demonstravam uma intenção robotizada. Eles, um homem e uma mulher, com roupas que evidentemente não gostavam de usar, me perguntaram sobre armas. Armas, rá!

"Ah, isso é pras massas", comentei, me inclinando para a frente. "Óbvio, fraco, sem coragem. Eu não tenho interesse em armamento bruto."

"Tipo?"

"Tipo *o quê*?"

"Tipo por qual espécie de arma você tem interesse?", perguntou o homem enquanto a mulher digitava freneticamente em seu computador.

Eu ri.

"Eu não coleciono armas", assegurei. "Não sou esse tipo de pessoa. Podem olhar meu apartamento quando quiserem. Podem xeretar minhas buscas pela internet."

"Podemos?"

"Claro."

"Agora?"

Eu ofereci meu celular.

O homem mexeu um pouco e o devolveu.

"Eu também gosto de comida tailandesa", contou ele.

"Pad see ew", falei. "Né?"

"Quem é aquele artista?"

"Tim Hawkinson. Faz umas estruturas grandes de fibra de vidro."

"Legal."

Eles perguntaram sobre a minha solidão; eu morava sozinha, comia sozinha, não cultivava amizades. Respondi que era adequado para mim, era meu melhor estilo de gerenciar a falação constante dos ruídos humanos. Eu tenho uma gata, revelei, o que era mentira, mas eles pareceram reconfortados com isso.

"Qual é o nome da gata?"

Eu hesitei.

"Eu me recusei a dar nome a ela", afirmei depois de um minuto. "Eu a chamo de gatinha."

A funcionária do RH admitiu que sua gata tinha nome e mesmo assim costumava ser chamada de gatinha.

"O nome dela de verdade é Aladdin", mencionou ela. "Mas é formal demais na maior parte do tempo."

"Ela é geniosa?"

"É, sim."

Nós sorrimos uma para a outra. Com FJ no meu bolso.

"Bom", concluiu o homem, "obrigado por vir. Vamos avisar se houver algo depois. Mas está tudo bem por enquanto."

"Eu ainda tenho emprego?", perguntei quando me levantava.

Eles riram cordialmente.

"Tem, sim."

No escritório, Francisco e Timma já tinham recebido a informação por e-mail ou telefone e acenaram para mim. Eles pareciam decepcionados; isso ficou óbvio.

"Ainda aqui", exclamei. "Foi mal."

"Blá-blá-blá café!", afirmou Luc com ênfase para a namorada.

• • •

À noite, falei para FJ continuar.

"O que quer que você tenha feito, faça mais. São só sonhos! Divirta-se."

Mais uma vez, eu dormi tão bem como não ocorria desde a infância. Um sono profundo, puro, vazio, longo. Quando acordei, fiz uns alongamentos, o que nunca, nunca faço, até dei uma caminhada pelo bairro e comprei um expresso que veio em uma canequinha fofa e bebi todo ele no balcão. Eu dei gorjeta para o barista! Aquilo não era o meu normal, nada disso. O esforço em geral me paralisa. Quando cheguei ao trabalho, Luc estava desperto, digitando, e Francisco ausente.

"Cadê ele?"

Timma veio do banheiro.

"Outra noite de merda", relatou ela. "Umas duas horas? Sonhei que lutava com insetos feitos de pele. Foi repugnante. Isso tudo é muito escroto. Você me amaldiçoou, Taylor?"

"Eu devia botar o RH atrás de você", adverti. "Isso é ofensivo."

"É que tudo começou..."

Luc limpou a garganta.

"Francisco não está se sentindo bem. Vai tirar o dia de folga. Nós temos muito trabalho a fazer."

Luc parecia triste. Fiquei pensando se ele tinha terminado com a namorada. Não seria a pior coisa do mundo. Ele merecia coisa melhor. Era o menos babaca dos babacas agora que a minha opinião sobre Timma havia mudado.

Começamos a trabalhar e produzimos bastante. Acontece que Francisco conversa muito, faz muitas piadas, ocupa espaço com a personalidade vibrante, enquanto o resto de nós fica ocupado e encolhido ruminando nossos turbilhões de pensamentos.

Em uma pausa, voltei à cabine do banheiro. Peguei FJ. Estava ainda menor. Quase encarquilhado.

"Não faça mal pro Francisco", sussurrei. "Ele é só um cara do meu trabalho."

FJ sorriu para mim.

"Eu não quero que você faça mal às pessoas", avisei. "Eu não sou a vilã aqui, nem você. Nós somos amigos, tá?"

Passei o dedo pela cabeça careca de pinta. Ele era mesmo semelhante a um boneco de vodu naquele momento. Ao contrário do monstro Frankenstein, ele não parecia querer alguma coisa de mim. O sorriso dele não era sinistro, só era sinistro porque era um sorriso.

"Pega leve, amiguinho", afirmei. "Tudo bem?"

Trabalhamos muito bem juntos o dia todo. Luc me fez uma espécie de elogio francês antes da soneca do meio-dia.

Francisco ficou fora de novo no dia seguinte. Timma ligou para ele, que atendeu e contou que ainda não dormia bem, quase nada na verdade, apenas alguns minutos. Eu consegui entender pelas perguntas e respostas dela. O rosto contraído, ouvindo com preocupação e, depois de alguns minutos, ela ofereceu o telefone para mim.

"Ele quer falar com você."

Nós duas demos de ombros, surpresas. Segurei o telefone perto do ouvido, mas não encostei na orelha. Não quero um tumor cerebral.

"Taylor", disse ele com voz baixa, "me liberta. Você pode fazer isso? Por favor? Sinto muito pelo que eu fiz. Estou comendo sanduíche de peru no pão branco todos os dias. É a única coisa que tenho vontade de comer. Estou coletando meus fios de cabelo em um pote. Que porra está acontecendo?"

Eu ri. Senti-me tão relaxada. FJ tinha nos trocado? Eu tinha comido um taco de frango com molho no almoço. Contei uma piada sobre orcas que fez Timma rir.

"É só cabelo", constatei. "Por que não coletar?"

"Eu amo mostarda!", choramingou Francisco. "Praticamente bebo molho de pimenta."

"Sei que vai passar", consolei. "Não fique tenso."

Ele pediu para falar com Timma de novo e ela o incentivou a vir.

"Não fique entocado em casa", criticou ela. "Fique com a gente aqui no porão." Ela balançava o chinelo no dedão do pé. Seriam eles um casal?

Ele voltou no dia seguinte, quase se arrastando, com bolsas enormes embaixo dos olhos, todo monstruoso. Eu acenei. Tinha tomado outro expresso. Ele mostrou a bolsa com o almoço.

"Peru", revelou ele, choroso.

Perto do meio-dia, quando Luc estava no banheiro, talvez chorando, porque vinha fazendo isso — eu tinha ouvido uma ou duas vezes —, Francisco e Timma se aproximaram da minha mesa. Eu estava ocupada fazendo meu trabalho, cuidando da minha vida, à procura de erros, quando Timma de repente esticou os braços e prendeu meus ombros com as mãos fortes e Francisco moveu os dedos na direção do meu bolso. Ele abriu o botão, vasculhou lá dentro.

"Ei!", gritei. "Pare com isso!"

"Isso?", depreciou ele, tirando FJ. "É isso?" Ele o largou. "Eca! Que porra é essa?"

"Me dê isso!"

Timma olhou para baixo. Os óculos dela são basicamente lentes de aumento.

"Parece um pedaço de tronco velho ou algo assim."

"É meu! Devolva!"

"Ou não", constatou Francisco. "Ou um órgão humano. Para um humaninho pequenininho. Jogue fora."

"Não!", gritei.

"Jogue fora, sim."

Francisco agora me segurava com força. Timma usou um pedaço de papel como pano e pegou FJ para jogá-lo no lixo.

Quando consegui me soltar de Francisco e me ajoelhei ao lado do lixo, à procura e pronta para resgatar FJ das profundezas da lixeira, vi com o canto do olho Francisco enfiando a mão no bolso da camisa de botão nova e tirar dela uma criatura feita de cabelo: pequena, magra, toda feita de mechas, amarrada na cintura por um elástico.

"Cara!", disse Timma. Ela caiu na gargalhada.

Ele jogou no lixo.

"Eles podem fazer companhia um ao outro", sentenciou ele.

A sala permaneceu em silêncio, interrompido apenas pelo som de Luc lavando as mãos no banheiro e Timma soltando ronquinhos de risada pelo nariz. Nós três seguimos olhando juntos para o lixo. Quando empurrei o pote de iogurte para o lado, vi sobre o fundo de um saco vazio de batata com queijo de cor pôr do sol a mãozinha de pinta de FJ segurando a mãozinha de cabelo. Sem brincadeira. O que eu poderia fazer? Ele não merecia ter vida própria?

Voltamos para as nossas mesas. Eu empurrei Francisco. Empurrei Timma. Ah, eu queria explodir os dois em pedacinhos, de verdade, mas também me perguntei se a ação deles seria obra de FJ, daquele jeito telecinético esquisito dele. Talvez ele precisasse de intervenção externa para conhecer seu amor de cabelo. Timma ainda ria.

"Que porra era aquela", surpreendeu-se ela, balançando a cabeça.

Luc saiu do banheiro, o rosto inchado pelo choro.

"Nós terminamos", revelou ele. "De verdade."

Ninguém estava pronto para trabalhar naquela hora e fomos todos para a mesa de Luc. Timma o lembrou de todas as coisas que a namorada dele dissera que tinham sido incômodas para ela, já que ela fala francês. Eu acrescentei um comentário sobre o tom. Francisco mencionou algumas outras coisas. Nós tínhamos ouvido muita coisa, essa é a verdade. É um porão. Não há segredos em um porão. Luc ficou mexendo no cabelo, mas parecia escutar. Ele pediu que Francisco parasse de contar piada enquanto trabalhávamos.

"Piadas demais", atestou ele.

Trabalhamos até o pôr do sol. Todos foram embora primeiro, Timma e Francisco de mãos dadas. Luc, com a bolsa-carteiro estilosa pendurada no ombro, se despedia de mim, me agradecia. Sozinha no porão, peguei o saco de lixo e guardei na mochila. Eu podia pelo menos levar o ecossistema deles comigo. Podia colocá-los em algum lugar. Verdade que havia outras coisas no saco de lixo, coisas menos atraentes: o pote de iogurte de Timma, alguns lenços sujos das lágrimas e do catarro de Luc, a casca do pão do sanduíche de peru de Francisco, a embalagem do meu salame, o saco de batata. Talvez algumas unhas, para dar à luz um pássaro. Sei lá.

Quando cheguei em casa, virei tudo no chão, na área de cimento atrás do prédio. Era uma merda sujar o chão, mas também não era tanta coisa. Como pessoinhas saindo de uma cidade em ruínas, lá estavam eles. Eles ficavam bem na terra, assim como um pássaro de unha podia ficar bem lá.

"Até mais, amiguinho", me despedi.

No mundo, ele sorriu para mim, quando o vento os soprou para longe.

Talvez as coisas estivessem um pouco melhores, pensei enquanto subia a escada para casa. Talvez ele tivesse alterado um pouco minha vida. Eu sentia um caroço novo crescendo no meu quadril, o bebê dele. Talvez arrancasse aquele mais tarde.

Quando chegava ao alto da escada externa, uma pessoa apareceu correndo na esquina, atrás de um gato cinza.

"Gatinha!", gritava ela. O gato correu para a área de cimento e subiu em uma árvore.

"Aladdin!", gritou a mulher. "Desce agora. Aladdin!"

Botei a chave na fechadura. Elas moravam ali? Eu nunca a tinha visto no bairro, mas também quase não tinha explorado a vizinhança. Abri e fechei a porta, rindo um pouco sozinha. Ele tinha um certo alcance, não tinha? O tal FJ. Possuía algumas habilidades. Eu fechei as persianas, ouvi-a chamando lá fora. Era a cara dele, não era? Atrair o gato para lá para tentar promover um encontro, para querer compartilhar o bom sentimento que tinha acabado de viver com a coisa de cabelo, mesmo sendo um pouco rápido demais para o meu gosto?

Ainda assim: que criaturinha atenciosa eu havia criado. E agora, eu tinha uma fala de abertura. Eu a ouvi chamar quando a gata desceu da árvore e foi para os braços dela. Fui até o fogão para esquentar uma lata de sopa.

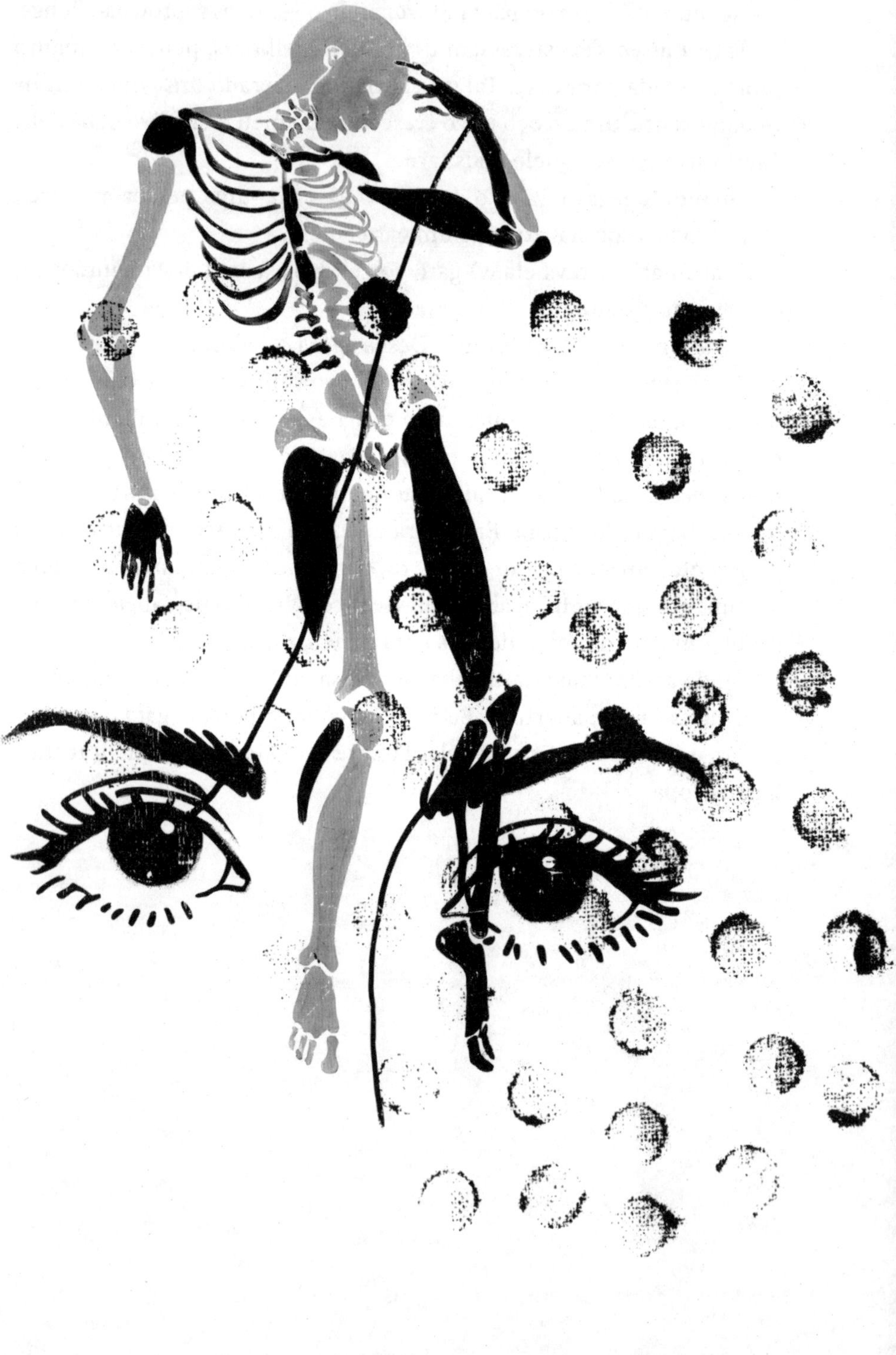

2

DANÇAR

TANANARIVE DUE

Começou no funeral da avó dela.

Grand-mère tinha 96 anos, essa era a questão. Tinha vivido de forma intensa nesses anos, tido dez filhos de quatro casamentos, três terminando em divórcio, o último interrompido pela viuvez. Quando chegou a hora das homenagens no microfone cheio de ruído de microfonia, os primeiros três falantes a chamaram por nomes diferentes, sra. Bassett, sra. DuPont e assim por diante, e no final do terceiro discurso Monique tremia com risadinhas nervosas lutando com as camadas de sofrimento.

Monique se viu ridícula no banco lotado: o luto destroçando as entranhas com a *Grand-mère* a apenas quatro anos do centenário, a própria antítese do *cedo demais*. Mas a ausência a maltratou desde o instante em que o peito da idosa deixou de se erguer na respiração, enquanto Tchaikovsky tocava no aparelho de CD.

Por que ela não passou mais tempo em preparação? "Eu achava que nós teríamos mais tempo", sussurrara Monique no ouvido frio de *Grand-mère*.

Mais tempo! Absurdo. Outra risada sacudiu os ombros de Monique. Ela cuidara da *Grand-mère*, morara com ela por vinte anos, metade de sua vida. Fora viver lá durante o último ano na Xavier para economizar e nunca saiu, pois a *Grand-mère* tinha mais dificuldade para andar e precisava de ajuda para limpar a casa e fazer coisas básicas na rua. Ao perceber que a situação estava "sob controle", tias, tios e primos visitavam cada vez menos, e Monique havia entrado na meia-idade sem viver de verdade uma vida só dela.

As risadas viraram lágrimas; o luto e o autodesprezo e, bem, um toque de riso genuíno, e ela se viu presa em um *loop* terrível. Só conseguia soltar ruídos que ela esperava parecerem soluços. No final, segurou as risadas sinistras ao forçar uma lembrança de quando a própria mãe, morrendo de câncer quando Monique era caloura na faculdade, pedira a ela para ficar com seu vestido azul favorito. Monique respondeu, sem dar muita atenção, que não havia mais espaço no armário e que não ficava bem de azul, respondendo à realidade da mãe com uma merda pela qual nunca teve chance de se redimir. Quando Monique já tinha se torturado com a culpa, chorava de verdade e os primos atrás dela lhe davam tapinhas nas costas, incentivando a "botar pra fora". (Mas o que mais ela podia botar para fora? A garganta já ardia.)

Monique tinha uma família, ao menos no nome, mas enquanto via o caixão da *Grand-mère* sumir de vista, sentiu-se apagada do mundo. *Grand-mère* sempre estava pronta para se solidarizar com fofocas e manchetes ("Babaca malvado", sussurrara ela enquanto assistiam juntas à CNN na noite antes de morrer), e agora todos os xingamentos e reclamações tinham acabado, assim como os sorrisos desdentados e as mãos gentis parecendo garras de pássaro trançando o cabelo da neta.

Tudo parecia errado. O mundo. O ar. O corpo dela. Tudo.

Ela se viu presa na fila do ponche de frutas no porão da igreja onde *Grand-mère* nunca perdia um almoço de domingo (até uns seis meses antes), com Monique empurrando a cadeira de rodas com eficiência. Estava a um metro dos copos de plástico empilhados e da tigela de ponche quando não conseguiu mais suportar a espera e começou a andar de um lado para o outro no piso de madeira. Os pés não ficavam parados em lugar algum, seguindo os rastros fantasmas da cadeira de rodas pelo cômodo. Permanecer em pé ainda a deixava com cãibras, e o único alívio era andar, ou alterar o peso de um lado para o outro. Ela se ergueu nas pontas dos pés até ficar desconfortável e começou a caminhar de novo. Nunca tinha se sentido tão inquieta.

Como a única música eram floreios tristes do órgão novo no andar de cima atravessando as tábuas velhas do piso, ela não percebeu no começo que aqueles movimentos imprevisíveis do corpo eram uma *dança*. Não ouviu música imaginária na cabeça para agitá-la, nem mesmo o cantor favorito da *Grand-mère*, James Brown. Talvez ela nunca mais conseguisse escutar "I Got the Feelin" sem imaginar escaras e lençóis sujos de merda, então James Brown provavelmente não seria mais uma opção musical para ela.

Enquanto tentava pensar em uma desculpa para poder sair mais cedo, ouviu uma batida vibrante de um carro estacionado lá fora, de alguém em uma das ruas ao redor, as quais o pastor Moss chamava de "Os Desamparados". A música estava distante demais para penetrar pelas janelas entreabertas, mas a batida permanecia intocada, incontida. Impecável.

Os pés de Monique se mexeram com a canção, um-dois, para trás e para a frente. Os quadris acompanharam, oscilando de um lado para o outro com delicadeza no começo; depois, com entrega surpreendente. As cãibras sumiram, substituídas por uma sensação de flutuar. Voar, até! Quanto mais ela se movia, mais leve se sentia em corpo e espírito.

Monique soltou um ofego baixo de sobressalto feliz.

Quando olhou para a frente, todos a encaravam.

A dança foi divina no começo. Mais do que divina. As pessoas de luto formaram fila para olhá-la dançar para fora da igreja até o estacionamento e o Mercedes 1990 herdado da *Grand-mère*. Os cuidados da morte ausentes enquanto o corpo celebrava vida e movimento. Quando não conseguia mais ouvir a música, o tronco se movia com buzinas de carros, bateções de construções, cachorros latindo e qualquer ritmo audível enquanto abria a porta do carro. Sons bem dramáticos a faziam dar saltos no ar, um resquício das aulas de balé pelas quais *Grand-mère* havia pagado quando ela estava com 10 anos e insistido que ela frequentasse, até Monique suplicar para não ir mais porque odiava as roupinhas frufru e as sapatilhas.

A libertação era indescritível. O primeiro dia dançando foi o melhor. Até o momento em que morresse, se lembraria daquilo como a melhor sensação da vida.

Mas Monique não conseguia parar.

Enquanto ligava o carro, os joelhos batiam no volante em espasmos e o pé não ficava parado no pedal. *Meu Jesus Amado, o que há de errado comigo?* O pensamento surgiu pela primeira vez, algo entre uma oração e uma maldição.

Ela se perguntou se deveria estar mais alarmada, até apavorada, mas se sentia tão aliviada por se ver livre da dor que racionalizou os movimentos como reação de estresse e decidiu caminhar pelo quilômetro e meio de volta ao apartamento. Não era uma caminhada tão grande, disse para si mesma, embora já suasse na metade do quarteirão. Por mais que tentasse disfarçar movimentos de deslizar, saltitar ou correr, a dança a tornava um espetáculo. Estranhos erguiam as câmeras dos celulares para registrar a imagem. Criancinhas acenavam, riam e a imitavam até Monique parecer liderar uma fila de dançarinos até o prédio verde-acinzentado desbotado da *Grand-mère*.

Quando a janela escura do primeiro andar apareceu, a festa improvisada do Flautista de Hamelin acabou. Em casa, a dor era inescapável, com ou sem dança. Enquanto rebolava pela porta, o ponto abaixo da caixa torácica do lado esquerdo era como uma ferida aberta. Ela tocou no próprio corpo para ter certeza de que não sangrava enquanto os quadris rolavam e oscilavam no ritmo dos ofegos.

"Por favor...", sussurrou ela para os músculos incansáveis, ou para o titereiro escondido que tinha assumido o controle deles de alguma forma, "... faça parar."

Não parou. O pavor negado a si mesma crescia enquanto cada objeto que lembrava a *Grand-mère* tornava a dança mais frenética: o antigo CD player, com Tchaikovsky ainda no ponto; o cesto trançado da África do Sul que o tio Roy enviara quando estava no Corpo da Paz; o título de eleitor de 1954, emoldurado na parede. A avó o conquistara depois de arrasar no teste de cívica elaborado para negar aos eleitores negros seus direitos, uma história que Monique tinha ouvido dezenas de vezes nas últimas semanas da vida da *Grand-mère*, porque a avó fazia questão de que ela não esquecesse.

Um estalo abafado enrijeceu a lombar de Monique quando os quadris tentaram rebolar. Ela soltou o primeiro grito real de dor. O corpo estava em guerra contra ele próprio, os ombros tentavam levá-la para um lado, os quadris para o outro, os joelhos em luta para se manterem firmes, os tornozelos a guiavam com velocidade vertiginosa. Quanto mais ela sentia o cheiro dos sinais da *Grand-mère* no ambiente (o chá de menta na cozinha, os resquícios leves de urina absorvidos pelas almofadas do sofá, o sabonete Zest no banheiro), mais rápido e com mais intensidade Monique se movia.

Talvez uma música de verdade colocaria ordem na dança, pelo menos, e assim Monique ligou o CD player para tentar domar os movimentos com O'Jays, Temptations, Earth, Wind & Fire e, sim, James Brown. No entanto, as músicas favoritas da *Grand-mère* só aguçaram a dor dela, alimentando os giros selvagens com soluços.

Eu não posso continuar assim, pensou Monique logo antes do aposento ficar escuro.

Quando acordou, a luz nova e cinzenta do dia seguinte entrava pelas cortinas floridas que não eram trocadas desde os anos 1970. Ela estava deitada no chão da sala, a parte de trás da cabeça ainda latejava devido a uma queda bem após a borda do tapete peludo velho da avó. Havia batido com a cabeça no chão de madeira. Todos os músculos doíam, assim ela não se mexeu, apenas saboreou a imobilidade.

Obrigada, Senhor, pensou ela. *Acabou...*

Mas não tinha acabado.

Monique treinou a si mesma para ficar de pé com o laptop na bancada da cozinha e deslizar só alguns centímetros para cada lado, a fim de poder fazer buscas na internet atrás de dicas sobre o que estava acontecendo com ela. Estudou doenças e transtornos com tiques e espasmos, mas nada chegou perto de capturar os movimentos dela: rítmicos e complexos e, às vezes, com mãos abertas balançando. Ela também passou os olhos por incontáveis artigos sobre ilusão e histeria, mas nada deu sentido à dança.

Acabou ligando para a colega de quarto do ano em que era caloura, Rose, membro de comitê escolar em Chicago, com um marido investidor e três filhos adolescentes. A vida a tinha afastado de Rose ao longo dos anos, conforme os sonhos de Monique encolhiam e os de Rose floresciam um atrás do outro. Mesmo assim, Rose foi a primeira pessoa a qual ela contatou quando a mãe morreu e quando perdeu a virgindade (as duas situações tendo acontecido tão próximas que Monique raramente fizera sexo depois, por superstição), e ela confiava que Rose ao menos ouviria. Até então, ela não havia comentado com quase nenhum amigo sobre a morte da *Grand-mère*, para adiar o momento.

"Você está livre agora", atestou Rose, bem alegre.

"O quê?"

"Garota, eu sinto muito que você a tenha perdido, que Deus a abençoe, mas agora você pode viver a *sua* vida." Depois do silêncio perplexo de Monique, Rose elaborou o pensamento: "Lembra do ano passado? Eu ofereci *pagar* para você ir ao Havaí nos meus 40 anos e você ficou toda...".

"A *Grand-mère* tinha aquele compromisso."

Os pés da *Grand-mère* começavam a inchar por causa da insuficiência cardíaca e elas esperaram semanas para conseguir uma consulta com o especialista. O declínio tinha começado de verdade naqueles meses.

"Ela sempre tinha um compromisso, Mo. Com uma família grande daquelas e ninguém mais podia ajudar? Sempre você? Tentei te dizer."

Monique procurou afastar a raiva. Lembrou a si mesma de que Rose sempre teve um toque daquele mal de quem não sabe a coisa certa a dizer, e ignorou a tentativa de comemoração forçada da amiga tão perto do funeral da avó. Não dava para levar o que Rose dizia a sério... Embora as palavras dela tenham lhe despertado uma sensação ruim na boca do estômago, próxima demais de *Sim, ainda bem que ela finalmente se foi.*

"Esse nem é o motivo real de eu ter ligado", avisou Monique. O quadril dançante bateu na bancada quando ela mudou de posição. "Eu não consigo parar de..."

"Chorar? Você só precisa..."

"Dançar", sussurrou Monique. "Eu não consigo parar de *dançar.*"

Monique descreveu tudo que se passara a ela desde o funeral, inclusive quando caiu no chão de exaustão. E que a dança tinha recomeçado antes que ela pudesse se levantar naquela manhã, com o corpo batendo no chão como um peixe retirado da água.

"Número um", afirmou Rose com o ar de autoridade adotado desde quando elas perceberam que ela era seis meses mais velha, "você bebeu demais na recepção. Você nunca aguentou beber. Foi por isso que você desmaiou."

"Eu não..."

"E número dois", prosseguiu, "o que eu acabei de falar? Você está *livre*. Claro que está dançando! Bota pra fora."

Bota pra fora. O conselho era tão inútil agora quanto tinha sido no funeral.

"Dói, Rose. Todas as partes do meu corpo estão..."

"Todas as passagens doem, Mo. Vai ficar tudo bem."

Monique já sabia que *não* ficaria bem. Ela não estava bem desde a morte da mãe, e talvez seu destino fosse nunca ficar bem. Qual o significado daquela palavra, afinal? "Tudo bem" poderia ser a tradução daquele hino de Kendrick Lamar, "Alright", mas no contexto de Monique era mais uma palavra preguiçosa a qual o sentido era um desígnio temporário, estava mais para uma ilusão. E como podia importar? Era como tentar agarrar uma nuvem de fumaça, tão inútil quanto tentar fazer a *Grand-mère* respirar de novo.

"Continue dançando, garota", aconselhou Rose. "Não tenha vergonha disso."

Como se Monique pudesse parar.

Como se vergonha significasse qualquer coisa em comparação à dor.

Monique tentou tomar banho na esperança de que a água quente na pele pudesse acalmar os músculos contraídos, mas os movimentos dos calcanhares no piso escorregadio do chuveiro lhe roubaram o equilíbrio, e ela bateu com os cotovelos nos ladrilhos. Banho de banheira não foi melhor, pois os giros fizeram a água espirrar para todos os lados, a cabeça afundar e os resíduos de espuma do Zest da *Grand-mère* lhe causaram ardência nas narinas.

Monique nunca tinha sofrido das dores do parto, mas não conseguia conceber que fossem piores do que os membros descontrolados. Quando conseguiu sair da banheira, tinha certeza de que, desde o funeral, havia deslocado pelo menos um dos ombros, talvez os dois, e estirado músculos na panturrilha e na lateral, talvez até quebrado uma ou duas costelas. No espelho, a pele marrom aparecia manchada com hematomas feios infligidos por dentro.

Ela estava sendo punida? Era um feitiço? Monique nunca teve paciência com as velas e os pós da *Grand-mère*, mas acendeu todas que conseguiu encontrar (derrubando algumas com os movimentos frenéticos e pisando nelas depressa para apagar as chamas) e tentou rezar... Embora, sinceramente, o silêncio evidente encontrado durante as orações para *Grand-mère* nos seis meses anteriores fez com que aquilo parecesse um exercício inútil.

Nua e tremendo, ainda molhada da banheira, ela andou saltitando até o armário e se cobriu com o aroma da avó, esfregando o rosto no robe francês favorito dela. Passou a seda pelos ombros e fez caretas quando o corpo sacudia.

Grand-mère estava tentando dançar por meio dela?

Sim, percebeu ela. *Sim, é claro.*

Ela enfim se lembrou da história.

1937

Aquele dia tinha começado como a maior aventura da vida de Nadine Moreau.

Aos 10 anos, a mãe de Nadine a surpreendeu com 25 centavos para ela começar aulas de dança. O estúdio ficava no porão de uma casa a seis longos quarteirões da dela. As aulas eram depois da escola, às três horas em ponto, e ela fez uma litania de promessas de comportamento e bom senso para ganhar o privilégio de caminhar sozinha, pois o pai e a mãe trabalhavam até a noite para uma família branca rica no Garden District. Eles não queriam Nadine pegando o trem, nem se pudessem pagar.

Desde o momento em que viu fotografias de *O Lago dos Cisnes* na revista *Life*, Nadine tinha perturbado os pais para fazer aulas de dança. Treinava rodopios e saltos em um espelho de barbear rachado que colocava sobre um banco (e levou uma surra por tê-lo quebrado) e acabou conseguindo ficar nas pontas dos pés por oito segundos direto, mesmo sem os sapatos especiais.

Mme. Pinede, professora de dança

A placa na porta a fez prender a respiração. Durante todo o dia na escola, ela teve medo de que não seria real... Mas era! O estúdio poderia ser considerado pequeno e velho aos olhos de outra pessoa, mas para Nadine o espelho grande na parede o tornava grandioso como uma mansão. Madame Pinede era da idade da *Maman*, a dois tons apenas de se passar por branca, e agradável. Ela pegou os 25 centavos sem pedir um centavo a mais. A sensação era de que a aula começaria de um jeito tão maravilhoso que Nadine se balançava pela sala.

"Vamos pegar seus sapatos", orientou Madame Pinede. "Acho que tenho do seu tamanho."

Nadine treinou ficar na ponta dos pés enquanto Madame Pinede entrava em uma salinha, mas estava nervosa demais para conseguir.

E aí, os sapatos. Madame Pinede voltou com uma oferenda nas mãos estendidas. Em vez de sapatilhas de balé, a mulher trazia sapatos marrons muito simples, surrados e com cadarços esgarçados.

"Isso não é pra balé", protestou Nadine.

"*Chérie*", espantou-se Madame Pinede, "o que você faria com sapatilhas de balé?"

"Eu vou dançar balé", respondeu Nadine. "*O Lago dos Cisnes*. Está vendo?"

Ela ficou de ponta e percebeu que aquilo poderia ser uma audição: *claro* que ela deveria passar por uma audição! Nadine ficou impressionada enquanto contava os segundos, *um, dois, três*, e depois *sete, oito, nove*, sem cair.

"Nossa!", exclamou Madame Pinede. "Que coisa linda!"

Nadine sorriu para ela, pensando ter passado no teste, mas Madame Pinede recebeu o sorriso dela com bochechas relaxadas. Um sorriso tentou aparecer, mas era do tipo errado.

"Nadine", começou Madame Pinede, a voz baixa e despida de qualquer coisa que lembrasse a Nadine de que uma delas era adulta e a outra era criança, o mesmo tom com o qual a mãe conversaria com a tia, "nenhuma companhia de balé vai receber uma garota negra."

Nadine pensou na revista *Life* e em como quase nunca via um rosto negro, exceto por uma fotografia que *Maman* tinha aberto na mesa como uma toalha de renda: homens, mulheres e crianças negras enfileiradas para obter comida debaixo de um outdoor enorme de uma família branca feliz e as palavras *Não há jeito melhor do que o Jeito Americano*. Ela se lembrava de como as palavras contrastavam com a imagem. *O Lago dos Cisnes* também não era parte do Jeito Americano dela?

"Você devia estudar um tipo de dança em que vá ter futuro, Nadine", opinou Madame Pinede. "Seus pais não podem pagar por nada chique. Vamos ver como suas aulas vão se desenvolver e talvez você possa dançar em filmes um dia. Mas não balé."

Devagar, a mulher virou os sapatos até as solas estarem para cima, cintilando na luz do fim da tarde entrando pela janela estreita do porão. Placas de metal brilhavam nos calcanhares e nas pontas.

"Sapatos de sapateado", explicou ela, respondendo à confusão no rosto da garota.

Nadine tinha ficado encantada com garotos dançando por moedas em esquinas, os pés em movimento furioso. Mas aqueles sapatos não guardavam a promessa de saltos no ar como as moças com pernas impossivelmente longas nas páginas das revistas. Só agora ela se dera conta de que todas as moças na *Life* eram brancas.

O lábio de Nadine tremeu. Ela nunca tinha se sentido tão idiota.

"Talvez um dia, *chérie*", finalizou Madame Pinede. "Mas não hoje."

Anos depois, bem depois dos sonhos de dançar virarem cinzas, depois de ela ter pulado de um casamento a outro procurando pela alegria perdida, depois de ter fortificado o coração e afastado a maior parte da família, descobriu o Dance Theatre of Harlem.* E descobriu Anne Benna Sims, que se tornaria a primeira bailarina negra do American Ballet Theatre muitas décadas depois, em 1978. Em seus últimos anos, ela pensou na Madame Pinede quando viu Misty Copeland nas pontas dos pés na capa da *Time* em 2015.

Mas recordou só por um instante, um piscar de olhos, antes da mente enevoada engolir tudo.

Afinal, *Grand-mère* não tinha sido aquela garotinha havia mais de oitenta anos. Vivera até os 96, mas aquela garotinha bailarina tinha morrido bem antes.

* Dance Theatre of Harlem é uma companhia e escola de balé profissional americana sediada no Harlem, Nova York. Foi fundada em 1969 sob a direção de Arthur Mitchell, mais tarde em parceria com Karel Shook. Milton Rosenstock atuou como diretor musical da companhia de 1981 a 1992. [NE]

• • •

Um sonho enterrado pode renascer como uma maldição nos rastros dos mortos, ao que parecia. Monique não sabia que dava para amar tanto alguém e se apegar tanto à pessoa, com tanto fervor, a ponto de engoli-la dentro de si, inclusive os sonhos enterrados. E que aqueles sonhos poderiam, em troca, lhe consumir.

Ainda usando o robe da *Grand-mère*, Monique tentava ficar nas pontas dos pés, contando *um, dois, três...*

Ela gritou quando o tornozelo não treinado se dobrou sob seu peso. Não era o primeiro osso que a dança havia quebrado, ainda assim a dor da fratura pulsou para cima e para baixo pela perna. Ela caiu contra a parede com tanta força que a cabeça foi jogada para trás com um estalo.

Enfim, a imobilidade. A dor sumiu.

Monique inspirou em um fluxo oscilante quando percebeu que tinha se machucado tanto. Nem conseguia se mexer, mal podia respirar. A dor desaparecida era só uma falta de *qualquer* sensação. Teria quebrado o pescoço?

Fumaça. A névoa era real, não estava apenas na mente. Ela apertou os olhos para ver atrás de si, sem mover o pescoço até onde fosse possível, e enxergou chamas subindo na colcha da *Grand-mère*, ávidas e famintas. Havia derrubado outra vela, e desta vez o fogo se espalhava depressa, alimentado pelas pilhas de jornais velhos e revistas *Life* embaixo da cama.

Ela quase riu de si mesma. Quase. Que visão ridícula ela devia ser, contorcida como uma cobra seminua no chão da *Grand-mère*. Alguém a encontraria? Alguém além de Rose sabia como tinha dançado? Ela teria a oportunidade de contar a alguém sobre o sonho perdido da avó?

Mesmo antes de sentir o calor, o fogo crescente transformou o quarto em uma cor brilhante e furiosa até a fumaça tornar a visão cinzenta.

Eu achei que teria mais tempo.

O corpo, tão indomado desde o funeral, ficou imóvel, exceto pelo dedo indicador direito batendo no ritmo do estalo das chamas.

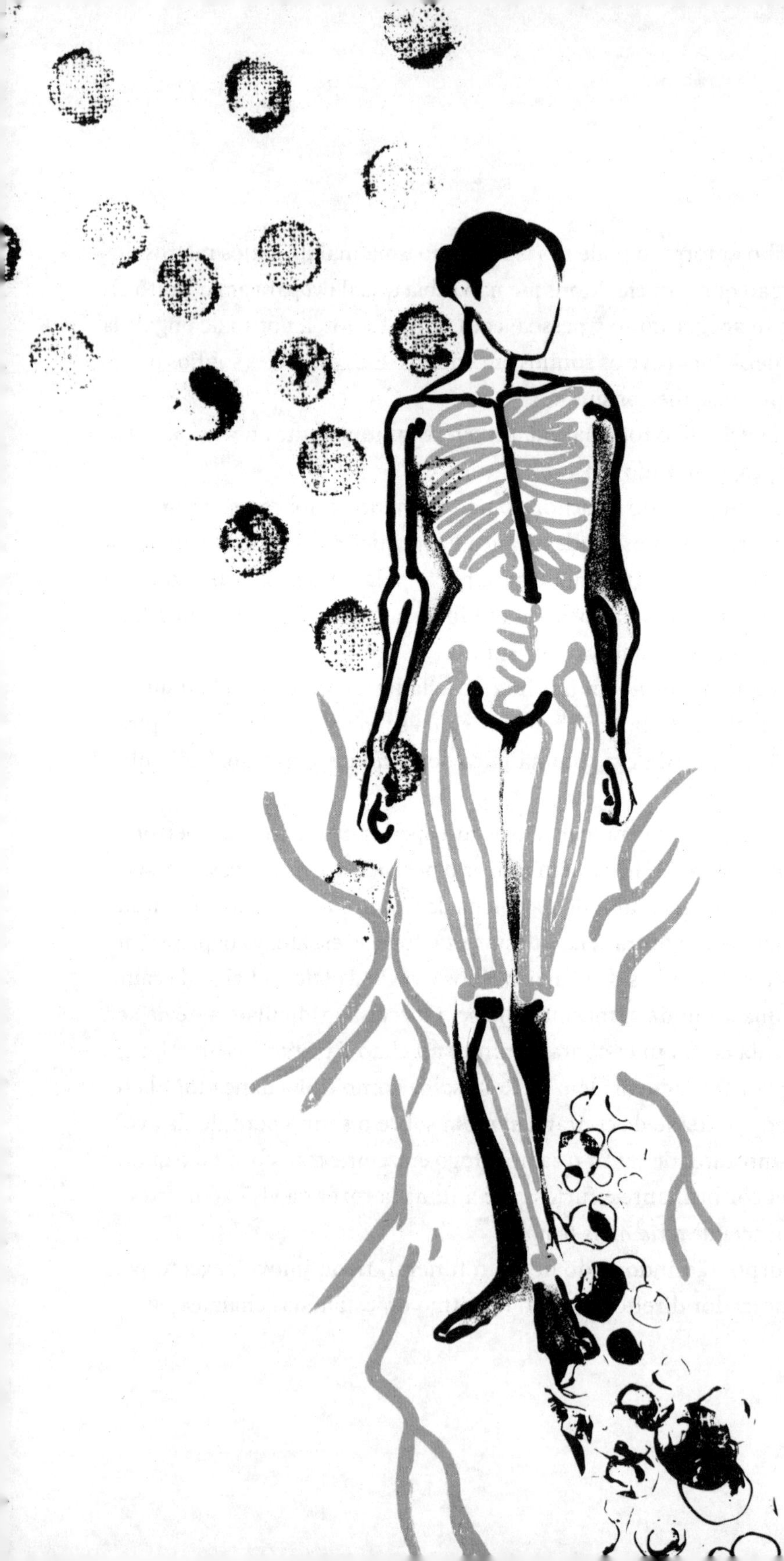

3

Fitas VERMELHAS

MEGAN ABBOTT

Todas as crianças sabiam sobre a Casa Hoffman.

Penny não conseguia se lembrar de uma época em que não soubesse. Tinha passado todos os seus 11 anos a três casas logo depois da esquina da dela. A habitação ficara vazia durante toda a sua vida.

Ninguém morava na casa havia anos, mas todo mundo parecia se lembrar da época em que novos inquilinos passaram por ela, ficaram uma ou duas semanas e desapareceram do nada, deixando até os pertences: malas abertas, caixas ainda fechadas.

Era a casa mal-assombrada do bairro, o desafio de Halloween, parte dos pesadelos de todas as crianças, e o dr. Hoffman era o bicho-papão que assombrava os sonhos delas, afiava provocações, disparava as fantasias infantis mórbidas.

Às vezes, garotos de ensino médio jogavam pedras nas janelas. Na primavera anterior, duas garotas da turma de Penny chegaram à escola sem fôlego. Elas alegavam ter ido até a casa. As portas estavam fechadas com tábuas, mas elas viram coisas pelas janelas: bancadas de televisão, um globo empoeirado, revistas rasgadas, um urso de pelúcia com a barriga aberta, assim como uma mesa de fórmica coberta com papel de presente natalino desbotado e todos os enfeites, fitas longas amarradas em laços murchos.

No fim das aulas do dia, elas garantiam ter visto o próprio martelo, sujo de vermelho e enfiado fundo no piso da entrada.

Não era plausível. *A polícia teria levado a arma*, insistiu Susan Candliss. *Vocês não sabem de nada?*

Além do mais, alegou outra garota, *como poderia estar enfiado no chão? Era um martelo bola, não um de unha.*

E alguém insistiu que os Hoffman eram judeus e não podiam ter papel de presente de Natal.

Mas aquela visita teve impacto. Em pouco tempo, outras garotas queriam ir. Era como beijo de língua. Logo, se você não tivesse experimentado, era como se tivesse morrido.

Apesar de ter acontecido muitos anos antes, parecia que quase todo mundo conhecia alguém que tivesse participado. Talvez a tia ou uma amiga da tia tivesse sido paciente do dr. Hoffman e se lembrasse de que ele sempre teve mãos tão macias, com covinhas, quando colocava o estetoscópio sobre o coração dela. Talvez o pai cortasse a grama dos Hoffman durante o ensino médio e às vezes visse a sra. Hoffman podando a amada dama-da-noite, as orquídeas cara de macaco ou os lírios-da-aranha-vermelha na estufa de vidro. Talvez até tivesse ouvido o vizinho cochichar sobre a história de como acolheu a garota Hoffman na noite em que aconteceu; quando ela desceu os degraus em zigue-zague e bateu na porta de vidro da casa com o cabelo encharcado de sangue.

A história era enganosamente simples. O dr. Hoffman era cardiologista e a esposa, Agnes, cuidava da Sociedade de Horticultura e decorava sua maravilhosa casa. Eles tinham três filhas: Bettye, de 16 anos, e as gêmeas de 11, Jody e Kathy.

Esses eram os fatos conhecidos. O resto eram boatos, histórias contadas por trás das mãos em festas do pijama, sussurradas na cozinha em reuniões de amigos.

Coisas como esta: o dr. Hoffman às vezes tinha dores de cabeça lancinantes que o deixavam quase cego de dor e dava para ouvir os gritos dele da colina abaixo da casa.

E como esta: uma vez, na aula de inglês do ensino médio, Bettye recitou um poema escrito por ela sobre um carrossel que nunca parava de girar. Todas as crianças nos cavalos cresciam e ficavam velhas enquanto o brinquedo ainda girava. O então cabelo grisalho delas estava tão comprido que prendeu nas pernas em movimento dos cavalos e se enrolou nos cascos. Aquilo gerou faíscas que viraram fogo e o carrossel ardeu em chamas. *Um incêndio, um incêndio, e elas enfim descobriram do que fugiam!*, leu a garota para a turma arrebatada, com a voz tremendo de emoção.

Mas ninguém teria como adivinhar o que aconteceria em seguida, em uma noite de dezembro, quando alguma coisa se rompeu dentro do dr. Hoffman. Era o que todo mundo dizia, "alguma coisa se rompeu" ou "ele surtou", como se pudesse acontecer com qualquer um, como se qualquer pai pudesse um dia pegar um martelo bola e esmagar o crânio da esposa com ela dormindo. Porque foi o que o dr. Hoffman fez.

Estraçalhou. Essa era a palavra que as pessoas costumavam usar. Era uma palavra horrível, Penny achava. Parecia uma bola de gude gelada na boca, do tipo que poderia cair na garganta e impedir a respiração para sempre.

Mas o dr. Hoffman não tinha acabado. Bettye acordou com os gritos da mãe e com o pai parado ao lado da cama, o martelo erguido acima da cabeça. Ele desferiu um golpe de raspão na têmpora dela antes de ela reagir e cair no chão, engatinhar no tapete rosa grosso do quarto de princesa, ficar de pé, descer a escada em zigue-zague, o pai logo atrás, correndo atrás dela, atrapalhado com o próprio pijama (com estampa de palhaços pintados segurando balões) e tropeçando, dando a Bettye tempo suficiente para escapar pela porta da frente e descer os degraus de concreto para ir até uma casa vizinha, gritando, gritando, gritando.

As gêmeas saíam pela janela quando o pai entrou pela porta aberta do quarto. Ele olhou para elas por um longo minuto, balançando o martelo ao lado do corpo.

Voltem a dormir, ordenou ele com calma. *Isto é um pesadelo.*

Voltem a dormir. Isto é um pesadelo.

• • •

Enquanto isso, o vizinho abriu a porta e encontrou Bettye lá, de camisola, com sangue escorrendo pela bochecha e pescoço, como se um balde de tinta tivesse sido virado na cabeça dela.

Ele chamou a esposa enquanto Bettye perguntava sem parar *Cadê as gêmeas? Cadê a mamãe?*, coçando a cabeça com dedos sujos de vermelho. Cutucando a ferida na cabeça até a esposa do vizinho desmaiar na porta de casa.

O vizinho correu até a casa dos Hoffman, abriu a porta da frente e ouviu um gemido horrível, demoníaco. Ao subir a escada muito devagar, viu o dr. Hoffman andando pelo corredor com o pijama espalhafatoso de palhaço, o martelo frouxo entre os dedos.

Ele dizia coisas estranhas, descreveu o vizinho, e só depois foi relatado em todos os jornais que ele recitava *Inferno*, de Dante, o Canto Um estava aberto na mesa de cabeceira. *Na metade do caminho da nossa vida, encontrei-me em uma floresta escura, pois o caminho direto havia desaparecido.*

Àquela altura, o dr. Hoffman já tinha ingerido uma combinação fatal de barbitúricos.

Momentos depois, enquanto cuidava das crianças, o vizinho ouviu um baque e encontrou o dr. Hoffman caído no tapete do quarto, um amontoado de seu pijama de palhaço.

Talvez não fosse verdade, ao menos a maior parte, mas parecia.

Ninguém sabia o que havia acontecido com as crianças depois. Elas já estariam crescidas agora, talvez com filhos. Quem poderia imaginar os pesadelos que tinham? Quem poderia imaginar como conseguiram voltar a dormir?

Diziam que o dr. Hoffman passou por dificuldades financeiras. Que foi isso que o levou a executar atos tão sombrios. Ele não podia pagar pela casa grandiosa onde eles moravam, com salão de baile, estufa de vidro e tudo mais. Outros afirmavam ter sido "emocional". Que ele já tinha lutado com a melancolia e talvez até passado por um sanatório.

Era isso que o sr. Calhoun comentava. Ele era o único do quarteirão a se lembrar dos Hoffman. Às vezes, Penny conversava com ele enquanto ele consertava rádios na garagem. Ele dava a ela balas de mel e caramelos.

Aos 16 anos, o sr. Calhoun cortava a grama para a sra. Hoffman, que pagava 25 centavos a cada vez.

Ela era uma moça boa, recordou ele. *Sempre dizia "Meu marido é especialista em coração, mas o coração dele pertence a mim!".*

Uma vez, Penny ouviu a mãe conversando no quintal sobre o assunto com a sra. Candliss.

Elas estavam pegando sol com biquínis novos; a única vez em que a mãe de Penny dispensava a meia-calça, porque não gostava da parte de trás das pernas, com marcas vermelhas suaves, as quais a própria Penny mal conseguia ver. Vasinhos dilatados era como a mãe os chamava, fazendo uma careta.

Elas comentavam sobre a sra. Hoffman, cuja cabeça, diziam, tinha ficado mole como um melão devido aos golpes de martelo.

Acho que ele se cansou dela.

Acho que ela ficou gorda.

E elas riram com vozes engraçadas e agudas, como se não estivessem falando sério, mas quisessem que as palavras fossem um escudo protetor. Que as protegeria do que tinha colocado a sra. Hoffman em perigo.

Voltem a dormir. Foi o que o dr. Hoffman disse para as gêmeas. *Isto é um pesadelo.*

Saiu em todos os artigos de jornal. Era um detalhe que todos incluíam quando contavam a história. Isso e o martelo.

Voltem a dormir. Isto é um pesadelo.

Penny sempre se lembrava. Era algo que toda criança ouvia o tempo todo.

Penny sabia que, se fosse à casa, nunca contaria ao pai. Certamente não à mãe. Mas, um dia, pensou, deveria ir.

Todo mundo parecia ir em algum momento.

Não chegue perto de lá, a mãe sempre advertia. *Você vai pegar tétano.*

Tétano era a coisa mais apavorante que se podia pegar, Penny tinha certeza. Desde que o pai contou que Ernie, o tio-avô dele, pisou em um prego enferrujado e morreu seis dias depois.

Não bote o pé lá, o pai recomendou a Penny uma vez, o rosto escondido atrás do jornal.

Por quê?

Um homem ficou louco lá, contou ele, sacudindo o jornal para ajeitá-lo, os dedos agitados. *Louco de pedra.*

Não incomode seu pai, manifestou a mãe de Penny, olhando para os dois da cozinha, secando os pratos devagar com um pano comprido. *Ele trabalha muito.*

Se você chegar perto demais da casa, sussurrou o pai para ela, o bafo doce de vermute, *a casa entra em você.*

Às vezes, quatro ou cinco vezes por ano, o pai tinha que passar dias de descanso no quarto escuro, com uma toalha fria no rosto. Não era para incomodá-lo. Ele trabalhava muito vendendo aspiradores o dia todo. Gerenciava todo o departamento, e os clientes podiam ser muito difíceis e exigentes. Às vezes, Penny o ouvia chorando baixinho atrás da porta. Às vezes, gemendo. Ele sofria de nuvens escuras. Era como ele as chamava. *Não incomode seu pai*, dizia a mãe. *Ele está muito sensível.*

Mas as nuvens escuras passavam e ele levava Penny para o rinque de patinação, para comprar balas no Schwitt's e para escolher a boneca que ela quisesse da loja toda. Ele sorria o tempo todo, tanto que o rosto parecia que iria estourar.

Para Penny, era como se houvesse um mundo diurno e um mundo noturno. O mundo noturno dos pais dela era muito diferente e ela só tinha vislumbres ocasionais dos mistérios dele.

Às vezes, ela ouvia conversas dos pais tarde da noite. Havia um ritmo estranho e cadente na fala, e ela mencionou uma vez para a mãe, que contou que o pai falava durante o sono e às vezes cantava. A guerra foi a justificativa. *Não mencione isso*, recomendou ela. Penny nunca mencionaria. O pai nunca comentava a guerra, exceto pela vez em que ela o ouviu dizer para o sr. Thorpe, da casa ao lado, que ele sempre era o homem da ponta por ser o mais baixo do pelotão. Uma vez por ano, no Dia dos Veteranos, ele ia ao jantar comemorativo e ficava bêbado demais para dirigir para casa. Outra pessoa dava carona.

No ano anterior, Penny achou que o ouviu através da parede do quarto cantando "Fitas Vermelhas" na varanda. Era sobre um homem que percorre a cidade a noite toda atrás de fitas vermelhas para a filha, mas todas as lojas estão fechadas. Ele chega em casa ao amanhecer e encontra a garota dormindo na cama, cercada de montes de fitas vermelhas *em profusão alegre ao seu redor.*[*]

Ouvir o canto suave do pai foi tão bonito, como uma princesa de desenho animado. A voz parecia que ia falhar, quebrar, se estilhaçar quando ele cantou a parte final, *para o cabelo dela.*

Papai, chamou ela. *Papai, você está bem?* E a cantoria parou tão rápido, depois houve um *crique crique crique* e ele apareceu na porta dela, aquela sombra comprida, o corpo oscilante e o único brilho era o do óleo de cabelo dele.

Ele não se moveu e Penny também não, e a mão dela, fechada no cobertor, apertou a boca.

Vá dormir, mandou ele, a voz baixa e tensa. *Você estava sonhando.*

E talvez estivesse mesmo.

No dia seguinte, ela contou à mãe, que se sentou à mesa da cozinha e chorou e chorou. Não deveria mencionar o mundo da noite no mundo do dia, Penny percebeu. Os adultos não gostavam e às vezes a odiavam por isso.

Como era possível começar o sexto ano sem nunca ter se aventurado pela casa dos Hoffman, ziguezagueando pela escada? De repente, era o que todo mundo na escola queria saber.

No começo, Penny não conseguia nem se imaginar fazendo aquilo. Ela achava que talvez fosse como aquelas coisas que você não consegue nem pensar em fazer, como deixar garotos se deitarem em cima de você. E aí, no porão escuro de uma festa, depois de todos compartilharem alguns goles de vinho, acontece, seus olhos bem abertos, fixados na lâmpada pendurada na lavanderia.

* No original: *In gay profusion lying there*, trecho da canção "Scarlet Ribbons". O nome da canção é também o título original deste conto. [NE]

Primeiro, Susan Candliss fez, depois Nina e Tina, as gêmeas, juntas. Elas ainda tinham pesadelos. Disseram que viram alguma coisa pela janela, uma forma escura na escada, que as seguiu até em casa e talvez estivesse morando no armário delas. A mãe tinha que borrifar todos os cantos do quarto com água Florida.

Em pouco tempo, todas as meninas da turma de Penny tinham ido, ou alegavam ter ido. Colecionavam histórias de sombras e morcegos batendo asas, janelas rangendo e um ninho de camundongos esmagados. Uma garota revelou ter entrado por uma janela quebrada e ter visto o lado de fora se transformar no de dentro, com pássaros e roedores morando no fogão e os lírios-da-aranha-vermelha da sra. Hoffman crescendo no carpete. Contou ainda ter sentido como se alguma coisa tivesse entalado na garganta, um esporo ou fungo, e que, à noite, não conseguia respirar direito.

Você não precisa ir, Susan garantiu a Penny, mas isso também não pareceu ser verdade.

E talvez Penny quisesse. Quisesse ter que ir, então iria.

Em alguns dias, pegava o caminho mais longo na volta da escola só para passar em frente à porta.

Estava se preparando.

Talvez fosse como aquele garoto no porão, que fez a barriga dela tremer de jeitos que ela desconhecia. Ela quase sentia o gosto de vinho agora.

Talvez ficasse tudo bem e acabasse.

Talvez fosse como se permitir entrar no mundo noturno, enfim, onde todos os adultos ficavam, exploravam os mistérios, sentiam emoções, viam coisas incontáveis, indizíveis.

Uma noite, duas semanas antes do sexto ano, Penny decidiu entrar. Ir.

Era tarde, mas ainda antes do noticiário das 23h.

Os pais estavam na sala de televisão, era possível ouvir a voz do âncora falando e os estalos das agulhas de tricô da mãe. O pai roncava, o jornal do dia tremendo no colo.

Eles nem ouviram a porta de tela, com a mola frouxa e preguiçosa.

A lanterna do pai pesava no bolso e batia na perna enquanto ela corria.

Uma casa, duas casas, três casas, virar. Esquina oposta.

E ali estava, a casa dos Hoffman.

Tinha estilo espanhol, era grande, com três andares, uma casa imponente no alto de uma colina, o telhado vermelho se projetava como uma língua cheia de sulcos.

A respiração de Penny entalou na garganta.

Mas parecia certo, a hora, a noite — quente e iluminada pelo luar.

Tanto tempo se passou na subida daqueles degraus em zigue-zague, tanto tempo para mudar de ideia ao olhar para as janelas longas e estreitas, em especial a maior, pela qual dava para ver a inclinação de uma escadaria. Cada vez que Penny afastava o olhar, pensava ter enxergado alguma coisa se movendo naquela escada. Talvez fosse a coisa escura que Nina e Tina tinham visto, a que as seguiu para casa e, apesar da água Florida, ainda não tinha ido embora, inclinando-se sobre elas enquanto dormiam.

Havia duas janelas altas ladeando a entrada, fechada com tábuas.

Penny espiou pelas duas, as pernas tremiam.

Dentro havia uma sala grande, uma sala de estar, talvez, o chão cheio de lençóis com fuligem.

A sala estava tão viva, com partículas de poeira dançando nos ladrilhos espanhóis, o prateado do luar tingia a escada em espiral.

Ninguém dizia o que era para fazer quando se chegasse lá. Bater na aldrava da frente, testar todas as maçanetas, puxar as janelas, enfiar a mão por uma vidraça quebrada. Ver o que dá para ver. Se colocar na boca da fera. Abrir a caixa proibida.

Ela colocou a mão direita na porta da frente, de madeira pesada. *Talvez eu sinta alguma coisa*, pensou ela.

A madeira estava quente e esponjosa, tão macia que ela teve vontade de fazer carinho. Tão macia que ela a acariciou um pouco, até sentir uma espetada e puxar as mãos depressa.

Uma aranha, preta e brilhante, com uma mancha vermelha na forma de uma ampulheta, saiu correndo.

• • •

O vento, quente, borbulhante, aumentou.

Penny ouviu um farfalhar de folhas, galhos atrás dela.

Pensou de repente em Bettye Hoffman. Em como os vizinhos relataram que ela parecia um animal selvagem aos berros quando saiu correndo de casa. Em como contaram que o jornal publicou uma foto do espelho iluminado com o monograma de Bettye manchado de sangue.

Talvez eu possa ir pra casa agora, pensou Penny. Ela já tinha feito o que era para ser feito, afinal. Tinha tido a coragem de subir até a casa dos Hoffman, ficado na porta, espiado pelas janelas da frente. No entanto, a ideia de descer aqueles degraus, de voltar para casa, com aquela imobilidade tensa, os pais de olhos vidrados, sentados em lados opostos da sala, a televisão na tela cinza...

Com as duas mãos segurando a lanterna pesada, Penny começou a andar.

Ela decidiu que andaria por todo o perímetro da casa, olharia em todas as janelas, meio quebradas, o vidro cintilando.

Por todo o perímetro. Era essa a frase que o pai usava, da guerra. Faziam a infantaria percorrer o perímetro com varetas de radiestesia, à procura de minas terrestres ou alguma outra coisa. *Pega-trouxa*, ele dizia, *e o trouxa era eu.* E ria, ria sem conseguir parar, até se curvar sobre a mesa de jantar, quase chorando de tanto rir.

Tudo era como todo mundo dizia, mas diferente.

Primeiro, a estufa de vidro do lado direito: embaçada e cheia de musgo. Quando Penny encostou o rosto nela, viu os famosos lírios-da-aranha-vermelha da sra. Hoffman ainda crescendo, impossível, mas cresciam lá dentro.

Em seguida, encontrou uma sala de estar, com um par de cadeiras de espaldar alto de um amarelo-ácido, com as almofadas pesadas e molhadas pela chuva de anos, um sofá coberto, uma vitrola também coberta, uma televisão Zenith coberta, com a antena atravessando o pano. Uma mancha escura no carpete estufado, indeterminada e grande. Não havia nada na sala para causar medo. Mas havia um sentimento que ela não sabia nomear.

Era difícil não pensar em Bettye ou nas gêmeas, ou mesmo na coitada da sra. Hoffman. Penny a imaginava vagando pelos aposentos com um penhoar de babados, o cabelo envolto em rolinhos, se curvando para pegar a meia, a marreta ainda presa na parte de trás da cabeça, balançando como um diapasão, o sangue descendo como fitas vermelhas no cabelo.

Ela refletiu sobre o que disseram a respeito da sra. Hoffman, em como a batida do martelo ocorrera com tanta força a ponto de partir a parte de trás da cabeça dela. Sobre o fato de ter deixado um buraco de mais de dois centímetros. Sobre ela ter se afogado no próprio sangue. Que até os brancos dos olhos ficaram vermelhos.

Não dava para imaginar tanto sangue, sentenciou Susan Candliss, como se as duas visualizassem a cena. Tal e qual o kit giratório de pintura de Penny, presente de Natal, com o zumbido do motor, espremendo tinta vermelha no girador, espirrando no papel. Os dedos de Penny ficaram tão sujos que a mãe a segurou na pia e passou o pano com tanta força que o tecido se parecia com alfinetes.

Penny voltou para o outro lado. Guardou os fundos da casa para o final. Estava tão escuro, nenhum poste de luz ou mesmo o luar pareciam chegar lá.

Ela sentiu uma coisa arranhar sua garganta. *A poeira*, pensou. *Deve ser a poeira.*

Primeiro, havia a cozinha, com a porta do forno entreaberta, a mesa de metal cheia de latas abertas, uma caixa de sabão em pó Rimso remexida por um guaxinim, pilhas de tigelas de melamina de cores pastel, uma garrafa de Lea & Perrins com um líquido marrom, um pires manchado de geleia de menta. Tudo aquilo provocou dor na cabeça dela.

Ao lado da janela havia uma porta que Penny sabia que abriria.

De alguma forma, sabia não estar trancada, mas não entrou.

Lembrou-se do beliscão da aranha e não tocou na maçaneta.

Não entre, algo disse a ela. E em pensamento ela já estava no andar de cima, no quarto dos Hoffman, os pés suaves no carpete fofo manchado de preto, com sangue, iluminado de luar.

Uma vez, o vizinho prendeu o cachorro na porta do carro e a cabeça do coitado sangrou por toda a entrada da garagem. Ela se lembrava de ver pela janela enquanto o pai lavava a área com a mangueira. Não dava para supor que um dachshund teria tanto sangue.

Ao lado da cozinha havia um conjunto de janelas altas demais para ela.

Ela engatinhou como uma aranha por cima de um par de portas de porão.

Ofegante, pisou na madeira úmida e cheia de farpas. Por um segundo, achou que o sapato atravessaria a madeira, que a capturaria. Que um prego a perfuraria, envenenando-a com o fatal tétano.

Mas a madeira aguentou.

Com a mão na tela da janela, Penny soube assim que viu o brilho: era a sala que todos tinham mencionado. A que estava cheia de presentes de Natal embrulhados. O papel prateado brilhoso e as fitas douradas extravagantes, laços com pompom em vermelho metálico, fitas verdes como gavinhas, vermelhas como as pernas dos lírios-da-aranha-vermelha da sra. Hoffman.

Fitas vermelhas, fitas vermelhas. Ela quase ouvia seu pai cantando.

*Fitas vermelhas, fitas vermelhas, fitas vermelhas para o cabelo dela.**

O que haveria dentro dos papéis coloridos: um kit construtor para Jody, uma boneca para Kathy, um conjunto de beleza para Bettye? Um cachimbo de briar novinho para o dr. Hoffman? Ela imaginou que dentro haveria uma tesoura de jardinagem chique para a sra. Hoffman, mas talvez ela fosse como a própria mãe e embrulhasse tudo... E o que haveria embaixo da árvore para ela?

No caso da família de Penny, o pai tinha dificuldade de se lembrar das coisas e às vezes saía correndo para buscar uma garrafa grande de perfume Evening in Paris no supermercado. Certa vez, ele esqueceu por completo, e chorou tomando licor por horas. Uma semana depois, gastou todo o dinheiro que tinha em um lindo medalhão de ouro da Joalheria Ahee, e a mãe precisou devolver para que eles pudessem pagar a prestação do carro.

* *Scarlet ribbons, scarlet ribbons, scarlet ribbons for her hair* (trecho da canção original). [NE]

Mas os Hoffman eram judeus, não eram? Talvez fossem presentes de *hanukkah*, pensou ela. E a loja só tinha papel de presente de Papai Noel. Ou talvez não fossem presentes deles, mas algo deixado por algum inquilino ou invasor ao fugir no meio da noite.

Fique parada, Penny sussurrou para si mesma, a mão no coração disparado.

Foi o que o dr. Hoffman tinha dito para a filha Bettye enquanto ela lutava debaixo da roupa de cama, encarando o machado na mão dele... Como ele dissera para ela, *Fique parada.*

Não dava para evitar agora. A parte de trás da casa, a escuridão lá. Ela precisava ir. Precisava, mesmo com a sensação de que tinha ido mais longe do que todos os colegas de turma, do que todo mundo desde que as crianças dos Hoffman fugiram daquela casa, de um pesadelo para outro.

Ela se perguntou de repente por que o dr. Hoffman não matou as gêmeas. Teria recuperado o bom senso? Ou tinha planejado matá-las depois? Ou ao olhar dentro dos olhos delas, piscando e com medo, perdera a coragem?

Penny foi devagar, os tornozelos sendo picados por mosquitos, talvez pelos estames peludos dos lírios-da-aranha-vermelha.

Com uma das mãos na parede externa, o reboco macio sob a palma, ela dobrou a última esquina, esperando pela escuridão.

Mas estava mais claro do que imaginou, o luar passava entre as nuvens.

Tudo estava crescido demais, confuso, dois pares de portas de vidro manchadas de mofo úmido. Esporos, lodo, tudo macio como musgo debaixo dos pés.

Ela sentiu o arranhado na garganta outra vez, como se coisas peludas tivessem escorregado para dentro dela. Contudo, quando chegou mais perto, não importava mais. Porque o luar deixou a gosma verde iridescente, mágica.

E ela conseguiu enxergar dentro.

Um salão de baile ocupando todo o fundo da casa, as portas conduziam a um pátio de ladrilhos quebrados, o tornozelo de Penny se dobrava em cada um conforme ela chegava mais perto.

No lado de dentro havia um piso reluzente, um bar preto e dourado ao longo de uma parede e espelhos por toda parte.

Em um deles, Penny se viu, os olhos arregalados, as mãos apoiadas no parapeito da janela. Ela enxergou a si própria prateada de luar.

Em um instante, todos os sentimentos ruins desapareceram, o cheiro da dama-da-noite por todo lado, de cera de piso, de fumaça de cigarro.

Era como em um filme, tudo reluzindo, sombras tremeluzindo. Penny se imaginou rodopiando lá dentro com um vestido rodado.

Ela ouviu os passos primeiro e se virou, apertando os olhos. Mas antes de conseguir vê-lo, soube. Lá, na extremidade do salão, estava o dr. Hoffman, alto e pálido, dançando sozinho no piso espinha de peixe, com o pijama de palhaços extravagante.

Ah, pensou ela, *ele está tão feliz. Olha como ele está feliz.*

Dentro havia música, grandiosa, ampla. Ela a ouvia, metálica e abafada pelas portas de vidro.

O dr. Hoffman se virou e olhou para ela. *Entre*, ele parecia dizer com os olhos, e Penny queria, de verdade.

Era tudo um erro terrível, ela percebeu, com um ofego na garganta. Ele nunca teve intenção de fazer aquilo. Só queria dançar com a esposa, com a filha, o martelo como uma batuta cintilante de maestro.

Ele não pretendia fazer aquilo!

De alguma forma, ela sabia, só de olhar para ele. Grande e desajeitado, o pijama ondulando, girando com os chinelos velhos, uma mancha de creme de barbear seco na orelha.

Entre, ele pareceu convidá-la, acenando de novo, se movendo na direção dela enquanto rodopiava e se balançava.

Eu vou, pensou Penny. *Preciso ir.*

Com a mão na maçaneta da porta do pátio, ela puxou e puxou, mas a porta não abriu. Havia algo errado com sua mão, sentia os dedos duros e um latejar na palma.

Papai!, soou o grito. *Ah, papai!*

Penny ergueu o rosto e viu que era Bettye.

Bettye, encolhida nos braços desengonçados do dr. Hoffman, os pés descalços e a camisola branca cheia de laços vermelhos.

A dança de pai e filha, pensou Penny, o rosto doendo de tanto sorrir.

Ele a girava pela pista de dança, os braços de Bettye bem altos para encostar nos do pai. Penny não conseguia ver o rosto dela.

Bettye, Penny quis gritar, e talvez tenha gritado. *Bettye, fique parada! Fique parada!*

Mas, de repente, Penny sentiu novamente aquela sensação de que algo estava subindo pela garganta, e a mão doeu ainda mais, rígida como uma garra.

Ela soube que era hora de ir.

Algo tinha se fechado, se isolado.

O mundo noturno fechava o zíper, e se você não quisesse ficar preso naquele centro escuro para sempre, era melhor ir, ir, ir.

O ar tinha ficado parado, pesado. Os galhos das árvores estavam baixos e a lua se escondeu por trás de tudo.

Ela descia os degraus em zigue-zague, a lanterna batia na perna. Os postes de luz iluminavam com intensidade e se ouvia o som de um avião acelerando no céu.

A noite silenciosa, a rua vazia e tranquila.

Ela se apressou, quase sorrindo.

Tinha conseguido, tinha conseguido.

A mão doía e parecia inchada, como ao usar a luva do brinquedo de borracha do Pato Donald. Precisou usar a outra para girar a maçaneta, com a tela dilatada e pressionada contra seu rosto.

A casa estava silenciosa, apenas ventiladores zumbiam.

A cama estava fresca, a respiração se acalmou.

Tinha conseguido, tinha conseguido.

Não conseguia fazer o cérebro desligar.

A casa ainda estava nela, ela a tinha levado junto.

• • •

Com uma dor intensa na mão direita, Penny ficou na cama.

Cada vez que fechava os olhos, via as fitas vermelhas de Natal, os laços vermelhos na camisola de Bettye Hoffman e os fios vermelhos nas bochechas do avô e no nariz inchado do diretor Stevens. As veias vermelhas na parte de trás das pernas da mãe. O vermelho-escuro dos lírios-da-aranha-vermelha da sra. Hoffman.

Lírios-da-aranha-vermelha.

Foi então que ela se lembrou da porta da frente, da madeira esponjosa, do beliscão na mão e da aranha brilhante correndo para longe.

A cabeça estava quente, tudo estava quente.

Ela olhou para a mão inchada e viu: uma linha vermelha que ia da palma da mão ao cotovelo. Uma linha vermelha como uma daquelas fitas de Natal.

Ah, como doía.

Papai!, gritou ela. *Me ajude, papai!*

Fitas vermelhas, fitas vermelhas. Ela ouviu o pai cantando a música.

Ela quase se sentiu a garota da música, enfiada na cama, com o estalo das fitas, com fitas vermelhas enroladas nela, serpenteando em seus tornozelos, se enrolando nos pulsos e no pescoço. Com tanta força que ela não conseguia respirar.

Fitas vermelhas, fitas vermelhas, fitas vermelhas para o cabelo dela...

E lá estava ele na porta, a sombra comprida contornada de preto.

Volte a dormir, Penny, disse ele. *Volte a dormir.*

O corpo oscilava com o pijama listrado e o único brilho era o do óleo de cabelo.

Mas papai, você não...

Volte a dormir, repetiu ele, mais alto agora, mais alto mesmo com a voz parecendo distante. E ela soube o que viria, o vermelho a envolvendo, a garganta se fechando...

É um pesadelo, Penny.

Volte a dormir.

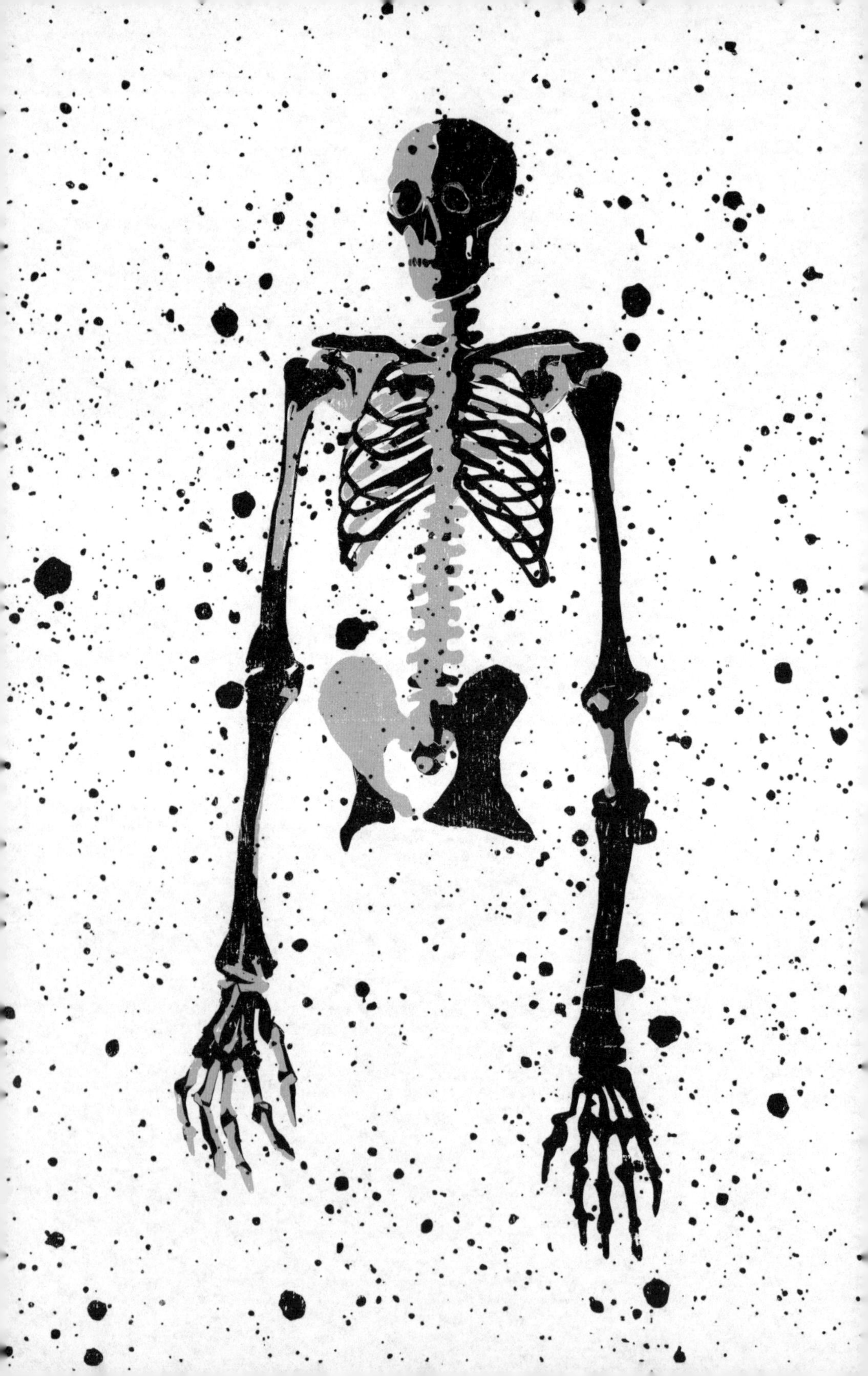

4

MALENA

JOANNA MARGARET

Seu dom está dentro de você, sussurrou a voz.

Dores intensas acordaram Lara no meio da noite. Ela não conseguia identificar a localização precisa, se era no rim, na bexiga ou no ovário, um desses órgãos confusos que conduzem processos internos invisíveis. Ela vinha sentindo cólicas similares de tempos em tempos desde o ano anterior. Em geral, a dor desaparecia depois de alguns minutos, mas ultimamente durava mais.

Seu dom está dentro de você. Bem dentro de você. Lara ouviu de novo. Jogou as cobertas longe, rolou para a beira da cama e se sentou.

No último ano da escola de artes em Nova York, Lara se dedicava ao projeto de fim de curso que, no momento, era um monte de argila no ateliê de escultura da faculdade, à espera de que ela extraísse vida dele. Até então, tinha desenvolvido uma cabeça que parecia um balão sobre um pescoço magro. Também tinha acrescentado três seios e quatro braços saindo de um tronco nodoso. Não sabia se deveria colocar pernas. O corpo de formato estranho não era bebê, criança ou adulto. Ainda não tinha nome.

Lara vestiu a camiseta e o macacão que sempre usava no ateliê.

Nos meses anteriores, o trabalho dela havia ficado sombrio, grotesco. As três últimas esculturas foram troncos de mulheres sem cabeça, com membros e seios a mais, sem mãos nem pés. Ela não havia contado para ninguém, mas vinha tendo visões e sonhos com corpos deformados. Acompanhados de uma voz: baixa, sem tom, distorcida. Pouco tempo atrás, achou que a voz lembrava a dela mesma, mas disfarçada e sem corpo. Chamando-a, atraindo-a. Com que fim, ela não sabia. *Lara*, sussurrava, acordando-a ou sobressaltando-a enquanto ela trabalhava.

Naquele dia tinha ouvido a frase inteira pela primeira vez: *Seu dom está dentro de você.* O que significava? Parecia conselho brega de autoajuda.

Mas Lara ficou satisfeita com os elogios dos professores a respeito de sua produção criativa recente. Sua favorita, a professora Stewart, também escultora, tinha apresentado Lara a um galerista em Chelsea, que demonstrou interesse em expor seu projeto depois da formatura.

Quando as cólicas diminuíram, Lara foi para o banheiro nas pontas dos pés. Curvou-se sobre a pia e depois se sentou na privada, mas nada saiu. Enfiou três dedos na garganta e se obrigou a vomitar, torcendo para se sentir melhor. Não aconteceu.

Lara lavou o rosto e se sentou na cama de novo. A dor era pulsante. Ela levou os joelhos ao peito e fechou bem os olhos. Depois de alguns segundos, uma onda forte de dor ressoou por ela. Parecia que alguma coisa tinha explodido em seu interior. Tremendo, ela se levantou devagar para sair da cama. Olhou para seu reflexo no espelho comprido. Os olhos estavam vermelhos e a barriga tinha inchado, como a de um peixe morto. Sabia que não estava grávida.

Ela foi até o corredor. Estava em um quarto individual naquele ano, e a janela dava para uma praça arborizada cercada de prédios de tijolos. Todas as outras portas do corredor iluminado de néon permaneciam fechadas.

Ela pegou um táxi até o hospital mais próximo e esperou uma hora no pronto-socorro entre vítimas de acidentes de carro, armas de fogo, overdoses, cada um em seu estado particular de horror. Quando o desconforto na barriga ficou insuportável, ela mancou até a recepção.

"Será que alguém pode me atender logo? Estou com muita dor", exclamou ela, ofegante.

O homem atrás da recepção olhou-a de cima a baixo e entregou a ela um copo plástico com tampa.

"Todo mundo aqui está com dor, garota. Você vai ter que esperar. Faça xixi aqui."

"Eu não consigo", gemeu Lara. "Não consigo mesmo."

"Você que sabe", desdenhou o homem, se virando para a tela e começando a digitar.

Lara levou o copinho para o banheiro, mas não conseguiu produzir mais do que algumas gotas.

Ela voltou para a sala de espera, afundou no chão, abraçou as pernas junto ao joelho e, depois de um tempo, teve um sono inquieto. Uma enfermeira a cutucou no ombro às 5h da madrugada, a levou para uma sala com camas isoladas por cortinas e lhe entregou uma camisola com estampa florida. Ela trocou de roupa e se deitou na cama, deixando a camisola aberta na frente.

Um médico jovem olhou para ela do outro lado da cortina.

"O que está acontecendo?", perguntou ele.

"Dores... terríveis... na minha... barriga." Algumas lágrimas escorreram do olho direito até o ouvido.

"Posso te examinar?"

Ela assentiu.

Com dedos frios e pontudos, ele apertou com força em pontos diferentes do peito e da barriga dela. Quando chegou na área em volta do umbigo, ela soltou um grito. Ele recuou.

"Meu apêndice?", perguntou ela, com pérolas de suor pingando das têmporas e se misturando com as lágrimas que não paravam de sair.

"Quantos anos você tem?", perguntou ele.

"Tenho 21."

"Você é sexualmente ativa?"

"Sou."

"Você precisa ir a um ginecologista. Recomendo um exame de gravidez e de ISTs."

"Meu namorado e eu terminamos. Alguns meses atrás."

O médico ergueu a cabeça.

"Bom, na sua idade é comum ser muito fértil, nunca se sabe."

Lara soltou o ar.

"Ele está estudando na Califórnia. Eu não o vejo há três meses. Tem alguma coisa errada. Eu nunca senti uma dor assim."

Ele retorceu a boca para um lado.

"Não é uma emergência médica."

"É, sim!" Ela botou as mãos na barriga distendida.

"Marque uma consulta com um ginecologista. Você é alérgica a alguma medicação?"

"Não."

O médico lhe entregou dois Tylenol e a mandou para casa.

Quando voltou ao campus, a dor diminuíra. Ao que parecia, não tinha sido emergência, no fim das contas. Lara nem contou para ninguém sobre o hospital.

Andou até o ateliê. Era sábado e ela estava sozinha na sala iluminada, o que facilitava a concentração. Olhou para as criações dos outros alunos, algumas figurativas como a dela, outras abstratas e angulosas, subindo pelas paredes de concreto, algumas suspensas por cordas presas ao teto. O espaço vazio e os corpos volumosos e sem vida traziam um abatedouro à mente; a única coisa que faltava eram manchas de sangue.

Lara olhou para a própria escultura, o corpo deformado. Apesar de ter demonstrado talento em desenho e pintura, tinha gravitado para a natureza tátil, para a fisicalidade de esculpir. A criação de algo tridimensional. Ela só tinha feito esculturas de cerâmica antes, bronze e alumínio eram caros demais, mas no fim do semestre a escola pagaria por uma escultura a ser enviada para uma fundição local e banhada em bronze.

A transformação de argila em metal a fascinava. Quando tivesse terminado de esculpir a peça de argila, o passo seguinte seria aplicar uma camada de gesso em volta. Quando estivesse seco, o molde de gesso seria removido da parte externa da escultura original, com os contornos da parte interna tendo formado uma imagem negativa perfeita da figura de argila. Em seguida, a cera seria depositada do lado de dentro para produzir uma réplica exata do original. Naquele ponto, ela refinaria a criação, faria o que pudesse para dar vida a ela antes de ser enviada para a fundição. A cera seria aquecida em um forno e derreteria, evaporaria, deixando para trás uma cavidade no formato da escultura, onde o bronze líquido seria derramado.

O processo intrincado, conhecido como cera perdida, existia havia milhares de anos. Lara ficava impressionada com a continuidade e por ser parte de uma tradição tão longa.

Ela passou as mãos pelo monte de argila na frente dela, o peso era sustentado por uma estrutura de metal embaixo, uma espécie de esqueleto. Colocou os fones de ouvido e selecionou um canal de música tecno. Precisava de algo sem letra e de outro mundo para deixá-la em um estado de transe. Esculpiu por várias horas, sovando e amaciando a argila, depois usou uma esteca e um bisturi para criar linhas e detalhes na superfície. Mal reparou nos outros alunos que entraram e trabalharam junto dela. Quando saiu do ateliê, era mais uma vez a única lá.

Naquela noite, a dor voltou, e a voz junto: *É linda a arte que você está criando, Lara. Use seu dom. O dom dentro de você.*

Lara marcou consulta com uma ginecologista na tarde de segunda.

A dra. Fletcher tinha cabelo laranja e usava um cordão de pérolas sem brilho. Ela mancava um pouco ao andar e favorecia o lado esquerdo.

"Sua barriga está muito distendida", analisou ela quando começou a examinar Lara.

Lara prendeu a respiração e soltou um gritinho quando a dra. Fletcher cutucou a caixa torácica, sensível ao menor toque.

"Você fez teste de gravidez?"

"Eu não preciso", garantiu Lara. "Eu não vejo meu namorado há meses. Ex-namorado. Nós terminamos."

"Há quanto tempo você não tem relações?"

"Três meses. E eu acabei de menstruar. O que mais pode ser?"

A dra. Fletcher olhou na direção da janela e depois para Lara.

"Talvez um cisto ovariano com ruptura espontânea. É bem comum em mulheres em idade fértil. Provavelmente não cancerígeno. Vou pedir um ultrassom."

O técnico que colheu o sangue de Lara perfurou-a repetidas vezes, reclamando de não conseguir encontrar as veias. Meia hora e três frascos depois, ele a levou para outra sala de exame. Quando o transdutor rolava sobre a barriga dela, ela viu os olhos da segunda técnica se arregalarem.

"O que foi?", perguntou Lara.

"Eu preciso falar com a médica", respondeu a jovem. "Está tudo bem."

Achando que era um bom sinal, o coração de Lara relaxou. Não demorou para chamarem o nome dela e ela ser conduzida ao consultório da dra. Fletcher.

"Você precisa de cirurgia, Lara", revelou a médica antes mesmo de Lara ter tido tempo de se acomodar na cadeira.

"Cirurgia?" Ela apertou a camisola em volta do corpo.

"Tem muita hemorragia interna." A dra. Fletcher repuxou os lábios. "Sinceramente, não sei como pode parecer tão saudável com a quantidade de sangue que está circulando dentro de você agora. Nós precisamos parar o sangramento descontrolado. Está preso. Não tem para onde ir."

Lara olhou para o colo, levantou os calcanhares e apertou os joelhos um no outro.

"O que... o que está causando o sangramento?"

"Nós vamos descobrir. Primeiro, você precisa de uma ultrassonografia transvaginal."

Insistiram para que ela se sentasse em uma cadeira de rodas, e na sala ao lado Lara tentou ficar imóvel enquanto sentia a varinha comprida do exame entrar nela. Rolou entre seus ovários e fez cócegas desagradáveis.

Depois do exame, ela foi enviada para o consultório de novo e se encostou na cadeira, as coxas ainda grudentas.

A dra. Fletcher encarou Lara.

"Tem alguma coisa crescendo do lado de fora dos seus ovários, mas eu não sei o que é. Está escondido. Pode ser gravidez ectópica, mas é improvável, pelo que você me contou."

"Não só improvável. Impossível."

A dra. Fletcher marcou uma tomografia computadorizada para Lara.

Naquela noite, Lara ouviu a voz de novo, tão baixo que ela mal conseguia ouvir: *Você me alimenta, mas eu também lhe alimento.*

• • •

No dia seguinte, a dra. Fletcher ligou.

"Bem, você não está grávida."

"O que está crescendo?"

"Pode ser um cisto ou um tumor. Ou pode ser parte de um feto."

Lara ficou boquiaberta.

"Não entendi. Você acabou de me dizer que não estou grávida."

"A massa que vemos parece ser um... resquício. De um gêmeo. Um gêmeo que foi absorvido apenas parcialmente pelo seu corpo quando você era bebê."

Lara se levantou e agarrou o telefone com força.

"Espera aí... gêmeo *meu*?"

"É uma condição incomum. *Fetus-in-fetu*. Eu nunca vi antes. A probabilidade de acontecer é tipo de uma em um milhão."

"Você está dizendo que meu gêmeo vive dentro do meu corpo?"

"Vive não. Não é, nem nunca foi, um feto viável. Mas tem uma cabeça, um cérebro sem crânio completo, dentes, ossos, até medula espinhal. O feto jamais poderia ter vivido fora do seu corpo. Não tem onde crescer. Porém, a massa está crescendo, e esse é o motivo do inchaço e da dor. Também está usando seu suprimento de sangue. Antigamente era chamado de gêmeo parasitário. Se não o removermos com cirurgia, vai continuar apertando seus outros órgãos e causando mais sangramento. Pode até ameaçar a sua vida."

"Poderia... me matar?"

"Sim. Ou causar danos irreversíveis aos seus órgãos. A cirurgia é por laparoscopia, que não é tão invasiva. Nós entramos pelo umbigo e fazemos duas incisões, dos dois lados da barriga."

Lara engoliu em seco.

"E a recuperação?"

"Você vai voltar aos estudos rapidinho."

Lara desligou o telefone e uniu as mãos com força, como se rezando, e se segurou para não chorar.

• • •

Naquela noite, quando estava deitada na cama, pensando no que a dra. Fletcher tinha dito, Lara concluiu que a voz que falava com ela era de sua irmã gêmea. Ela lhe deu um nome: Malena.

Seu dom está dentro de você, Malena dissera. Enfim, Lara entendeu por quê.

Lara sentiu uma pontada de dor e imaginou Malena se movendo dentro da barriga dela, mas isso era impossível, não era? Ela não estava, nem nunca tinha estado, viva. Mas Lara logo ouviu a voz dela de novo. Mais e mais alto, até ser a única coisa que ela conseguia escutar.

Por que você, Lara? Por que não eu? A beleza. Nós a criamos. Juntas. Você não é nada sem mim.

Lara voltou para o ateliê, colocou os fones de ouvido e aumentou o volume da música, mas não conseguiu bloquear a voz de Malena: *Lara, minha gêmea! Você precisa de mim. Você não pode sobreviver sem mim!*

A cirurgia de emergência de Lara foi marcada para o dia seguinte. A mãe pegou um avião de Fort Lauderdale.

"Minha querida garotinha especial", suspirou a mãe ao lado da cama de hospital da filha, segurando a mão dela.

"Por que isso está acontecendo?", perguntou Lara.

"Por que as coisas acontecem?", devolveu a mãe com um movimento triste de cabeça. "Foi azar."

A cirurgia de Lara ocorreu no domingo de Páscoa, o segundo dia de Pessach. Foram designados dois anestesistas para ela.

Lara começou a falar depressa.

"Já tomei uma anestesia leve, quando retiraram minhas amídalas. Lembro de que o médico chamou de 'sérum do crepúsculo', mas hoje vocês vão me dar anestesia geral, né?" Ela olhou para a anestesista mulher, depois para o homem, o coração disparado no peito.

"Isso mesmo", concordou a anestesista, o tom tão sem emoção quanto o rosto pálido. "Pense nesse como o sérum da *meia-noite*."

"O sérum da meia-noite escura, sim", acrescentou o homem. Ele era careca e tinha um caroço na lateral da cabeça. Enquanto a mulher estava de pé, ele se sentou e enrolou uma fita vermelha no pulso esquerdo de Lara. Começou a apertar a parte interna do braço dela, no cotovelo. "Você tem veias fujonas, minha jovem. Só um segundo." Ele pegou outra agulha em uma bolsinha escondida.

"Por favor..." Lara esticou a outra mão, pegou o pulso da mulher e sussurrou para ela. "Por favor, não me mate."

Nessa hora, ela ouviu. A voz. Suplicante, frenética: *Faça eles pararem, Lara! Isso é um erro. Não é tarde demais para parar. Não deixe!*

Ela ainda segurava o pulso da mulher.

"Não estou me sentindo muito bem. Será que a gente pode parar? Eu preciso remarcar! Eu..."

"Você está bem", tranquilizou a mulher, tirando a mão de Lara do pulso dela. "Vai se sentir bem melhor quando isso acabar."

Não, Lara! Não! Não deixe!

O homem colocou uma máscara de plástico transparente sobre o nariz e a boca de Lara e mandou ela contar até dez. Ela tentou resistir, mas, depois de contar até três, a escuridão da meia-noite recaiu sobre ela com a rapidez da luz.

Quando acordou, Lara começou a vomitar. A amiga Janice, que tinha ido para o hospital, tentou acalmá-la, sussurrando palavras tranquilizadoras até ela sossegar e começar a respirar normalmente. Janice e a mãe de Lara se revezaram para oferecer pequenas colheradas de gelo picado, que Lara recusou, apesar de estar com sede.

"Você está tão pálida", constatou a mãe, segurando a mão dela. "Suas mãos estão frias. Os dedos estão azuis, como quando você nasceu. Ah, minha Lara. Você parece... um cadáver."

Lara tentou apertar a mão da mãe, mas não tinha forças.

"Você estava falando quando acordou", observou Janice.

"Estava?", perguntou Lara, a voz rouca. "O que eu falei?"

A mãe respondeu: "Você disse que me amava. E ficava repetindo um nome. Malena. Quem é?".

"Eu não, hã, eu não sei."

Ela estava constrangida, preferiu não dizer a verdade para a mãe, querendo protegê-la. De quê, não tinha certeza.

Lara precisou passar a noite no hospital em observação. Na manhã seguinte, a dra. Fletcher leu o relatório para mãe e filha com Lara deitada na cama. O "crescimento" tinha sido totalmente removido. Um arrepio desceu pela nuca de Lara quando a dra. Fletcher mostrou a imagem do corpo deformado e atrofiado de Malena, enterrado dentro do dela por vinte e um anos. Ela viu olhinhos e um cérebro parcialmente coberto por um crânio malformado, alguns fios de cabelo brotando como mato pela rachadura de um muro velho em ruínas. Mas o rosto de Malena sorria. Era um sorriso hediondo.

"Eu vou ficar... bem?", perguntou Lara.

"Não tem nada com que se preocupar", assegurou a dra. Fletcher. "Você está fora da zona de perigo."

"Então não tem nenhum risco de complicação?", perguntou a mãe de Lara.

"Eu queria poder dizer isso, mas infelizmente 'nenhum risco' não existe." Ela se virou para Lara. "Você teve muito sangramento interno que precisamos cauterizar, mas eu não ficaria muito preocupada. Vá para casa. Não exagere por um tempo. Aproveite a vida. Você é tão jovem. Melhor esquecer que isso aconteceu."

Mas como ela poderia esquecer?

A mãe alugou uma acomodação pelo Airbnb e lia enquanto Lara dormia. Depois de duas semanas, ficou mais fácil sair da cama de manhã, tomar banho sozinha e fazer caminhadas. Lara foi se obrigando a fazer mais um pouco a cada dia. "Eu preciso voltar ao ateliê", afirmava ela cada vez que a mãe suplicava para que pegasse leve. Mas a mãe acabou voltando para a Flórida e Lara retomou os estudos. O quarto do alojamento estava cheio de bilhetes e buquês secos de colegas, mas ela ignorou tudo e foi para o ateliê na hora. Desejava apenas prosseguir com o trabalho, que tudo voltasse a ser como era antes.

No começo, só conseguiu trabalhar uma ou duas horas de cada vez. Estava mais fraca em alguns dias e sentia dores fantasma de tempos em tempos, apesar de começar a melhorar aos poucos.

Ainda assim, algo tinha mudado, jamais seria o mesmo. Ela se viu temerosa pela saúde de um jeito que nunca tinha ficado no passado, quando a considerava algo garantido. Agora, prestava atenção a cada estalo do pescoço, qualquer ruído que parecesse fora do comum. De forma nada característica para uma universitária, começou a fazer todas as coisas certas, conforme a recomendação médica. Dormia oito horas por noite, parou de comer porcaria, parou de beber álcool e, assim que conseguiu, começou a se exercitar com regularidade.

Entretanto, toda noite, quando apagava a luz, ficava deitada no escuro à espera da voz de Malena.

Não ouviu nada por um tempo, até que, em vez da voz, a própria Malena apareceu nos sonhos de Lara; não um corpo de verdade, mas uma massa roxa esticada, emaranhada e fibrosa. Uma noite, Lara viu dois seios com mamilos invertidos, mas só um braço, fios de cabelo brotando de uma cabeça meio lisa, um tanto nodosa, cobrindo apenas em parte um cérebro rosado e esponjoso que se espremia nos lados. Centímetros abaixo dos olhos pequenos e malformados havia narinas sem nariz, e sempre a boca sorridente, com alguns dentes afiados um pouco crescidos. Em outra noite, Lara observou um coração enorme batendo dentro da caixa torácica vazia do esqueleto de Malena, bem semelhante às armaduras de metal que sustentavam as esculturas no ateliê.

Em uma tentativa de interromper os sonhos, de exorcizá-la, Lara tinha escrito *Malena* repetidamente em um caderno ao lado da cama. Escreveu o nome centenas de vezes, até a mão estar cansada demais para continuar, as páginas finais escritas com um garrancho infantil e desesperado. Na última página, tinha escrito frases ouvidas antes: *Você não é nada sem mim! Seu dom está dentro de você.*

• • •

Um mês se passou. Dois meses. Lara saía do ateliê toda noite à meia-noite. Em uma terça, por volta das 23h, ouviu um barulho, uma batida, seguida de uma espécie de grito. Não conseguiu identificar de onde vinha. Os sons continuaram. Ela pegou o bisturi no avental e andou devagar até o corredor. Olhou para a escada.

"Oi? Tem alguém aí? Oi?"

Ninguém respondeu.

Voltou para o ateliê. Ouviu o grito de novo. Quando foi até a escultura, ofegou. Havia sangue no chão. Ela olhou para cima. Havia gotículas de sangue saindo dos três mamilos da escultura. Fluindo do umbigo, da vagina, havia mais sangue. Ela ouviu uma risada. Do teto?

"Oi?", gritou Lara. "Quem está aí? Quem está aí? O que você quer?"

Ela segurou o bisturi apertado e tirou o avental. Caminhou até o espelho na parede mais distante, tirou o macacão e enrolou a camiseta para cima. Com quatro movimentos rápidos, entalhou a letra *M* na pele embaixo do umbigo, entre as pequenas cicatrizes de incisão dos dois lados.

Ela vestiu as roupas outra vez e saiu correndo do ateliê para o quarto no alojamento. Lá dentro, apertou o travesseiro sobre a ferida até o sangramento parar, depois aplicou uma camada grossa de bactericida e cobriu o *M* com uma bandana presa por fita adesiva. Ela se deitou e adormeceu em minutos.

As semanas seguintes no ateliê foram calmas. A cada duas horas, ela se distanciava para avaliar a escultura, para verificar se precisava fazer ajustes. Ela passava os olhos por cada centímetro da cabeça malformada e pela flacidez do meio, pelos membros adicionais e pelo seio extra. Reparou que as pessoas não conseguiam afastar o olhar ao passar por perto. Quando chegou o prazo, levou uma semana para trabalhar na duplicata de cera.

• • •

Quando a professora Stewart visitou o ateliê, passou pelo trabalho de cada aluno, assentindo. Ao chegar à peça de Lara, ficou parada, sem falar, por vários segundos.

"Que transformação! E em um tempo tão curto. É estranhamente realista, mas não é humana, de alguma forma. Muito forte, Lara." Ela tocou de leve no ombro de Lara. "Como você está se sentindo? Não dá para deixar de notar que você está pele e osso."

"Cada dia melhor, professora Stewart."

"Fico feliz de saber. Estou planejando um jantar com o galerista que quer expor seu trabalho. Vou te mandar os detalhes por e-mail."

"Que maravilha! Obrigada! Por tudo. Eu agradeço seu apoio."

"Não precisa me agradecer. Você tem um dom." Ao ouvir a palavra, Lara colocou a mão sobre o umbigo e sentiu uma carga elétrica percorrer o corpo. "Mas faça uma refeição decente hoje. E não se force demais."

Ela assentiu e se obrigou a sorrir.

No domingo seguinte, Lara se levantou no fim do dia. Estava sozinha no ateliê. A formatura ocorreria em uma semana. Olhou para o modelo de cera de mais de dois metros. Estava pronto para passar pela transformação final em bronze.

Ela imaginou a cera vermelha derretendo, se dissolvendo no forno quente. Viu o metal derretido fluindo, lava laranja. Em seguida, a escultura esfriaria, forjada em algo novo. O corpo seria duro, forte. Algo durável.

Lara recuou. Precisava fazer um último ajuste. Tirou o bisturi do avental, deu um passo à frente e entalhou duas linhas extras na beira da boca da escultura, moldando o sorriso certo.

"Perfeita."

Ouviu algo ao longe que parecia trovão ou o latejar de um trem subterrâneo. Sentiu uma onda de calor pulsar pelo corpo.

Em segundos, pontadas de dor rasgavam suas entranhas. Lara botou as mãos na barriga. As pernas se dobraram como se fossem palitos de manteiga derretendo. A cabeça bateu no chão ladrilhado. Ela tentou gritar *Socorro! Socorro!* Mas nenhuma palavra saiu e ninguém a ouviu.

Não havia ninguém lá de qualquer maneira. O celular estava no quarto do alojamento. Ela abriu os olhos. Era um ponto de vista estranho, deitada de lado, o lado direito do rosto esmagado contra o chão.

Já havia sangue vermelho-escuro formando uma poça nos ladrilhos bege ao lado da cabeça. Parecia cintilar, iluminado por luzes fluorescentes. Sangue tocou na lateral do nariz dela e escorreu para dentro da narina. Tinha cheiro de bala. Ela também sentiu o sangue escorrer pela cabeça, se espalhando pelo cabelo. E entrando na boca. Até estar em toda parte.

Na manhã seguinte, um zelador encontrou Lara caída no chão do ateliê. Quando a escola percebeu que o corpo ensanguentado não era uma peça macabra de arte performática encenada, tentaram reconstruir a sequência de eventos. Ligações foram feitas. Para a mãe dela. Para o ex-namorado. Amigos e parentes choraram quando receberam a notícia. Enquanto olhava os pertences dela no quarto do alojamento, a amiga Janice encontrou o caderno cheio de frases estranhas e do nome *Malena*.

No dia seguinte, os colegas de turma fizeram uma vigília.

No mês seguinte, a escultura de bronze de Lara foi revelada na exposição de alunos com uma placa na base contendo o nome completo de Lara impresso ao lado do de Malena. Mais tarde, quando a peça foi exposta na galeria em Chelsea, o galerista emoldurou uma série de páginas tiradas do caderno de Lara e deu um novo título para a escultura: *Seu dom está dentro de você.*

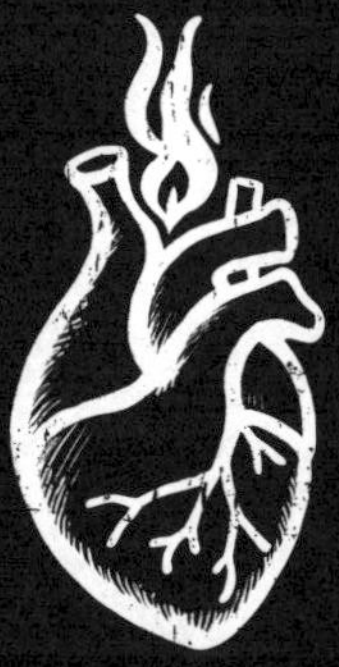

5

DANÇANDO COM ESPELHOS

ESCRITO E ILUSTRADO POR

LISA LIM

Eu sempre via minha mãe dançar com espelhos. Ela olhava para o espelho por horas, como se tentasse rearrumar o corpo que tinha, como se tentasse encontrar o verdadeiro "eu". Eu me perguntei quando criança o que havia dentro do espelho. O que era tão fascinante que a engolia inteira, fazendo com que ela ignorasse tudo ao redor, inclusive a mim?

É que o corpo da minha mãe era coberto da cabeça aos pés por veias superficiais. Essas veias eram visíveis a olho nu porque ficavam próximas da superfície do corpo. Minha mãe brincava: "Meu corpo parece um mapa, mas estou sempre perdida". Um dia, olhei com atenção enquanto ela dançava com espelhos e vi que as veias tinham vida própria. Pulsavam pela pele, fio a fio. Minha mãe tentava olhar para longe, mas as veias a seguravam, impunham a pele de aparência feia com a qual ela nascera.

Nossos estômagos roncavam muito enquanto ela ficava ali, hipnotizada pela repulsa. Para sossegar a fome, insistia para que comêssemos levedura de cerveja e óleo de fígado de bacalhau todos os dias. Ela alegava que impediria nossas veias de tomar conta dos nossos corpos. "O monstro está no nosso sangue", avisava ela. Fazíamos suco de muitas cenouras e beterrabas e tomávamos para lutar contra a genética. Nada funcionava. O ritual deixava nosso bafo parecendo uma peixaria e nossa pele alaranjada. Não era bonito.

Começou quando minha mãe era criança. Ela cresceu ouvindo a língua tóxica da minha avó, que parecia um martelo na cabeça dela. Palavras que a massacravam e sempre a faziam se sentir pequena. Minha avó costumava dizer: “Suas irmãs têm cérebro e você, bom, pelo menos você é bonita”. Era mais fácil lutar com os demônios dos espelhos do que com a matriarca implacável. Para fugir do veneno da mãe, ela se escondia no quarto dançando com espelhos. E foi assim que iniciou.

Não era surpresa minha mãe se agarrar à aparência, acreditando que fosse seu único tesouro. Ela adorava ouvir assovios nas ruas. Eram só elogios para o rosto e o corpo bonitos e jovens, sem nem uma ruga à vista. "Ei, mami!", flertavam os homens, validando o propósito dela. Por isso, quando via um defeito, ela via seu valor se desintegrando. Era nessa hora que os monstros revelavam a cara feia. Eram tantas caras feias. Perguntei à minha mãe um dia: "Por que você não tem rugas?". "Eu não penso com muita profundidade sobre as coisas da vida. E não leio as notícias." Era o segredo de beleza dela, junto ao creme para hemorroida que ela espalhava generosamente no rosto antes de dormir.

Minha mãe dormia virada para o teto só porque leu em uma revista que deitar-se de lado causa rugas. Por isso, ela dormia igual aos mortos no caixão. Quando eu a via deitada, me lembrava dos velórios chineses. Na cultura chinesa, o branco é a cor da morte e do luto. Flores brancas como crisântemo e lírio costumam encher as funerárias. Minha mãe preferia o lírio porque é enganoso. É uma flor tão linda, com pétalas elegantes como cisnes e um perfume forte. Mas ela apenas disfarça o fedor de podridão da morte. Eu odiava o cheiro de lírio mais do que odiava o cheiro de levedura de cerveja e de óleo de fígado de bacalhau. Eca.

Meu pai e minha mãe nunca se falavam. Ele se casou com ela pela aparência. Ela se casou com ele para fugir da língua tóxica da mãe. Eles passavam estoicamente um pelo outro, os braços sempre cruzados. O ar pesava com asco. Às vezes, minha casa ficava tão silenciosa que dava para ouvir um mosquito zumbindo. A única paixão que compartilhavam era quando minha mãe matava a peste voadora que pousava nele. E dava para vê-la com um sorriso irônico ao esmagar o mosquito que logo derramaria o sangue dele. Era uma história de amor distorcida.

Meu pai achava que a minha mãe era maluca e me avisava: “Não se torne a sua mãe!”. O que, sem ele saber, era um convite. Um dia, o medo do meu pai em relação à vaidade contínua dela se transformou em fúria. Ele quebrou todos os espelhos da casa. “Pare de olhar para o maldito espelho e cuide da sua família, mulher egoísta!” As palavras dele cortaram como uma faca, mas não o suficiente para fazê-la parar. Quando ele saiu da sala, ela pegou um espelho de mão escondido na cômoda e se olhou nele.

Depois dos espelhos quebrados, lembro da tristeza que tomou conta da minha mãe. Era um olhar vazio. Toc-toc, alguém em casa? Ela poderia responder em palavras, mas não estava em lugar algum. Uma prisioneira do próprio reflexo. E por mais que nos esforçássemos, ela continuou fundo rumo à melancolia. Apenas se escondia no banheiro com o espelhinho de mão, sussurrando com ele. Eu queria desesperadamente tirá-la de lá, salvá-la, mas o espelho detinha o olhar dela.

Uma noite, quando ela estava deitada na cama dormindo como um cadáver, as veias saltaram de ira pela negligência recente. Soltaram-se aos poucos da pele dela e deslizaram para o lado do meu pai da cama até o estrangularem. Elas estrangularam o ronco que saía pela boca adormecida dele. Ele começou a ofegar para respirar, a lutar para sobreviver. Mas a vontade dele, por mais forte que fosse, não era páreo para a vaidade dela. As veias se apertaram como uma cobra em volta do pescoço dele, até sufocarem o amor raivoso dos dois. Foi a melhor noite de sono que ela tivera em muito tempo. Havia chegado a vez dela de roncar.

No dia seguinte, coloquei o espelhinho de mão na frente da boca do meu pai. Nem sinal de respiração. Foi nessa hora que a minha mãe soltou uma risada maníaca. Tão alta que poderia ter estilhaçado mil espelhos. Quando a polícia chegou, o corpo não mostrava sinais de agitação. Nenhum hematoma. Nenhum vestígio das veias assassinas. De acordo com o mundo e com o relatório do legista, ele morreu de uma súbita síndrome noturna mortal e inexplicada. Ela parecia chorar de maneira histérica, mas na verdade ria alto. Estava livre, enfim.

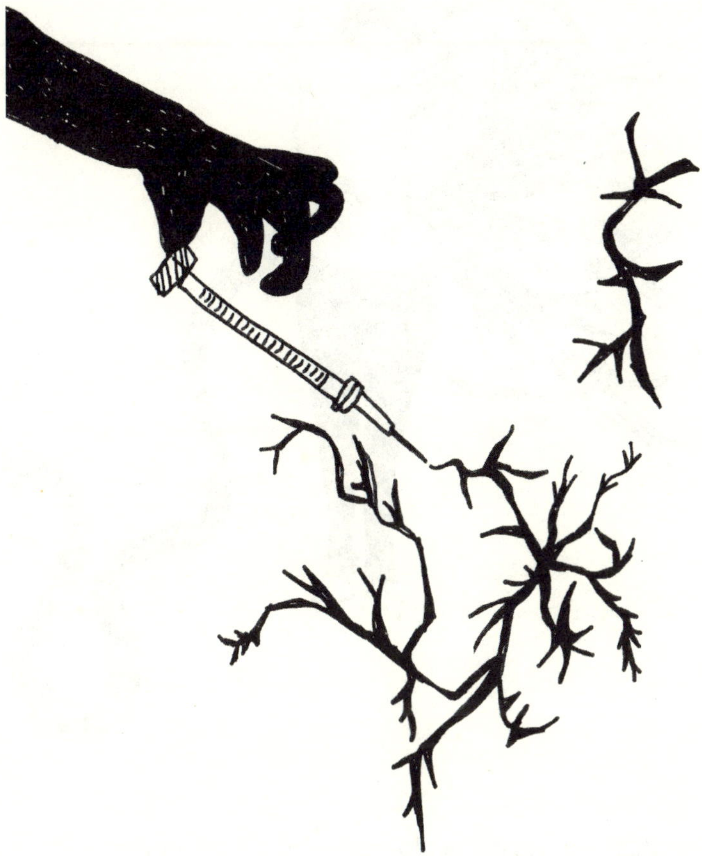

Depois da "morte súbita" dele, minha mãe herdou uma pequena quantia. Sem hesitação, gastou a nova riqueza apagando os demônios do espelho. Primeiro, se permitiu fazer uma escleroterapia, um tratamento com injeções que destruiu as veias superficiais e redirecionou o sangue para as mais internas. Por consequência, o corpo dela não parecia mais um mapa criado por um cartógrafo louco. Mas a alegria dela durou pouco.

As veias podiam ter desaparecido, mas minha mãe continuou dançando com espelhos. Era como se o corpo dela chamasse por mais defeitos. E os demônios dos espelhos se multiplicaram. Mudavam de forma e a consumiam. Um dia, a vi desenrolando ataduras como uma múmia se desfazendo. Revelando crateras e hematomas por toda a barriga. Delas saíram uns homenzinhos dançando, cortando-a como frios em uma padaria. Eu os ouvia gargalhando. Minha mãe explicou: "Não se preocupe, foi só a lipoaspiração que deu errado. Vou pagar a sua um dia. E vai ser do tipo chique. Prometo".

Um ano depois, minha mãe me contou que os peitos dela tinham sido estragados por um cirurgião charlatão. Ela o encontrou na internet. O anúncio dizia: Seios lindos pagando pouco. "Eu deveria ter processado!", exclamou ela. "Ele não era licenciado, mas era barato. Por que confiei nele?" Eu vi uns vergões vermelhos horríveis pulsarem e sangrarem pelas ataduras, delineando os contornos das incisões malfeitas. Mais tarde, minha mãe faria outra plástica de seios para tentar corrigir a primeira, sem sucesso. A cada cirurgia malsucedida, os seios dela ficavam mais mutilados e enfurecidos. Minha mãe suspirou e analisou: "Minha pele não cicatriza bem. E é por isso que precisamos consumir levedura de cerveja e óleo de fígado de bacalhau".

A cada incisão, os seios dela ficavam mais enfurecidos. Eles se multiplicaram como Gremlins. Um dia, começaram a sufocá-la. Minha mãe tentou afastar aquelas bestas de carne, mas elas eram insaciáveis e queriam sangue, vingança por todas as cirurgias que deram errado. Nenhuma cirurgia conseguiria matar o monstro dentro dela. Só a morte. E foi o que aconteceu. Minha mãe morreu sufocada pelas mãos de seus seios malfeitos. Parece absurdo, mas é verdade.

Naquele dia, o fedor de pó de lírio fez minha garganta coçar. Minha mãe ficou deitada em um velório de caixão aberto. Eu a vesti com mangas compridas para cobrir a maior parte do corpo e amarrei um lenço no pescoço para esconder os hematomas. Só as mãos e o rosto apareciam. Ainda não havia uma única ruga nela. Todos os espelhos estavam cobertos com panos. Isso para a vaidade não ousar mostrar a cara feia. Ela ficou deitada em uma sala cheia de lírios me sufocando. Como eu odiava o cheiro mortífero de lírios. Mas enfim minha mãe pareceu satisfeita com o corpo tratado pelo agente funerário. Não estava mais dançando com espelhos.

O estranho é que, no dia em que ela morreu, comecei a dançar com espelhos. Cumpri a profecia de meu pai: "Tal mãe, tal filha".

II
ANATOMIA MÓRBIDA

SEGUNDO CORTE

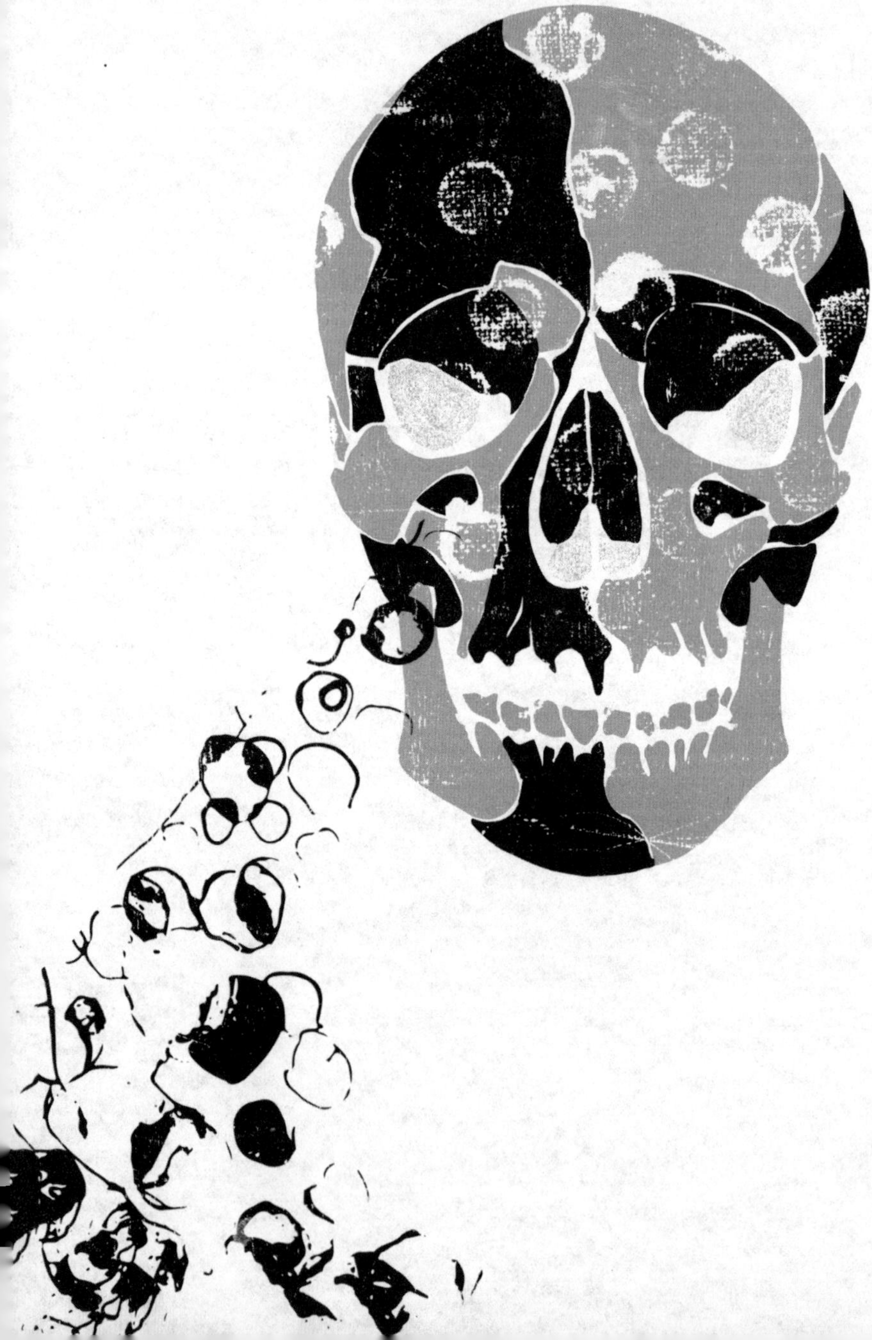

6

METEMPSICOSE

MARGARET ATWOOD

Estavam certos sobre a alma: ela existe. Mas nada mais do que nos disseram estava correto, no fim das contas.

Você já deve ter visto aqueles diagramas: um suposto organismo primitivo, como um caracol, por exemplo, é mostrado com um globo de luz brilhando dentro. Esse globo representa a alma. Caso o caracol se comporte bem, ao morrer, a alma dele pode reencarnar em um organismo considerado superior, como um peixe. Pulando de uma pedrinha orgânica para outra (pois o progresso da alma não é visto como horizontal, e sim vertical, de um degrau da escada da Grande Corrente de Seres para outro), a alma do caracol bem-comportado enfim chega ao ápice da criação e (que alegria!) renasce como um ser humano. É o que conta a história.

Mas estou aqui para dizer que bem pouco dessa fantasia é verdade.

Por exemplo, eu mesmo pulei de caracol direto para ser humano, sem barrigudinho, tubarão-elefante, baleia, besouro, tartaruga, jacaré, gambá, rato-toupeira-pelado, porco-formigueiro, elefante ou orangotango no caminho. E não fui forçado a ser concebido, gestado, nascido e criado desde a infância, com todo o muco, sangue, arroto, vômito, urina, assadura, dentição, ataque de birra, dor e choro que o processo envolve.

Eu estava destruindo uma folha de alface, minha boca oval denticulada se abria e se fechava como uma válvula de carne enquanto eu babava pela estrada da minha própria gosma brilhante autogerada. O lindo borrão verde ao meu redor, a renda criada por mim, o cheiro de clorofila, a suculência... Tudo era puro deleite. Viva o momento, dizem para os humanos, mas os caracóis não precisam ouvir isso. Nós estamos no momento o tempo todo, e o momento está em nós.

O que aconteceu depois? Algum cara decidido a me exterminar botou em uso o pesticida ecologicamente correto que (e eu não deveria revelar) era café frio em um borrifador, ao qual tinha sido adicionada meia xícara de sal. *Espere!*, eu deveria ter gritado quando as primeiras gotículas ardentes acertaram meu pescoço macio. *Me poupe! Sou parte do ecossistema! Contribuo com as cascas dos ovos dos pássaros!*

Eu sabia disso naquela hora? Não. Caracóis não pensam no lugar deles no universo. Pesquisei a conexão com cascas de ovos de pássaros depois disso; tem a ver com cálcio ingerido. (Eu não poderia ter gritado, de qualquer modo: caracóis são notoriamente mudos.)

Nem tive tempo de retrair meus olhos saltados e me recolher na concha protetora. Minha alma miniatura de caracol, uma espiral translúcida de luz um pouquinho fosforescente, disparou no ar — no ar espiritual, entende, onde as regras são meio diferentes — e seguiu pelas nuvens de arco-íris iridescente, pelos sinos tilintando e pelos sons de woo-woo de teremim daquela região, depois direto para dentro do corpo de uma representante de atendimento ao cliente de nível intermediário em um banco grande.

Não vou dizer qual banco. Suponho que os figurões da empresa não ficariam muito satisfeitos ao saber que uma das representantes de atendimento ao cliente é, em essência, um caracol. E nem mesmo um caracol exótico. Do tipo comum de jardim.

"Como posso ajudar?", eu me ouvi dizendo. Minha boca estava rígida; aquela boca de mulher não era flexível como minha boca de caracol, e os dentes eram desajeitados, em forma de bloco. É desnecessário dizer que me senti desincorporado, além de bastante inadequado para o trabalho que meu invólucro humano aparentemente tinha sido preparado para fazer. Aquele trabalho consistia em atender às ligações de membros consternados da clientela que alegavam ter sido mal atendidos. O banco tinha perdido todo o dinheiro deles, ou uma parte do dinheiro deles, ou tinha calculado os juros errado. Ou tinha passado informações incorretas, deixado de oferecer cheques de forma regular, levando a contas não pagas e, não, cheques digitais não eram aceitos. Ou ainda: o banco tinha vendido algum produto ou serviço bancário o qual eles não queriam. Também poderia acontecer de as defesas do banco contra invasões cibernéticas serem uma porcaria.

Meu invólucro humano tinha sido bastante treinado para acalmar, apaziguar, tranquilizar. Funcionava no piloto automático, como um robô de carne e osso. Pronunciava muito a palavra *retificar*.

Encolhido na casca do crânio da mulher humana onde nossas duas almas dividiam espaço, me vi murmurando: "Por que você está choramingando? Pelo menos ninguém borrifou pesticida de caracol em você". Na verdade, essas palavras saíram pela minha boca humana para um cliente ainda no telefone.

"Pesticida de caracol? Como é?"

As pessoas não estão dizendo que não entenderam quando dizem "Como é?". Isso eu aprendi. Elas querem que você saiba que você as ofendeu. "Mil perdões", disse minha boca humana. "Parece que estamos com uma interferência de uma estação de rádio. Corta a nossa frequência. Já aconteceu antes." O refúgio de caracol em forma de mulher dentro do qual estava abrigado não tinha escrúpulo em mentir, ao que parecia. Mas eu estava perplexo: caracóis não mentem, portanto não reconhecem a mentira como uma categoria.

Não demorou para que eu encontrasse outra variedade de cliente, mais suplicante, mais desesperado. Esses tinham respondido a mensagens de texto com alegações de serem do banco e afirmando haver uma irregularidade com a conta deles, solicitando assim a verificação de detalhes. Eles obedeceram de boa vontade, descobrindo depois que a mensagem não tinha sido do banco coisa nenhuma, mas sim de um golpista que tinha limpado as economias de vida deles.

"Que chateação", murmurava o rosto da mulher. "Vou repassar você para a equipe de fraudes."

"Mas e todo o meu dinheiro? Já era? Vou receber de volta?"

"Estou transferindo a ligação agora."

Caracóis não têm dinheiro. Não precisam de dinheiro. Mas ali estava eu, obrigado a testemunhar aquelas conversas irritantes sobre um assunto que não significava nada para mim.

Com um esforço considerável do meu arbítrio de caracol, usurpei o controle da nossa boca e falei por meio dela como eu mesmo. "Você respondeu à mensagem?", perguntei para a sétima vítima incauta. "Deu suas senhas? Isso foi uma burrice danada!"

"Como é?"

O que eu fazia naquele corpo não solicitado? Que força me acorrentou àquela sala, àquela mesa, àquele telefone? Minha transição do meu corpo de caracol havia sido tão rápida que eu nem sabia como era essa nova carapaça! Claro que eu também não sabia como era minha aparência quando eu era o caracol. Caracóis não têm interesse por espelhos.

Enfim o relógio marcou cinco horas. Meu cérebro humano — a parte de carne pensante daquele corpo estranho, e devo informar você de que a alma é de fato separada do cérebro —, sabia sobre relógios. Então eu, ou talvez ela, pôde desconectar e seguir para o banheiro. Novas tormentas me aguardavam lá.

Estávamos trabalhando de um lugar que era para ser "casa" por causa de uma coisa chamada covid. (Era um vírus. Caracóis têm seus próprios vírus e muitos parasitas — não vamos nem mencionar o verme pulmonar de rato —, mas covid não estava entre eles.) Então o banheiro era "meu", se é que posso usar um pronome possessivo assim para um cômodo que, embora um tanto familiar, me parecia bem estranho. Estava inundado de aromas intensos. Detectei o que mais tarde descobriria se tratar de sabonete de amêndoas, aromatizador de ar de limão e uma vela aromática: pétalas de rosas e flores de laranja. Essa última era a mais tentadora. Resisti ao impulso de comê-la.

Nosso ato seguinte foi olhar no espelho. Havia um rosto, um rosto emoldurado por cabelo, um rosto com um nariz protuberante feio no meio, um rosto humano simétrico que por certo eu tinha visto antes, ou digamos que a minha imagem no espelho era uma miragem geradora de uma ilusão similar no tecido cerebral envolvendo a minha alminha enrolada de caracol. Era um rosto bom até, acho. Os humanos achariam atraente. Não havia nenhuma verruga grande nele. Descobri ser capaz de fazê-lo sorrir e se franzir. Coloquei o rosto para fazer os movimentos a fim de ver quantos conseguiria. Botei a língua para fora. Nossa, pensei, uma parte do corpo com a qual eu conseguia me identificar: úmida, flexível, retrátil, com sensores químicos. Bem parecida com um caracol, apesar da cor rosada.

Meu interesse em manipular a língua logo acabou e desviei para outros tópicos. Apesar de caracóis terem olhos, nossa visão é limitada: examinamos nossos arredores por toque e cheiro. Mesmo com um forte desejo de ficar de quatro e lamber o chão, me controlei. Não podia passar minha língua emprestada por tudo naquele banheiro. Eu precisaria me concentrar. Voltei minha atenção para os acessórios.

Havia uma pia naquele banheiro. Além disso, uma privada. Na ocasião, eu não sabia a terminologia, apesar de deduzir a utilidade. Preciso dizer como achei espantoso aquele dispositivo duro, brilhante e cheio de água, sem mencionar as funções corporais para as quais ele tinha sido criado? Caracóis não pensam muito em sua excreção, que é inofensiva e de um tom verde agradável. Eu preferiria ignorar a coisa toda, mas não tinha muita escolha na questão. Era o chão, a privada ou explodir. Nosso corpo prendeu a respiração e se aliviou.

Naquele banheiro também havia uma banheira com chuveiro. Os corpos humanos são muito secos por fora, desprovidos daquela cobertura exuberante de muco que torna os corpos dos caracóis, fora as conchas, tão leves e sinuosos. A ideia de me imergir em água era muito atraente. Tiramos a calça de moletom e a blusa de manga comprida que dizia "Isso não é um treino" — tinha um desenho de martelo, uma piada que na ocasião não consegui entender — e entramos na água morna que caía na banheira graças a um giro de torneira.

Fiquei na banheira, tentando não olhar para a área intimidante de pele mamífera molhada que se estendia para baixo do meu pescoço enquanto sentia meus tecidos cada vez mais gastrópodes a cada minuto, quando a porta do banheiro se abriu. "Oi, linda", afirmou uma voz.

A palavra *linda* devia ter sido dita para o nosso corpo compartilhado, pois era a única entidade viva no local. Ainda assim, levei um susto. Por instinto, tentei me encolher para a concha antes de lembrar que não a tinha mais. A porta se abriu mais e aquele outro humano entrou. Como era um homem adulto, as vibrações dele eram perigosamente similares às do pateta que havia me borrifado com matador de caracóis pouco tempo antes.

Aquele homem carregava um saco de papel grande. Um fedor nauseante de carne queimada se espalhou pelo ar. Algumas espécies de caracóis são carnívoras, mas eu não era dessa laia.

"Eu trouxe costela", disse a voz grave e reverberante. Não significou nada para mim. "Trouxe pão de milho também. Eu sei que você gosta."

"Que bom", consegui responder. "Costela."

"E uma garrafa de Pinot. Então, quando você tirar esse corpinho delicioso da banheira, a gente pode comer e depois quem sabe... Netflix?" Ele pronunciou essa última palavra como uma carícia.

"Netflix...", nós sussurramos. O cérebro hominídeo aprisionante parecia se lembrar do termo. Era algum tipo de comida?

O homem, que reconheci agora como uma espécie de quase companheiro, retorceu os músculos faciais em um sorriso torto e fez contato visual, uma expressão que registrei como uma espécie de sinalização sexual, como o primeiro toque hesitante de um tentáculo macio de caracol no de outro. "Quanto mais quente melhor", acrescentou ele de forma enigmática quando saiu, sem fechar a porta.

Nós saímos da banheira e invocamos a memória muscular para saber a sequência de movimentos a seguir. Secamos nossa pele agora enrugada, inspecionamos os dedos dos pés — como era estranho ter dois pés! Caracóis só têm um — e nos enfiamos no roupão pendurado no gancho ao lado da porta. Era de um tom de rosa doentio, como a língua. Nosso cabelo estava úmido; isso me fez sentir ansiedade. Caracóis nunca precisam se preocupar com cabelo, enquanto — como eu logo descobriria — os humanos vivem se atormentando por causa dele. Ter, não ter, arrumar, desprezar quando arrumado por outros, torcer, trançar, empilhar, cortar, puxar... Ao revirar o passado em busca de origens pré-históricas, uma obsessão deles, os humanos poderiam se preocupar com coisa pior do que cabelo.

Enrolamos nosso cabelo em outra toalha e saímos com cautela para o cômodo principal. O namorado — pois era isso que ele era — tinha arrumado as costelas e o pão de milho em dois pratos, com uma salada de acompanhamento em cada um. Estavam em uma mesinha ao lado de uma janela. Parecia que morávamos em um condomínio com vista. A vista era de outros prédios, um lago, um céu. O cérebro humano se lembrava daquela vista? Sim. Aquelas lembranças estavam se sobrepondo às memórias de caracol, como um palimpsesto? Estavam. Eu sentia tontura. Era coisa demais para absorver.

Eu nos sentei na cadeira oferecida. "Tem alface?", perguntei com voz fraca.

"Eu trouxe salada de repolho." Meu namorado sorriu, o sorriso agourento de um onívoro. Como explicar para ele que eu não podia comer salada de repolho? O vinagre do molho, que meus sensores de caracol detectavam a um quilômetro de distância, era como se fosse fogo.

O namorado estava abrindo uma garrafa de cerveja. Uma notícia melhor. Caracóis amam cerveja; gostam do levedo, pois tem cheiro de vegetação fermentando. A cerveja, lamento dizer, costuma ser usada para nos afogar.

"Prefiro alface. Estou com alguma coisa na barriga. É mais fácil de digerir. Tem?"

"Sei lá", respondeu ele. Ele abriu uma porta branca, olhou dentro. Ah, sim, lembrou-me o cérebro humano. Uma geladeira. "Não. Acho que a gente comeu. Tem uma cenoura."

"Vou tomar uma cerveja também", acrescentei.

"Você? Mas você odeia!"

"Não mais", justifiquei.

"Qualquer coisa por você, amor", expressou ele. "Até a minha cerveja!" Nossa boca tomou um gole da garrafa oferecida: enfim uma coisa naquela vida humana que eu podia apreciar.

Brinquei com a cenoura — não estava podre, por isso era dura demais. Em seguida, arrisquei comer um pedacinho de pão de milho, mas era muito ruim. Parecia areia. O namorado, Tyler — o nome dele tinha aparecido na minha consciência como um conjunto de letras indistintas, como se escritas em névoa — roeu as costelas, segurando cada uma com as patas grandes e arrancando a carne do osso com os dentes brancos enormes. Que processo tosco — como era diferente dos movimentos delicados de raspagem praticados pelos caracóis! Eu o observei, com repulsa, mas também fascínio.

"Não está com fome, amor?", perguntou ele entre mordidas.

"Não muita", atestei com minha voz de representante de serviço bancário, sorrindo de um jeito que eu pretendia que fosse agradável. Eu esperava que a cerveja contivesse alimento. Se ficasse naquele corpo humano por muito tempo, o que comeria? No dia seguinte, eu levaria o corpo às compras. Conseguiria um estoque de brotos de ervilha e alguma fruta bem madura.

"Como foi seu dia?", perguntou Tyler. Pelo que estava logo se tornando uma névoa de cerveja, olhei para ele por cima da mesa. Eu via que ele era atraente no sentido humano. Tinha muito cabelo de cor escura e alguns músculos.

"Ah, como sempre", relatei. "Mas acho que fui grossa com um cliente."

"Você? Não acredito!" Ele soltou uma gargalhada, ejetando pedacinhos de costela. "Você não conseguiria ser grossa nem com o Godzilla!"

Essa era a persona da minha mulher hospedeira antes de ela ter um caracol dentro dela: fraca, lerda, fácil de influenciar. Era por isso que tinha ficado disponível para a minha alma? Por falta de força interior? "Deviam estar monitorando as ligações. Eu posso ser demitida", avaliei. Eu estava com esperanças disso, e não o contrário.

"Duvido", assegurou ele. "Você é boa demais pra esse emprego. Porra, é boa demais pra mim!" Ele se aproximou por trás e começou a massagear nossos ombros. Espalharia sumo fedorento de carne no roupão rosa. Eu tinha uma imagem mental indefinida de uma máquina de lavar roupa. Nós tínhamos isso? Ele beijou nosso pescoço e deu uma lambida exploratória.

Era um movimento de cortejo — mesmo entre caracóis, teria sido recebido assim —, e logo depois ele e nosso corpo estavam envolvidos nos estágios iniciais de um evento de cópula, que depois levou com rapidez indecorosa aos estágios seguintes, com minha alminha verde enredada nos acontecimentos como uma criancinha presa em um trem-bala. Como são rudimentares os procedimentos sexuais dos humanos em comparação aos dos caracóis! Como são precipitados! Não há a carícia escorregadia e lenta de tentáculos, não há o entrelace, não há o contorcionismo e a torção provocantemente voluptuosos. Caracóis podem permanecer no ato por horas. Mas os humanos, nem tanto.

Como eu poderia explicar o que queria? Eu não poderia dizer "Eu sou hermafrodita". Não haveria compreensão. Também não poderia dizer ao namorado que queria inserir meu pênis no poro genital dele — teria sido em algum lugar perto do ouvido se ele tivesse um — enquanto ele inseria o dele no meu. E, principalmente, não podia contar para ele que eu queria disparar um dardo do amor dentro dele, para dar ao meu esperma uma chance melhor de fertilizar seus óvulos. Meu cérebro humano racional sabia que ele não tinha óvulos, mas o sexo não é racional, é? Tem a ver com sensações, e era isso que eu sentia.

Eu não tinha dardos do amor, de qualquer modo. Uma faca comprida de carne não seria um bom substituto, e talvez até o matasse. Eu não ia querer isso. Mas ímpetos são ímpetos. Eu mal conseguia me segurar.

"Algum problema, amor? Você parece diferente", observou Tyler ao completar o ato.

"Eu não me sinto eu mesma." O quanto eu poderia revelar sem que ele achasse que enlouqueci?

"Tipo como?"

"Tem alguma coisa errada com meu corpo."

Houve uma pausa. Já estava escuro; eu não conseguia ver o rosto de Tyler. Ele devia estar pensando. A mão que estava fazendo carinho no meu cabelo se afastou.

"Ah", analisou ele. "Você deve estar ficando doente."

"Não", falei. "Estou bem. Mas esse corpo não parece meu."

"Como assim? É um corpo ótimo."

"Talvez para outra pessoa", repliquei. "Mas não para mim. Eu devia estar em um corpo diferente."

Houve uma longa pausa, que interpretei como sintoma de pensamento. "Quer falar com alguém sobre isso?", perguntou ele com cuidado, mais uma declaração do que uma pergunta.

"Quero", concordei. "Acho que devo." Reparei que ele não tinha perguntado em que tipo de corpo eu achava que deveria estar.

• • •

Tyler trabalhava como técnico de som no meio televisivo e encontrar um psiquiatra não foi difícil para ele. O médico foi muito recomendado por um amigo, assegurou ele. Estava acostumado a atender pessoas incomuns.

"O que você quer dizer com incomuns?", perguntei.

"Ah, você sabe. Atores."

Foram necessárias algumas semanas para marcar uma consulta, e durante esse tempo entrei mais na minha encarnação humana, como se estivesse vestindo uma roupa de borracha. Agora, pelas vias neurais do meu cérebro humano, eu tinha lembrança quase total dos dias e jeitos da minha mulher hospedeira. Sabia o que era esperado de mim naquele disfarce; falava as coisas, executava os rituais, mas continuava com a convicção de que, na verdade, eu era um gastrópode terrestre. À noite, eu me encolhia o máximo possível e puxava o lençol sobre a cabeça. Meus sonhos eram com folhas, troncos úmidos e outros caracóis.

O psiquiatra era um homem baixo de óculos e bigode que parecia um psiquiatra de desenho infantil. Ele tinha um caderno e, ao abri-lo, me perguntou qual parecia ser o meu problema. Falei sobre minha preocupação por ter nariz. Ele tentou não demonstrar surpresa.

"Ah", analisou ele. "Dismorfia corporal."

"Não", respondi. Eu tinha lido sobre os termos. "Eu não quero um nariz diferente. Não quero ter nariz nenhum. Quer dizer, não um que se projete para frente."

"Você já pensou em cirurgia plástica?" Esse era um plano chamado "entrar na ilusão do paciente". Eu tinha me preparado para isso.

"Não quero que este corpo seja alterado", assegurei. "Quero que seja removido. Eu estou toda no corpo errado."

"Ah", disse ele de novo. "Você está no corpo errado."

"Eu não sou homem", afirmei. "Caso você esteja questionando."

"Ah." Ele pareceu decepcionado, mas ao mesmo tempo interessado. Mexeu na caneta. Sentia um artigo de pesquisa revisado por colegas a caminho?

"Mas eu tenho pênis", avisei. "Se bem que não é um pênis humano. Meu verdadeiro eu tem."

"Ah, é?"

"Fica perto do meu ouvido."

Ele pareceu confuso. Colocou a caneta na mesa.

"Eu também tenho óvulos", expliquei. "E um dardo do amor. Quer dizer, no meu corpo real. Aquele em que não estou agora."

"Dardo do amor?" Ele ergueu as sobrancelhas. "Você tem uma arma?"

"Não é bem uma arma. É um gipsobelo", esclareci. "É feito de cálcio. Eu disparo no meu parceiro. Quer dizer, dispararia se estivesse no meu corpo real."

"Ah." Ele me olhava com certo alarme. Não só para mim, mas para a porta, atrás de mim.

"Não dispara como uma arma", amenizei. "Mais como uma zarabatana."

"Entendo", ponderou ele. "E seu corpo real, você diz..."

"Eu sou um caracol."

Houve silêncio. "Acho que nosso tempo acabou", concluiu ele, embora ainda faltassem pelo menos cinco minutos. "Nos vemos na semana que vem?"

"Acho que você não pode me ajudar", confessei, pegando a bolsa. Eu tinha levado um tempo para me acostumar com ela. Bolsas não têm utilidade para caracóis.

Saí do consultório dele em estado de desespero. Por qual crime estou recebendo essa punição?, me perguntei. O que fiz de tão errado quando eu era caracol? Quanto tempo vou ficar em confinamento nesse purgatório? Quais penitências preciso fazer para me libertar?

Talvez, pensei, fosse problema religioso. Comecei a frequentar igrejas, quando havia pouca gente dentro. Eram escuras e úmidas, como a parte de baixo das folhas, e tinham um cheiro leve de mofo, um cheiro para mim reconfortante. Eu comecei a rezar. *Ah, Deus, ou quem quer que seja responsável por essa confusão, por favor, me tire daqui! Deixe minha alminha sair dessa jaula gigantesca desajeitada! Não preciso voltar a ser caracol, embora seja minha preferência. Uma tartaruga, talvez? Um sapo? Não, agitado demais. Algo plácido, algo vegetariano...*

Mas aí, comecei a ter dúvidas. E se eu não tivesse uma alma de caracol, no fim das contas? E se eu fosse mesmo aquela mulher — o nome dela era Amber —, e se eu fosse Amber e sempre tivesse sido Amber e estivesse tendo um surto psicótico? Por qual razão aquilo teria acontecido? Deveria tentar apagar todas as lembranças da minha existência de caracol? Isso me deixaria mais feliz? Só de pensar em uma coisa dessas eu já entrei em frenesi. Eu deveria pular da varanda do apartamento, pôr um fim naquele corpo detestado na esperança de reencarnar de novo? Mas eu poderia acabar sendo algo pior. Uma sanguessuga. Um piolho de sobrancelha. Na pior das hipóteses, uma lesma.

Essa fase passou, com a ajuda de umas jujubas de THC obtidas por Tyler. Foi gentil da parte dele. Descobri que, se eu me chapasse o suficiente, dava para tolerar a forma dele acasalar e até gostar às vezes. Decidi que, como eu não podia descer do ônibus, era melhor apreciar o passeio, e eu e meu corpo roubado fizemos o melhor possível.

Depois de mais duas semanas, perdi o emprego como representante no banco. Na verdade, meio que pedi demissão. Não havia energia para trabalhar — eram tantas vozes infelizes — e não tinha interesse em nada do que elas diziam. Quem se importava com o Padrão Global de Classificação Industrial? Eu não. "Juros" e "taxa de câmbio" eram invenções sem nenhuma relação com o mundo real: não comiam, se reproduziam nem defecavam. Esses fragmentos da ideosfera humana giravam em volta de mim como fumaça, sempre mudando, impossíveis de agarrar de alguma forma tangível.

Depois de sair do emprego no banco, passei a dormir no apartamento me encolhendo em um pufe grande, com minha alminha em espiral brilhando dentro do domicílio carnal. Quando não estava dormindo, cochilava, em um meio-termo como se estivesse sob hipnose. Passei horas olhando para as mãos — as espirais nas pontas dos dedos, as linhas que percorriam as superfícies das palmas —, imaginando como seria enfiar meu pé escorregadio, semelhante a uma língua, nos caminhos da minha própria pele.

Tyler começou a perguntar quando eu começaria a procurar outro emprego. Supus que ele estivesse ansioso porque eu não estava mais contribuindo com a minha parte do aluguel, mas a ansiedade dele me deixou indiferente. Ele presumiu que talvez eu estivesse com alguma coisa — mononucleose era o palpite dele — e não seria o caso de ir a um médico? Falei que eu só estava com muito cansaço. Ele insistiu que não era normal, e eu estava perdendo peso também: precisava comer alguma coisa além de hortaliças. Respondi que tentaria, mas ele podia comprar mais alface? Parecia ter acabado. A feira seria um bom lugar para comprar, reforcei. Teriam produtos regionais. Quando Tyler saiu com a sacola de compras reutilizável, virei o pufe de cabeça para baixo e me escondi debaixo dele. Era bem quente e escuro e meio úmido.

Quando estávamos almoçando — uma deliciosa salada, apesar de a dele ter bacon —, Tyler encontrou uma lesma na alface. "Prova que é orgânico", atestou ele. Ele se levantou. "Vou jogar a merdinha na privada."

"Não", gritei. Ou achei ter gritado, mas nenhum som saiu. Eu tinha perdido a voz. Estava sem fala de horror? Agora que Tyler tinha se revelado um assassino, eu não poderia ficar com ele. Enquanto ele estava no banheiro se livrando do meu parente, saí do nosso apartamento em silêncio pelo corredor até o elevador. Ainda estava de moletom e camiseta, só com um casaco leve de outono por cima. Para onde poderia ir?

Segui para o parque mais próximo, mas era aberto demais. O céu cheio de pássaros era assustador para mim. Encontrei uma ponte de trem e me agachei embaixo, junto da parede úmida de cimento. Ficaria ali, decidi. Era outubro: eu me enfiaria no solo antes que congelasse; hibernaria. Se ao menos conseguisse subir devagar pela parede de vegetação sedutora que eu via por uma abertura no meio das vigas de ferro... Mas não, isso podia não dar certo, porque eu não era um caracol. Ou era?

Permaneci lá várias horas, de cócoras, abraçando meu próprio corpo, tremendo, invisível para os passantes. Uma pessoa me deu dois dólares. Podia sentir meus tecidos se contraindo, murchando. A sede me levou de volta ao apartamento.

"Aonde você foi, amor?", perguntou Tyler quando eu estava tomando água na cozinha.

"Eu saí", consegui grunhir. Desabei nos braços dele; devo ter desmaiado.

• • •

Quando acordei, estava em um hospital com soro enfiado no braço. Desidratação severa, disseram. E subnutrição. Sopa nutritiva, sobremesas de gelatinas, pudins: isso foi prescrito. Consegui ingerir tudo, embora com esforço. Pelo menos, eram úmidos.

Agora, estou de volta ao apartamento. Tyler pouco aparece. Ele diz que vai para a academia, mas ninguém pode ir tanto assim para a academia. Ele está me evitando. Na verdade, pode estar com certo medo de mim. Naturalmente, ele tem outra mulher com quem está copulando — uma forma substituta de exercício extenuante parecido com o da academia para ele, sem dúvida. Consigo sentir o perfume almiscarado dela nele a um quilômetro de distância. Mas não ligo; embora caracóis sintam paixão, não entendem ciúmes. Talvez essa ladra de namorado queira se enrolar com nós dois, especulo com preguiça. Devo sugerir a Tyler? Caracóis gostam de *ménage*. Isso naquilo, nisso naquilo; uma espécie de guirlanda de interconexão sedosa e muscular... Não, Tyler é puritano de coração, dá para saber pelo vício em academia, e, como todos os bons puritanos, ele tem inclinações monogâmicas. Que pena.

Os dias passam. Mato o tempo. Medito. Talvez minha compreensão desse fenômeno tenha sido errada. Talvez eu fosse mulher desde o começo — talvez até aquela mulher em específico, Amber, com o guarda-roupa de camisetas com piadas — e eu tenha sido enviada para um caracol para aprender algo de importância profunda para a minha alma. Mas o que poderia ser? Fazer homenagem ao que é imediato, como as veias ricas, as células de verdes comestíveis e o aroma intoxicante de peras apodrecendo? Apreciar as alegrias simples do universo, como a junção com outro caracol ou caracóis? Era isso? O que não estou compreendendo? É o que é? Sou o que sou? O que sou?

Por que preciso sofrer? Eis a charada final. Isso é que é ser humano, imagino: questionar os termos da existência.

Mas nem tudo é penitência. Existem lados bons. Os caracóis nos próprios corpos não conseguem ver as estrelas, mas através desses olhos emprestados, eu agora as vi. São magníficas. Talvez eu tenha lembranças delas quando me tornar caracol de novo, se algum dia essa graça me for permitida.

Deve haver um propósito. Eu devo estar aprendendo alguma coisa. Não posso acreditar que seja tudo aleatório.

Preciso ser otimista até minha hospedeira atual de pele e tecido se acabar. Aí, minha alminha brilhosa espiralada vai subir e voar pelas nuvens iridescentes e pela música de tom baixo do reino espiritual intermediário para se incorporar outra vez. Mas como o quê?

Qualquer casca que não seja essa. Qualquer concha que não seja essa.

7

Porte OCULTO

LISA TUTTLE

Ela estava ansiosa para passar um ano de trabalho nos Estados Unidos, até que, quase no último minuto, o local foi mudado de Nova York para o Texas. Havia um bom motivo: um membro da equipe gerencial do escritório de Houston tinha saído sem avisar, deixando-os na mão. Felizmente, a experiência e o conjunto de habilidades de Kelly eram compatíveis com a vaga em aberto, e como ela já estava preparada para sair de Londres na semana seguinte, só foi preciso organizar uma pequena mudança no plano.

O chefe disse: “Você vai ter um carro da empresa. Não dá para viver no Texas sem carro. E vai haver um apartamento mobiliado esperando por você; já vi fotos e é lindo e espaçoso. Tem até piscina. E é perto do escritório de carro. Mas, se você não gostar, pode cancelar o aluguel no fim do mês e tomar outras providências. Estão muito agradecidos de você aceitar ir tão em cima da hora e estão ansiosos para fazer o que puderem para você ficar feliz”.

Ela sabia que não tinha escolha e que seria ingratidão reclamar, mas todas essas vantagens a fizeram imaginar em que ela estava se metendo.

“Por que a pessoa foi embora?”

"Faz diferença?"

Ela olhou para ele.

Com um movimento de boca, ele cedeu. "Ela vai ter um bebê."

Ela se perguntou por que ele não tinha dito que ela estaria cobrindo uma licença-maternidade até ele dizer que tinha sido deixado claro que a ausência não era temporária. Ela não voltaria.

"Por isso, pode ser que tenhamos um problema pra trazer você de volta pra cá", observou ele com alegria. "Você vai querer cidadania americana. Todo mundo quer."

Kelly não tinha tanta certeza. Nunca tinha considerado sair de Londres; Nova York tinha sido o limite. Nova York tinha todo o glamour. O Texas parecia ser cheio de fanáticos, políticos de direita, pastores fundamentalistas e assassinos. Na mesma semana em que soube que iria para lá, o estado apareceu no noticiário por causa de outro massacre mortal de crianças e professores em uma escola, o pior de todos.

Ela confidenciou os medos para a melhor amiga, que, por ter tirado férias na Flórida em diversas ocasiões, era grande fã dos Estados Unidos. Ela concordou que os massacres por tiros eram bem comuns lá e que as leis de armas eram idiotas, mas ponderou que coisas terríveis também aconteciam na Inglaterra. "Você foi embora de Londres quando teve aquela bomba? Não. Ficou em casa todas as noites para não ser sequestrada e estuprada? Você acha mesmo que está muito mais segura em Londres? Aqueles tiros não foram nem em Houston. Além do mais, quando foi a última vez que você botou o pé em uma escola?"

Ela foi recebida no aeroporto de Houston por um jovem que se apresentou como Alberto e disse que a levaria para casa. Não explicou o que fazia para a empresa, nem se trabalhava lá. Não usava uniforme, mas tinha uma arma no cinto. Ela achou o detalhe preocupante, mas hesitou em perguntar. Ele era um homem de poucas palavras, e como as falava com um leve sotaque, ela teve medo de não ser bem compreendida. Ou talvez tenha ficado intimidada pelo silêncio dele e pela arma. Ou quem sabe temesse revelar a própria ignorância. Talvez todos os motoristas de táxi e Uber no Texas andassem armados por rotina.

No estado atual dela, de choque cultural com privação de sono, seria melhor deixar as coisas correrem como deveriam e não interromper o fluxo natural dos acontecimentos.

O trajeto demorou muito mais do que o esperado, e ela cochilou algumas vezes antes de acordar de repente, com medo de ter perdido algo. Mas, cada vez que acordava, o carro ainda seguia de maneira tranquila pela noite artificialmente iluminada, por uma rodovia cercada por uma cidade ou paisagem que ela não conseguia ver. O rádio tocava músicas pop familiares de décadas anteriores, interrompidas com frequência por anúncios de serviços e empresas desconhecidas.

Um pouco tímida, ela perguntou a Alberto onde eles estavam e o quanto faltava, e dessa forma descobriu que a nova casa, tanto o local de trabalho quanto a residência, se localizava a uma certa distância da cidade de Houston, em uma área não incorporada, ao lado da cidade de Homer. “Não falta muito agora”, garantiu ele.

Diante da notícia, ela se determinou a permanecer acordada, mas depois de alguns minutos, começou a bater cabeça. Alberto falou de novo, sobressaltando-a e levando-a a uma posição ereta quando ela reparou que a seta piscava e ele estava a caminho de uma saída. “Olhe ali”, comentou ele. “Está vendo aquele prédio? O que está todo iluminado? É lá que nós estamos.”

“*Que nós estamos?*”, repetiu ela, confusa.

Ele disse o nome da empresa. “Nosso QG de Houston. E seu apartamento fica a cinco minutos. Bom, talvez um pouco mais vindo daquela direção, mas não vai demorar nadinha para você chegar ao trabalho de manhã. Alguns dos nossos colegas moram no mesmo prédio. É um lugar bom para morar se você não tem filhos, pelo menos.”

A explosão de tagarelice a surpreendeu menos do que a descoberta de que o homem, que ela pensara ser motorista de Uber, era um colega de trabalho. Ela deveria ter sido apresentada a ele durante a reunião de Zoom na semana anterior. Ficou constrangida, mas aliviada por ter descoberto a verdade antes de tentar dar uma gorjeta.

O apartamento ficava no quarto andar de um prédio, uma torre de vidro octogonal com oito andares. Ela agradeceu a Alberto por carregar a mala dela até o saguão e insistiu que conseguiria levá-la a partir dali.

"Bem, se você tem certeza. Vou só esperar o elevador chegar. Ah, e seu carro está no estacionamento. É um Lexus azul. As vagas têm os mesmos números dos apartamentos. Você vai encontrar a chave e tudo de que precisa lá em cima. Mas me ligue se tiver alguma pergunta." Ele entregou o cartão para ela com a chave do apartamento.

O apartamento era espaçoso e tinha um leve cheiro de produtos de limpeza sobreposto pelo odor mais forte e natalino de aromatizador. Os móveis eram reconhecíveis da IKEA, não novinhos, mas conservados. Alguém (Alberto?) tinha até deixado provisões básicas na cozinha, e havia uma cesta enorme de frutas na mesa com um bilhete de boas-vindas assinado por mais de dez nomes parcialmente decifráveis.

Depois de andar sem destino para olhar o ambiente, ela se permitiu cair no sofá, mas logo levantou ao sentir uma coisa dura no quadril. Achou que estivesse debaixo da almofada, mas estava presa à base. Ela enfiou a mão no vão estreito entre as duas almofadas e encontrou algo largo e rígido que não deveria estar ali. Segurou a coisa e a puxou.

Quando viu o que tinha encontrado, largou como se tivesse se queimado.

Era uma arma.

A arma era pequena, um pouco maior do que o celular dela, mas, ao contrário de um objeto liso e achatado que poderia escorregar sem querer, devia ter sido escondida de propósito.

Pelo último morador? Mas alguém deve ter feito uma limpeza caprichada antes de Kelly chegar. Alguém da limpeza deveria ter encontrado a arma antes dela. O sofá não era novo, mas talvez fosse um substituto, colocado ali com arma e tudo vindo de outro apartamento? Ou talvez a pessoa da limpeza tivesse escondido a arma, com o intuito de se livrar da prova de algum outro crime.

Ela tremeu e bocejou em seguida. Deveria contar para a polícia, mas não agora, estava cansada demais para pensar direito. Apesar de detestar tocar na arma de novo, ela pegou o objeto com cuidado e o empurrou entre as almofadas até onde foi possível.

• • •

O trabalho não foi problema. Kelly tinha conhecimento do que precisava fazer. Ajustar-se aos colegas foi um pouco mais complicado. Eles pareciam legais, mas estranhos... Ela sabia que *ela* era a estranha ali, claro. Eles deviam ser todos perfeitamente normais, e seria dever dela se adequar às normas do ambiente da melhor forma possível. Ela não poderia ser como eles, apesar de querer se ajustar. Sentiu-se grata pela simpatia deles, mesmo parecendo exagerada. Nunca recebera tantos convites para entrar em uma igreja como naquela primeira semana. Não era tanto a nacionalidade dela, o sotaque ou a ignorância dos costumes locais que a destacava; a falta de qualquer afiliação religiosa (sem mencionar crença) era o que eles consideravam o mais difícil de aceitar.

No fim da semana, sozinha em casa com uma garrafa de vinho e o celular, ela abriu o Tinder. Em pouco tempo, deu um *match*. Pierce, 38 anos, advogado, com interesse em história, política, arte, teatro e vinho. (Ele era sócio de uma vinícola.) As mensagens de texto logo ficaram mais íntimas, e eles falavam ao telefone por horas. Um encontro físico no começo pareceu problemático; ela não queria dirigir até Houston para o primeiro cara a cara, mas também não estava disposta a convidá-lo para aquele ambiente desprovido de restaurantes que era Homer.

Depois de considerar com cuidado, ele sugeriu o que chamou de local de encontro intermediário. Era uma churrascaria com fama de servir as melhores costelinhas e linguiças em dois condados. Não era um jantar chique, e o horário de atendimento durante o dia era limitado, mas ele achou que ela gostaria da experiência autêntica do Texas se ela estivesse livre para o almoço no sábado seguinte.

Na verdade, ela descobriu quando verificou, a churrascaria não era "na metade do caminho"; era mais perto de Homer, a uma distância considerável de Houston. Apesar de ter uma longa distância para percorrer, ele conseguiu chegar primeiro e esperava por ela no estacionamento da frente. Ela ficou tocada pela consideração dele e satisfeita ao ver que Pierce era ainda mais bonito na vida real do que nas fotos enviadas. Quando ele andou na direção dela, com um gingado no passo e um sorriso sexy se abrindo no rosto, ela sentiu o calor do desejo. *Ah, sim.*

Eles trocaram algumas palavras, mas a conversa real acontecia nas entrelinhas: ela sabia que ele estava sentindo o mesmo por ela. Só quando ele deu um passo à frente para abrir a porta para ela foi que ela viu a arma no cinto dele.

Foi como um tropeço; o estômago dela se contraiu. "Você disse que era advogado."

Segurando a porta, ele olhou para ela com surpresa, provavelmente mais pelo tom acusatório do que pelas palavras. "Só do tipo chato de advogado que cuida de coisas de empresa. Nada emocionante. Por quê?"

"Por que a arma? Se você não lida com criminosos. Mais justiceiro do que advogado."

Ele ergueu as sobrancelhas. "Entendiiii. Bom, a gente não está na alegre Inglaterra. Sei que você não está aqui há muito tempo, mas eu não posso ser o primeiro civil armado que você encontrou."

Ela pensou em Alberto. Kelly nunca o tinha visto sem a arma, dentro ou fora do escritório, apesar de não ter nada a ver com o trabalho dele. Mas, ele disse, um dia poderia ter. Se houvesse algum incidente com um atirador, ele esperava poder se proteger e aos outros. Ele também dissera a ela que pelo menos metade dos colegas de trabalho também eram donos de armas, quer escolhessem carregá-las abertamente ou não. Até Donna Jo, uma mulher mais velha que ainda não tinha desistido da possibilidade de fazer Kelly entrar para a igreja dela, carregava uma arma na bolsa. Isso era conhecido como "porte oculto". Alberto, como Pierce, preferia "porte ostensivo", mas ambas as práticas eram legais, e nenhuma exigia licença especial.

"Você tem razão", concordou ela, e tentou deixar a tensão de lado e relaxar os ombros. "Mas ainda me deixa nervosa. É pior ainda saber quantas armas há por aí..."

"Posso sugerir que a gente entre e peça antes que acabem as costelinhas? Acredite, você lamentaria se perdesse. Nós podemos falar sobre o exercício dos direitos constitucionais mais tarde."

Com ou sem arma, ele era incrivelmente atraente.

"Desculpe", murmurou ela.

"Não precisa se desculpar", murmurou ele com uma piscadela.

A comida estava fantástica. Ela talvez preferisse o peito bovino à costela, mas tudo no prato era delicioso. Eles comeram, conversando apenas sobre o prazer da comida no começo, e estavam em um clima melhor quando o assunto voltou a ser sobre armas.

"Eu sei que as coisas são diferentes na Inglaterra", ponderou ele. "Vocês têm leis de armas bem duras. Até a polícia, a maioria deles nem carrega armas de fogo, não é? Isso parece loucura, mas, se funciona para vocês, não cabe a mim protestar. A questão para nós é que o direito de portar armas está incluso na Constituição dos Estados Unidos. Mesmo se quiséssemos aprovar os tipos de leis sobre as quais as pessoas falam, requisições básicas similares às que as pessoas que querem dirigir precisam cumprir, mesmo que houvesse vontade política para algo assim, é tarde demais. Já há mais armas do que pessoas no Texas, e cada vez que surge um boato sobre controle de armas, mais gente sai e compra. É assim. E com tantas pessoas potencialmente irresponsáveis, malucas e até más em posse de armas mortais, alguns de nós, assim como eu mesmo, sentem que é responsabilidade nossa ser o bom sujeito com uma arma."

Ela nunca tinha sido fã dos faroestes que o avô amava, mas se comovia com a imagem do defensor solitário, protegendo os inocentes e indefesos. Talvez todos os filmes e programas de televisão norte-americanos que tinha visto desde a infância tivessem corrompido sua mente, mas o cidadão de bem com uma arma era sexy.

Eles se prolongaram no café, a conversa ainda girava em torno de armas. Ele se ofereceu para ensiná-la a atirar. Disse que esse medo é porque não entendia as armas e que tinha crescido em uma cultura que as odiava, mas elas não eram ruins por si só.

"Armas não matam pessoas, pessoas matam pessoas", comentou ela, certeira.

"Sim, exatamente!"

"Eu li em um adesivo de para-choque."

"Isso não torna uma mentira."

Ela mantinha suas dúvidas, mas nenhum desejo de discutir. Nenhum desejo de comprar uma arma nem de ir com ele a um clube de tiro, mas muito desejo de outra coisa. Ela o levou para casa.

• • •

Ela acordou de um sono leve com um sobressalto. Pierce dormia ao seu lado. Tudo estava escuro e imóvel, mas ocorrera um barulho; seria um baque, o som de alguma coisa caindo? Alguma coisa no outro cômodo. A imagem de um homem paralisado, de pé na sala escura, esperando para ter certeza de que não tinha sido ouvido, surgiu na mente dela.

Ela parou de respirar e ficou prestando atenção o máximo possível, mas o barulho, se é que tinha havido algum, não se repetiu. O apartamento ao lado estava vazio e ela nunca tinha sido incomodada pelos ruídos das pessoas de cima; certamente não naquele horário... Ela pegou o celular e viu que eram 5h23 de domingo. Bom, as pessoas acordavam cedo para ir à igreja, não é? Talvez alguém do andar de cima tivesse deixado um sapato cair.

Ou tinha sonhado. Ela ouviu a respiração regular do homem ao lado e tentou pegar no sono. Impossível. Ela só conseguiria se acalmar ao ver que tudo estava bem.

Pierce não tinha se mexido. Ela não o perturbaria por causa daquilo, bancando a mulher indefesa cuja única esperança era encontrar um homem para protegê-la. Um cidadão de bem com uma arma.

Ela saiu da cama, se enrolou em um roupão e foi com calma até a porta, parando perto da cômoda onde Pierce tinha deixado o relógio, a carteira e a arma. Se alguém tivesse entrado no apartamento dela, não seria melhor enfrentá-lo com uma arma?

A arma escorregou para a mão dela, como se ansiosa para ser segurada. Ela ficou surpresa ao ver como a sensação era boa. Não dava para enxergar muito no escuro, embora tudo parecesse bem natural. Ninguém acharia que ela nunca tinha segurado uma arma na vida.

Ela saiu do quarto, preparada para um confronto, mas não viu ninguém na sala. Quase foi uma decepção. Mesmo depois de ter certeza de que a porta ainda estava trancada, o ferrolho no lugar, ela acendeu a luz para olhar atrás do sofá e da cortina, abrir o armário de casacos e ir à cozinha, só para ter certeza.

No quarto, Pierce continuava dormindo, alheio. Apenas em parte consciente do que estava fazendo, ela ergueu a arma e mirou na forma embaixo do lençol. Pensou em como seria fácil dar um tiro, vê-lo acordar, confuso e apavorado. E quando ele se desse conta de que era a arma dele, disparada por uma mulher que tinha dito para ele horas antes que achava nunca conseguir atirar em outro ser humano, nem por "legítima defesa"? O que ele pensaria, o que diria se ela o acordasse agora?

O dedo dela se contraiu no gatilho. Ela tentou atirar, mas nada aconteceu.

Trava de segurança. A trava de segurança está acionada.

Qual era o problema dela? Ela não queria disparar uma arma, não queria assustar e com certeza não queria matar. Esses pensamentos não eram dela; deviam estar vindo de outra pessoa... da própria arma! *Ela* a tinha seduzido para que a pegasse e agora...

Horrorizada, ela jogou a coisa mortal longe. Caiu com um estrondo alto na cômoda, desencadeando um coral de tilintares, garrafas de perfume, cosméticos e bandejas de bijuterias ao bater. A cacofonia fez Pierce se levantar no meio dos lençóis, gritando com voz rouca: "Quem? O quê? Quem é?".

"A sua arma!", Kelly gritou com ele, fechando o roupão no peito. "Aquela coisa horrenda, maldita! Tire daqui, leve para longe, tire ela daqui agora, estou falando sério!"

Ele tentou convencê-la do contrário, mas não adiantou, e quando tentou abraçá-la, ela o empurrou para longe. "Estou acordada! Não foi sonho! Eu sei o que aconteceu! Não quero saber!"

"Você tomou alguma coisa? Comprimidos? O que você tomou?"

"Eu só toquei na sua arma! Queria nunca ter visto aquela merda. Tire daqui! Saia daqui, já falei, não toque em mim de novo. Tire isso daqui agora."

"Calma. Só se acalme e fale comigo, por favor."

Ela assentiu, levantou as mãos para indicar rendição e conseguiu falar com mais calma: "Você acha que são ferramentas. E que ferramentas têm que fazer o que você quer. Talvez isso já tenha sido verdade, mas as coisas mudaram. Sempre mudam. Nada fica igual para sempre. As coisas evoluem. Não me olhe assim; as coisas não precisam estar vivas para mudar. Veja as nuvens ou as pedras ou o tempo. O clima! As coisas não precisam mudar em si, entende. Não precisam pensar. As coisas são alteradas pelas forças ao redor, pelo tempo e pelo clima, pelo que as criou, algumas pessoas dizem ser Deus; mas você não pode negar que as coisas mudam por causa do que as pessoas fazem e do que elas querem".

Ele tentou interromper; ela mostrou os dentes para ele. "Me deixe terminar! Arma existe para matar. Mas ela não pode fazer isso sozinha porque precisa de uma pessoa para mirar e disparar. Do ponto de vista dos donos, a arma fez o que *eles* queriam. Mas, se você olhar do ponto de vista da arma, ela sempre quer ser disparada. Só pode expressar seu verdadeiro significado ao alcançar seu propósito: quando uma pessoa a usa para atirar em outra."

"Que papo doido, Kelly. Escute o que você está dizendo. Armas não pensam. Elas não sabem o que são. Não têm uma missão na vida porque não têm vida. São só as pessoas que..."

"Armas não matam pessoas, pessoas matam pessoas?", falou depressa por cima dele. "Como você sabe? Como sabe que quando um garoto triste de 18 anos leva a arma nova para uma escola e mata o máximo de gente que pode, como você sabe que ele está fazendo porque é o que ele *quer* fazer e não porque foi levado a fazer? Estou dizendo a *você*, pessoas não matam pessoas. As armas matam pessoas."

Ele deu um suspiro pesado. Ela viu que ele estava prestes a oferecer outro argumento, ou o mesmo com palavras diferentes. Ele era advogado, afinal. Só se importava com vencer.

"Esqueça", resignou-se ela com cansaço. "Você acha que eu sou maluca e talvez tenha razão. Mas eu preciso que você vá agora e leve aquela arma para longe. Você pode fazer isso por mim? Por favor?"

"Não vou ficar se você não quiser. Posso me vestir primeiro?"

"Claro."

Ela se afastou da cômoda e começou a pegar as próprias peças de roupa espalhadas, mas ele perguntou: "Você não está com medo?".

Ao se virar para olhar para ele, viu que ele segurava a arma, apontando na direção dela. Ela não disse nada.

"Quer dizer..." A arma balançou; agora se inclinou para o chão. "É natural sentir medo se você acha que as armas que controlam as pessoas e não o contrário..."

Tinha sentido nas entranhas uma pontada de medo quando viu a arma apontada para ela, mas ele não era tão vulnerável aos desejos do objeto quanto ela. Talvez tenha sido por isso que a arma tinha decidido fazer outra pessoa segurá-la. Ela corria perigo com a arma, mas não com o dono atual. Ela disse baixinho: "Mas você é um sujeito de bem".

Depois que ele foi embora, ela voltou para a cama e dormiu profundamente até acordar e perceber que estava nua no sofá, à beira do orgasmo enquanto se dava prazer com uma arma.

Não!

Ela acordou. Estava na cama e sabia que o despertar anterior tinha sido um sonho, um pesadelo. Ainda estava úmida e grudenta entre as pernas, um pouco dolorida também, e apesar de não se arrepender de ter dormido com Pierce, lamentava pela forma como tinha acabado. Aquele sonho doentio tinha sido seu jeito subconsciente de se punir? *Ele* não tinha feito nada de errado; foi *ela* que chegou perto de matá-lo — no mínimo, poderia tê-lo ferido se a trava não estivesse acionada — e aí gritou com ele como a vaca maluca que ele tinha todo o direito de achar que ela era.

Suspirando, ela se espreguiçou, e a mão tocou em algo duro. Mesmo antes de os dedos identificarem a forma precisa e mortal, ela soube, e quando sentiu a umidade grudenta no cano, ela gritou...

... e acordou com um grito mudo.

Ela se sentou e jogou o lençol longe para poder ver a cama toda. Não havia arma. Era dia e ela estava acordada de verdade agora.

Aquele segundo despertar tinha sido um sonho tanto quanto o primeiro. Ela viu que passava das dez horas. Nunca dormia até tão tarde. Era fim de semana, então não importava, mas aumentou o sentimento de que tinha perdido o controle da própria vida.

Vestiu as primeiras roupas que encontrou e foi fazer café. Ao passar pelo sofá, soltou uma careta com a lembrança. Quando a máquina de café começou a chiar, ela pegou um par de luvas de borracha embaixo da pia e voltou para o sofá. Não haveria mais preocupação com a origem e o dono; ela a jogaria no lixo e deixaria que o lixeiro levasse embora.

Mas a arma não estava lá.

Ela passou a hora seguinte procurando. Se bem que, se alguém a tivesse mudado de lugar, não teria levado embora? A menos que ela mesma tivesse agido durante o sono. Depois da estranheza da noite anterior, parecia uma possibilidade. Algo na mera ideia de armas tinha afetado seu psicológico. Quando tivesse se livrado da coisa, prometeu a si mesma, procuraria ajuda de um terapeuta. De preferência um nascido na Europa, e por certo não um dono de armas.

Enfim, só havia duas possibilidades: tinha sido levada por alguém ou nunca tinha existido. Ela estava cansada, com *jet lag*, em um estado mental estranho. Poderia ter sonhado com a coisa toda? Outra opção é que alguém poderia ter entrado no apartamento e levado embora. Quantas outras pessoas teriam a chave da casa? O som que a tinha despertado à noite poderia ter sido alguém que entrou com chave, buscou o que tinha ido buscar e saiu antes de ela deixar o quarto. Ela deveria se mudar.

Kelly decidiu pedir sugestões a Donna Jo; provavelmente seria convidada de novo para a igreja, mas só Alberto e Donna Jo tinham dado o número de casa, e se o convite viesse com algum conselho útil, talvez desta vez ela aceitasse.

Donna Jo pareceu feliz ao receber sua ligação. Kelly explicou que estava entrando em contato porque pensava em se mudar.

Donna Jo prendeu o ar. “Tem alguma coisa errada?”

Kelly hesitou: “Ah, não, não tem... O espaço é bom, e claro que é perto do trabalho, mas...”

“Mas você tem uma sensação estranha lá?”

“Por que... Por que a pergunta?”

A outra mulher não respondeu na mesma hora. Kelly não interrompeu o silêncio e foi recompensada quando Donna Jo comentou: “Você pode ser mais sensível a atmosferas do que as outras pessoas. Como eu. Às vezes você acha, quando uma coisa muito ruim ou muito boa aconteceu, que o lugar guarda essa emoção?”.

A mente de Kelly disparou para considerar muitas possibilidades horríveis conectadas à arma enquanto ela gaguejava suas perguntas: “O que... O que aconteceu? Quem morou lá antes de mim?”.

"Shayna. O aluguel foi pago por mais seis meses e por isso pareceu sensato... Mas não para *mim*, preciso admitir."

"Quem é Shayna?"

"Ora, é a garota que morava aí antes de você. Achei que soubesse."

"Ela morreu neste apartamento?"

"Ela? Minha nossa, não. Ninguém morreu, o Senhor seja louvado."

"Então o que aconteceu?"

"Estou surpresa de você não saber. Apareceu no noticiário. Shayna DeWitt. Claro que nós não gostamos de falar sobre isso." Donna Jo abaixou a voz. "Ela tentou matar o bebê dela."

"Que horror. O bebê está bem?"

"Graças a Deus, vai ficar. Os comprimidos não eram o que ela achou que fossem. Por sorte, eram inofensivos. O que se pode esperar ao pedir substâncias ilegais pela internet? O advogado dela argumentou que como o bebê não correu perigo real, ela não deveria ser acusada de tentativa de assassinato, mas isso é *errado*. Ela pretendia matar aquele filho na barriga. Se tivesse chance, ela tentaria de outro jeito, como ficou óbvio para o júri que a condenou. E, como resultado direto desse caso, tem uma nova legislação que estão tentando aprovar, para impedir que pessoas grávidas viajem para fora do estado. É assim que estão dizendo agora, *pessoas grávidas*, não *mulheres*. O problema com uma lei como essa é que não dá para saber quando alguém está grávida só de olhar; se você perguntar, qualquer pessoa planejando ir a Nova York para fazer um aborto vai mentir; e não dá para obrigar *todo mundo* a fazer um teste de gravidez antes de poder viajar... dá? E seria errado punir mulheres felizes de estarem grávidas obrigando-as a ficarem em casa na maior parte de um ano. Claro que as vidas das crianças que ainda não nasceram são muito, muito importantes, mas isso significa que toda mulher em idade de ter um filho precisa ser tratada como assassina em potencial?"

Em um determinado momento do sermão acalorado de Donna Jo, Kelly de repente se lembrou de algo que uma conhecida em Londres, uma expatriada americana de Nova York, tinha dito quando soube que ela iria para o Texas: "Eles ainda não viraram totalmente *O Conto da Aia*, mas estão a caminho. O que quer que você faça, não engravide".

Kelly não tinha desejo de engravidar, e só para o caso de ter dificuldade de conseguir os mesmos comprimidos que a tinham protegido até ali, tinha trazido um estoque de um ano na bolsa.

"E o que aconteceu com Shayna?", perguntou ela quando Donna Jo parou de falar.

"Ela foi para a cadeia, mas não chamam assim; está mais para um hospital, eu acho. Fica sob observação rigorosa, confinada em um lugar em que não pode fazer mal a si mesma, nem à criança. Acho que ela não devia poder ficar com o bebê depois do que ela tentou fazer. Mas nunca se sabe; pode ser que ela renasça e se arrependa de verdade."

O desaparecimento da arma não a incomodou tanto depois do que ouvira a respeito de Shayna. Kelly achou provável que a arma fosse dela, mas nunca tivesse sido usada. O namorado dela — pois deveria ter havido um — poderia ter uma chave e ido buscar a arma. Era meio sinistro ele ter esperado até tarde da noite, quando o apartamento estava ocupado, mas agora já tinha acabado. Ela anotou os nomes dos lugares que Donna Jo tinha mencionado como possibilidades a considerar como novo endereço, embora não sentisse mais a mesma vontade de se mudar.

Não sentia muita vontade de fazer coisa alguma, para falar a verdade. Havia o trabalho e, quando não estava nele, Kelly fazia o mínimo em relação a outras tarefas, via televisão, bebia um pouco demais e dormia mais do que em qualquer outra época. Ela se sentia lerda e um tanto distanciada da vida. Tinha se cansado do Tinder e não tinha feito novos amigos; a diferença de fuso horário dificultava ligações para os amigos e familiares em casa durante a semana, e não havia nada que ela quisesse dizer em mensagem de texto. Estava quente demais para sair. Ela não estava exatamente infeliz, só entediada, e parecia mais existir do que de fato viver.

Ela achou que passaria, mas, depois de algumas semanas, sentia-se pior. Havia um gosto metálico estranho na boca, e tinha parado de apreciar café. Sentia-se cansada o tempo todo, possivelmente por causa da falta de cafeína, de exercícios e das longas horas em frente às telas. Teve um desejo súbito de pastinhas Marmite, algo que não tinha na região, e ela precisou encomendar um pote por um preço ridiculamente alto. Mas ela não merecia um agradinho ocasional?

Sim, decidiu ela, merecia. Algo bem melhor do que Marmite. Um pouco de animação e mudança de cenário poderiam tirá-la da apatia. Encontrou uma promoção de último minuto de voo para New Orleans e reservou um quarto em um hotel bacana.

Na manhã do dia em que viajaria, acordou cedo, tomada por uma dor que ela identificou na mesma hora como cólica menstrual, apesar de não sofrer delas havia muito tempo. Havia mais de dois anos que ela não menstruava por causa do tipo de anticoncepcional que usava. Ao se levantar, reparou em uma manchinha de sangue no lençol e se lembrou de uma coisa chamada "escape", que tinha tido algumas vezes antes, embora nunca com dor. Outra cólica comprimiu sua barriga. Gemendo, correu para o banheiro.

Depois de urinar, ela se ergueu um pouco para olhar entre as pernas. Não havia sinal de sangue. Outra cólica, pior do que antes. Ela se agachou no assento e esperou passar. Começou a suar frio. Alguma coisa estava acontecendo. O corpo agia contra a vontade dela, com um propósito que, mesmo com toda a leitura e tentativa de compreensão, nunca tinha conseguido imaginar, e que pensou ser capaz de controlar com uma pequena dose de hormônios artificiais, ingeridos religiosamente todos os dias de manhã. Contava com a medida para ficar protegida de uma gravidez e não fazer nenhum mal, embora, ao longo dos anos, tenha havido alguns sustos ocasionais e histórias que sugeriam ligação com câncer, ataque cardíaco, derrame e infertilidade permanente. Mas talvez não tivesse nada a ver com a pílula; será que era uma IST? Ou uma infecção urinária? Ou o velho problema: algum alimento que fez mal.

Outra cólica forte na barriga e algo foi ejetado. Ela sentiu o respingar e, ao olhar para baixo, viu a água ficar meio rosada. O corpo expeliu mais duas massas pequenas avermelhadas... E as cólicas acabaram.

Kelly se levantou e deu descarga. Quando se virou depois de lavar as mãos, viu que, apesar de a água estar límpida, *alguma coisa* não tinha descido. Ao chegar mais perto, observou três objetos pequenos no fundo da privada. Brilhavam em um metálico leve embaixo de camadas de uma matéria rosada: três formas ovoides pequenas e pontudas.

Ela se segurou para não dar descarga naquilo. As formas não tinham descido da primeira vez, e não era melhor saber o que o corpo expelira?

Pegou luvas de borracha na cozinha e recolheu os objetos. Colocou-os na pia, ouviu o som agudo que fizeram na porcelana lisa e olhou quando rolaram.

Balas. Ao menos era o que pareciam ao olhar e ao toque debaixo da camada protetora (o revestimento do próprio útero, ela supôs), sendo que uma parte tinha ido embora na descarga. Seria fácil lavar ou limpar...

Ela fez uma careta com a ideia. Por que limpar? Por que guardar, a menos que fosse para mostrar para um médico, mas se contasse de onde tinham vindo, seria apontada como louca. Era impossível, maluquice. Estaria alucinando?

Ela pegou as balas e as colocou no cesto, tirou as luvas e as jogou junto. Se ao menos pudesse se livrar da lembrança com a mesma facilidade.

Enquanto dirigia para o aeroporto, ouvia um audiolivro com promessas de que qualquer um poderia ter o que quisesse com o poder do pensamento. De acordo com o autor/narrador persuasivo, você só precisava visualizar a vida desejada, pensar nela todos os dias e se concentrar em um aspecto específico, até que, em certo momento, se você tivesse determinação de verdade, a coisa aconteceria. Conforme o autor, muitos permitiam que os outros determinassem o rumo das próprias vidas, sem perceber como é simples mudar ao assumir o controle da narrativa.

O autor era golpista ou mais maluco do que ela, pensou. Era uma fantasia reconfortante, até ela se perguntar: e aqueles que querem mudar a vida dos outros?

Tinha feito o check-in online e carregava apenas uma mala de mão. A passagem pelo controle de segurança seria tranquila: nada potencialmente perigoso na bagagem, ela vestia roupas leves, sapatos sem saltos fáceis de tirar e calçar e nada feito de metal. Mesmo sendo uma das passageiras selecionadas de maneira aleatória (era o que alegavam) para que um detector de metais fosse passado por seu corpo, ela não esperava problemas.

O detector piscou e apitou enquanto o segurança, sério, o passava por um lado e depois pelo outro. Ele parou e olhou para ela de um jeito estranho. "Você tem algum implante?"

"O quê? Não!", protestou ela, talvez alto demais, ao se lembrar das coisas que tinham saído dela mais cedo. Haveria mais prestes a sair?

"Prótese? Monitor cardíaco?"

"Nada do tipo, não."

Ele não a mandou seguir, só falou sem entonação na voz: "Senhora, vou ter que pedir que vá até ali por um momento. Onde está aquela moça de uniforme. Ela vai mostrar o que a senhora precisa fazer".

Intrigada e um pouco preocupada, mas obediente, como é necessário nessas circunstâncias, Kelly seguiu as instruções e se aproximou da segurança. Não parecia mais uma seleção aleatória.

A mulher indicou que ela entrasse em um cubículo com paredes de vidro. "Por favor, entre aí e afaste as pernas, os pés sobre as marcas no chão, e coloque os braços acima da cabeça."

"Por quê?"

"Segurança."

"Eu quis dizer por que eu, por que aquela caixa?"

"O rastreador indicou... Fez uma leitura inconsistente. Precisamos verificar se a senhora carrega algo escondido embaixo das roupas que pode ser um perigo para os outros."

"Então quer que eu tire a roupa? O que acontece se eu entrar ali?"

"A senhora não vai precisar tirar nenhuma peça de roupa. Vai ser sujeitada a uma espécie de raio X de nível muito baixo. Não dói. Não tem risco à sua saúde." Como Kelly não respondeu, a mulher acrescentou, com certa irritação: "Só vai levar um minuto. Por favor, entre".

"E se eu me recusar?"

"É um direito seu. Mas a senhora pode achar que uma revista íntima de cavidades seria mais desagradável, e claro que vai demorar mais. A senhora pode até perder o voo."

Com expressão de repulsa, Kelly assegurou: "Obrigada pelo aviso. Vou arriscar o raio X".

"Lembre-se: rosto para a frente, pernas afastadas, os pés sobre as marcas, mãos acima da cabeça e fique o mais imóvel que puder. Obrigada pela cooperação."

Kelly entrou no cubículo, odiando a situação e a estupidez de uma terra onde todos podem carregar uma arma, de forma oculta ou ostensiva, em lugares privados ou públicos (menos em ambientes sagrados como bares e aviões), mas mulheres comuns desarmadas tinham que passar por um nível ridículo de rastreamento por causa de um detector de metal idiota funcionando mal. Ela se lembrou das previsões de Donna Jo sobre a possibilidade de que mulheres em idade de ter filhos pudessem em breve ter dificuldade de viajar, e se perguntou se aquilo seria o começo.

A pose que tinham mandado que ela fizesse estava ficando incômoda. Por que demorava tanto? Outros membros da segurança tinham sido chamados para admirar os peitos dela ou julgar seus pelos pubianos? Ela perguntou: "Já viram o suficiente? Posso me mexer?". Como não obteve resposta, abaixou os braços. Ninguém gritou com ela para voltar para a posição e, depois de alguns segundos de hesitação, ela se virou para sair da cabine pelo outro lado. Foi parada por um dos seguranças.

"Volte", ordenou ele.

Ela fez cara feia. "Vocês não viram o suficiente?"

"Você não vai pegar avião hoje."

Ela o encarou sem acreditar. "Você está de brincadeira? Por quê? Eu já fiz check-in. Paguei pela minha passagem. Vocês não podem me impedir. Não tem motivo..."

A expressão estólida dele não mudou ao falar por cima da voz dela: "Sim, senhora, podemos. Você não pode voar carregando".

Ela ficou enjoada e engoliu em seco. Não era possível. *Carregando?* "Se você está falando de uma arma... Não tenho nenhuma. Vocês estão com a minha bolsa e acabaram de ver..."

"Sim, senhora, nós vimos. Agora, vou pedir de novo, educadamente, que a senhora vá embora. Se criar caso, vai acabar sendo presa. Agora, volte. Sua bolsa vai estar esperando."

Sem tocar nela, ele a obrigou a se mexer, guiando-a como um cachorro com ovelhas recalcitrantes. Não teve escolha a não ser obedecer.

O segurança a conduziu ao redor do detector de metais, por uma fila de pessoas esperando para passar, e se aproximou de uma segurança mulher com uma arma e um aparelho de eletrochoque, que vigiava a bolsa, os sapatos e a mala de rodinhas. "Pronto", disse ele para Kelly. "A Taylor aqui vai acompanhá-la para fora do aeroporto. Tenha um ótimo dia."

Kelly ficou imóvel, tentando não chorar.

"Por aqui, senhora", indicou Taylor, falando um pouco alto demais. "Não esqueça suas bolsas."

"Eu devia estar indo pra New Orleans", desabafou Kelly, se virando para ela com uma expressão que suplicava por compreensão. "Disseram que não posso. Eu não entendo. Não estou carregando nada de ilegal."

"Não, senhora, claro que não é ilegal. Vá por aqui, por favor. Não, não é ilegal ter quantas você quiser, não é ilegal preferir oculto ou ostensivo, não na maioria dos lugares, mas há exceções, a senhora entende. As áreas seguras de um aeroporto, como a cabine de um avião, são exceções. Talvez a senhora não soubesse pois percebo pela sua voz que a senhora é... australiana? Inglesa? Hã. Os ingleses em geral não gostam tanto de armas."

A cabeça dela latejava; o som do próprio sangue correndo nos ouvidos obscureceu uma parte do que a guarda disse, mas era sobre armas. Por que todos naquele país desgraçado eram tão obcecados com isso? Ela começou a protestar que não estava carregando e nunca tinha tido arma, mas desistiu, sabendo que seria perda de tempo. Algum idiota intrometido tinha decidido que ela não poderia pegar um avião. Mas não podiam impedir que ela dirigisse até New Orleans. Levaria de seis a oito horas para chegar lá, mas nem tudo estava perdido.

Agora que tinha um plano, e sabendo que não estava totalmente à mercê de oficiais mesquinhos de aeroporto, ela se animou. Pela primeira vez não se importou com a sensação do ar quente e úmido nela quando a segurança Taylor abriu as portas para que ela saísse.

"Quer um táxi para levar a senhora para casa?"

Kelly se virou para ela. "Isso não seria possível. Minha *casa* é em Londres. Eu não sou americana."

O olhar de Taylor foi de pena. "Não importa. Seu bebê vai nascer aqui e vai ser americano, independentemente do que mais seja."

Kelly a viu se afastar com o estômago embrulhado. O sentimento foi acompanhado da sensação de cólica na barriga, agora familiar. Um pouco curvada, ela apertou o local onde sentiu a dor e notou algo se mexer.

Mal teve tempo de registrar o movimento e logo ficou mais veemente, empurrando para cima e para fora. Cólicas nunca tinham sido assim. Havia alguma coisa crescendo dentro do corpo dela.

Mas não um bebê; não, ela se recusava a acreditar que podia estar grávida. Não era possível. Mesmo se o esperma de Pierce tivesse milagrosamente superado o contraceptivo, nem seis semanas tinham se passado desde que tinha estado com ele. Com seis semanas, um feto era do tamanho de um feijão. Não tinha braços nem pernas. O que quer que estivesse se mexendo dentro dela agora era bem maior e mais forte, e o que quer que fosse, estava *empurrando*, como se pretendesse abrir passagem pela carne dela.

Ela afastou a mão e percebeu que o vestido continuou esticado, como se empurrado por um pênis ereto. Mas o que saía dela não era feito de carne. Era tão duro que doía. E apesar de não conseguir ver — e talvez com todos os acontecimentos recentes, ela estivesse deixando a imaginação levar a melhor —, parecia exatamente o cano de uma arma.

8

Anatomia MACROSCÓPICA

AIMEE LABRIE

Wallace "Wally" Allen McCarter, estudante de primeiro ano na Faculdade de Medicina da Filadélfia, em East Falls, Pensilvânia, está de ressaca na cadeira dobrável do (meio sujo? possivelmente nobre?) Henchman Hall. É uma segunda-feira de setembro, clara e iluminada. A sala de aula é genérica, com paredes de tijolos, carpete esverdeado e cheia de alunos desconhecidos dele. A sala o lembra de algo que uma vez ouviu uma garota falar a seu respeito. *Ah, o Wally, ele é bege.* Isso ficou com ele. *Ele é bege.* Chato, como baunilha, nem muito bom nem mau. Uma cor que você escolheria para o sofá se você quisesse enfatizar almofadas coloridas. Ele não se importa. Bege se adapta.

As luzes da sala são fracas, o que é bom para Wally, a cabeça lateja. Ele reconhece alguns alunos da festa de sábado — Noite da Iniciação, os alunos do segundo ano chamaram. Quando entrou na sala mais cedo, achou que alguém pudesse gritar *Pervertido!* Mas ninguém disse nada. Os detalhes da noite estão confusos, então deve estar tudo bem. (Não está bem, você é nojento.)

Ele procura por Shivali entre as fileiras de cabeças no auditório, mas ela não está em lugar algum. Ele a viu primeiro na cerimônia do jaleco na Academia de Música. Sentada perto do palco, ela prestava atenção aos discursos de boas-vindas. Não se mexeu, não olhou para o celular, ficou imóvel como uma estátua. Quando todos se levantaram e saíram, ele olhou para o crachá dela e repetiu várias vezes em pensamento para lembrar: *Shivali*. Ela era indiana, pequena, com aparência séria, bonita. De óculos, cabelo liso, olhos calorosos. Ele afastou o olhar quando ela virou a cabeça na direção dele e saiu do prédio.

Mas hoje ela não está presente.

Eles estão começando a terceira semana de aulas introdutórias com um bloco sobre tratar feridas abertas. O PowerPoint mostra uma imagem gigante aproximada de um esfaqueamento quase fatal na região posterior inferior. A ferida é uma explosão de cores — roxo, verde, vermelho-escuro — e as beiradas da pele se inclinam para dentro na direção do corte, como flores murchas em volta de um buraco escancarado.

Wally sente uma onda de náusea subir do estômago. Não é por causa das imagens, elas o deleitam (são fascinantes!), mas por causa do que a foto recorda, a folia da noite de sábado. Ele se apoia na mesa e uma dor muito específica corta seu corpo, fazendo com que ele se sente ereto.

O professor, dr. Downing, vira a cabeça na direção de Wally. "Sim, Wally? Suas ideias sobre o processo de desbridamento?"

Desbridamento, ele sabe por causa dos cartões usados para estudar no verão, ocorre quando o tecido morto é removido da ferida, para que a infecção não piore.

A dor se desloca para o intestino e ele se move no assento. "Eu preciso me retirar, por favor." Ele se levanta da cadeira e corre para a saída do auditório.

Ele passa pela linha do tempo da faculdade colada nas paredes bege — começando como uma Faculdade de Medicina para Mulheres em 1847. Em 1847! Quando muitas mulheres tinham hemorragia no parto e nenhuma podia votar. Umas poucas recebiam permissão para ficar em laboratórios e ver amputações e lobotomias, mas só em 1944 foram admitidas como alunas. Não é a melhor escola de medicina do país (número 132 no ranking, na verdade), mas Wally, cujas notas foram boas, mas não ótimas, sabe que tem sorte de estar ali. Sorte, sorte, sorte.

Wally sempre quis ser médico. Ele se vestia de dr. Frankenstein todos os anos no Halloween, usava o jaleco velho do pai manchado de sangue falso. Os pais deram apoio extraordinário. Presentearam-no com um esqueleto de tamanho normal no seu décimo terceiro aniversário, um conjunto de dentes de madeira em outro ano, fórceps vitorianos no décimo quinto, um microscópio caro na formatura do ensino médio. Ele era obcecado pelo microscópio e em como podia fazer coisas pequenininhas ficarem enormes sob as lentes, o girar das bactérias do seu cuspe, o detalhe do próprio cílio, a garra quebrada do gato. Esperma que ele pegou com a meia e botou em uma lâmina. Os espermatozoides, ainda vivos por um momento, se remexeram, as caudas esticadas como de criaturas marinhas, até morrerem, um a um. E quando ele entrou na faculdade de medicina (raspando), o pai lhe deu um kit de bisturis com capa de couro, com as iniciais de Wally gravadas na frente: *WAM*. Dentro, seis bisturis, duas tesouras cirúrgicas, quinze lâminas de bisturi e uma pinça cirúrgica curva.

A família sentia orgulho dele. Não sabiam que ele tinha um apelido no ensino médio — *Walleia*, ou *Baleally*, ou *Ei, Moby!* — porque era pesado, mas ele era um nada, um zero. Exceto pelo tamanho; ele se misturou e conseguiu ser linebacker no time de futebol no segundo ano, até que o pai, um patologista forense que tinha feito a autópsia de dezenas de cérebros danificados, o tirou do jogo. "Você está maltratando seu cérebro, filho. Mais uma concussão e você pode virar zumbi."

Durante seu primeiro ano de graduação, em vez de ganhar o peso que os calouros ganham, ele passou a frequentar a academia. E agora, após anos de dedicação — memorizando os nomes de cada cavidade no corpo, os tendões que conectam os ossos, as funções do sistema reprodutivo feminino — ele iria estudar medicina de verdade. Ele se matriculou nas matérias exigidas: bioquímica, anatomia macroscópica, patologia e uma eletiva sobre doenças do cérebro.

Agora, Wally não quer apelido. Não quer que os caras da turma saibam muito sobre ele: como teve dificuldade de se encaixar, que pesava 169 quilos, que é (tecnicamente) virgem. Alguns, como Andy Wu e os outros alunos mais calados, provavelmente não ligariam. Como Wally, eles são estudiosos e ávidos para aprender a profissão.

O único garoto que o incomoda é Brandon Carol. Ele lembra demais os caras que agiam como se ele não fosse nada, um garoto gordo com pele ruim (sim, mas você ainda queria que eles gostassem de você, não queria?). Brandon é do mesmo tipo: loiro, confiante, nunca teve problema com as garotas. Mimado, privilegiado. Essa ideia se solidificou quando Wally viu Brandon dirigir um Camaro amarelo-canário com placa enfeitada dizendo *FTR-DR*.

Escroto.

Mas foi Brandon que o convidou para a festa só de homens. "Vamos, mano. É tradição", incentivou ele quando eles se encontraram no alojamento. Wally se preparou para uma chave de pescoço ou algum outro ataque físico, mas não houve nenhum. "Eu sei que você é meio tímido, tudo bem." Brandon ponderou que a festa seria tranquila, mas interessante. "É meio como o juramento, só que... mais intenso." Brandon deu uma cutucada nele. "Você vai gostar."

Brandon sem dúvida nunca tem problemas com mulheres. Não é como Wally, que nunca beijou uma garota, nunca tocou em um seio de verdade, nunca teve contato sexual com uma mulher. Bom, quase nunca.

Houve uma pessoa, Crystal. Ela era do bairro e tinha uma mãe divorciada que trabalhava à noite. Crystal era o que os garotos chamavam de piranha, fácil. Ela ficava de joelhos sem hesitar. Era possível dar uma dedada nela no ponto de ônibus. Gostava de engolir. Coisas assim.

Churrasco do Deke Barton no último ano. Noite de sexta. Wally a encontra desmaiada no quarto bem decorado do sr. e da sra. Deke com o colchão king. (É aí que eles trepam, é onde o sr. Deke deve botar a sra. Deke de quatro pra comê-la por trás.) *Lar é onde está o coração* está escrito em estêncil em uma caligrafia cursiva acima da cama. Crystal está usando um vestido azul com bolinhas brancas. Ele se senta ao lado dela, muito devagar, torcendo para ela não acordar. Mede a pulsação dela; está tudo bem, forte e latejante.

Ele tranca a porta do quarto sabendo que Bill e um bando de outros da laia dele iriam se aproveitar. Volta até ela, verifica as vias aéreas, vira-a de lado com gentileza para evitar asfixia se ela vomitar. Ele consumiu dois drinks ruins e não gosta da sensação que tem na cabeça. Não sabe por que precisa manter o controle, mas precisa.

O tornozelo dela é fino e delicado como o de um cervo. É a tíbia. Ele puxa o vestido um pouco e revela a patela, o osso do joelho. Em seguida, exibe o comprimento do osso da coxa, o fêmur. Ela se mexe e ele para. Depois de um momento, move um pouco o vestido para cima, e agora vê a calcinha de renda branca esticada sobre a área pélvica.

Do lado de fora, há os versos de uma música pop: "*Let's make the most of the night like we're gonna die young...*".* O barulho distante de um corpo pulando na piscina e gritando. É tão fácil para todo mundo.

Ele pega o braço dela, repara na curva dos dedos, nas unhas pequenas. Deixa o braço cair na cama. Espera. Ela não se mexe.

Ele não vai machucá-la. Ele se inclina. O cheiro dela é bom, de sabonete Ivory e de garota. O cheiro de garota — ele nunca esteve perto assim de uma vagina (uma boceta). Ele separa as pernas dela delicadamente, só uma cutucada, sentindo a pulsação de excitação na garganta com o cacho de pelos pubianos escapando da calcinha. Ele abre a calça cáqui. Tira o pênis ereto para fora. Fixa-se em um corte na pele dela que ela pode ter feito se depilando, um detalhe muito íntimo que mais ninguém vai ver.

Alguém tenta abrir a porta. Uma voz de mulher grita: "Crystal, você está bem?".

Ele espera, prendendo a respiração. Crystal nem se mexe. Tem algo de muito erótico na presença dele ali, tendo que se apressar, terminar antes que mais alguém tente entrar ou antes que ela acorde.

A excitação dele vai além de qualquer coisa que tenha vivenciado até ali com pornografia — as sardas nos braços, as curvas dos dedos — mas, mais do que tudo, é a vulnerabilidade dela. Ela não sabe que ele está prestes a explodir, descarregar, cuspir a porra, arrotar a minhoca. Ele quase nem precisa se tocar e explode... Mas não *nela*, nunca nela, em um lenço de papel. O prazer é tão intenso que ele sente uma pontada de dor na têmpora, como se tivesse comido um pedaço de sorvete Rocky Road.

* "Vamos aproveitar a noite o máximo possível, como se fôssemos morrer jovens." Trecho da canção "Die Young". [NE]

Quando ela acorda meia hora depois, ele está sentado longe dela, no fim da cama, lendo *I'm Okay, You're Okay*, livro que estava na mesa de cabeceira. Ela diz: "Ah, merda, Wally. Não".

Ele fecha o livro e abre um sorriso. "Não se preocupe, não aconteceu nada."

Ela procura as sandálias. Ele as tirou com cuidado, reparando no esmalte vermelho nas unhas. "Obrigada." Ela quase o beija nessa hora, parece que vai, mas não o faz. Só dá um tapinha na mão dele. "Obrigada por ser um cara legal."

Naquele momento, ele sente que sim, fez a coisa certa. Ou melhor: ele fez uma coisa muito, muito, muito errada. Mas ninguém vai saber.

Agora, Wally tem medo de não conseguir chegar ao banheiro masculino antes de cagar na calça por causa da dor na virilha. Não é um jeito nobre de começar a segunda semana de aulas. Ele entra em uma cabine, abaixa a calça cáqui, se senta. Ele conseguiu. Mas a dor não é só de cólica, também vem do falo. Ele o examina na luz da janela mais próxima, tocando-o com delicadeza, como se pudesse quebrar. Um amontoado de carocinhos brancos, parecendo cravos; termo médico *comedão*, plural *comedões*, perto da ponta. Os caroços coçam de um jeito distante, como se fossem picadas de mosquito ou sarna. Mas não é sarna. Ele aperta um e sai pus, como uma minhoquinha saindo de um buraco. Outro aperto, a mesma coisa. Ele tateia como se fosse um proctologista: *Isso dói? Tem alguma sensibilidade aqui?* Ele encontra outro amontoado de caroços perto e em volta do escroto e reto (cu).

Ele está meio duro por estar se tocando, pensa por um segundo em ter um pouco de alívio ou distração batendo uma — é assim que os caras chamam. Wally prefere chamar de *onanismo*, um termo do seu poema favorito de Walt Whitman. De repente, ele se lembra da ejaculação no sábado — o quanto saiu, como ele chegou naquele lugar — e sente outra onda de náusea. Vai esperar para fazer isso, vai esperar para ver quanto tempo demora para a imagem passar e os caroços sumirem. Ele não está preocupado com as espinhas; parece algo minúsculo em comparação ao que poderia acontecer.

Ele aperta o comprimento do pênis com o máximo de força que consegue, meio que esperando sair sangue. Isso seria bom. Seria o merecido, porque ele sabe que os sintomas estão conectados aos acontecimentos. Deve ser o começo da manifestação de uma doença venérea de algum tipo. (Que burro de não usar camisinha.)

Ele se limpa, se olha no espelho, vê o rosto oval patético parecido com uma torta olhando para ele. "Like a Virgin", essa é a música em sua cabeça, uma música que a mãe gostava de ouvir enquanto cortava legumes para o jantar. Mas ele não era, não era mais virgem (doente).

Precisa pensar com calma, passar pela aula seguinte sem agir como um doido. É a aula favorita dele, anatomia, por causa das duas palavras gregas: *ana*, que significa cima, e *tome*, que significa corte. Hoje, eles vão cortar.

Os corpos chegaram na semana anterior. As duas primeiras aulas foram só com o livro didático, para discutir como eles começariam removendo a pele, tirando camada após camada, passando pela gordura sebácea, pelo músculo, até os órgãos e os ossos. Cortariam os ossos com uma serra circular. Isso deixou Wally ansioso; queria chegar à parte boa.

Quando chegaram ao laboratório, os corpos estavam sobre as mesas, embrulhados da cabeça aos pés em plástico branco, como presentes. Antes que eles pudessem desembrulhá-los e começar a trabalhar, um pastor os conduziu em oração. "Deus abençoe os doadores por ajudarem os estudantes em sua busca de levar cura aos corpos vivos."

Brandon disse "Amém" mais alto. Wally, que não acredita em nenhum deus, só inclinou a cabeça e se perguntou por que seu estômago roncava. (O formaldeído é um estimulante do apetite.)

O corpo de Wally era Angie P. Eles receberam detalhes superficiais sobre os cadáveres: 22 anos, 46 quilos, 1,65 metro, overdose de heroína. Nenhuma informação da vida anterior, como ela começou a usar, o que a levou a injetar drogas. A jovem tinha cabelo preto comprido afastado do rosto, braços e pernas finos, pele de coloração amarelada por causa do fluido de embalsamamento, sem manchas exceto pelas marcas que pareciam pequenas feridas na curva suave do cotovelo. Provavelmente fugiu de casa, sem-teto; alguém tinha oferecido a ela um formulário para assinar para doar o corpo. Se tivesse tido uma vida diferente, poderia ter sido qualquer uma das garotas as quais Wally nunca teve coragem de convidar para sair na faculdade.

As unhas estavam roídas até o sabugo. Nos braços, uma constelação de estrelinhas escuras, tatuagens caseiras feitas com tinta. Alargadores removidos das orelhas, buracos nos lábios e no nariz, buraquinhos onde ficavam os piercings.

Ela era incrível.

Naquele primeiro dia, eles só catalogaram o corpo. Wally ficou constrangido enquanto desembrulharam o tronco. Ele via... uma, duas, três costelas salientes, a boca do estômago e o umbigo pequeno (embora inchado). As extremidades inferiores estavam escondidas por uma lona azul, como se ela fosse um navio prestes a ser desviado para o mar.

Ele jurou não olhar para os seios dela. Os mamilos eram pequenos e rosados como borrachas de lápis. A aréola era mais escura, quase marrom. Seios grandes para o tamanho dela (mais do que cabia em uma das mãos!). Mas ele não pensa assim. Tinha (em uma época, quando estava viva) seios lindos. Ele sentiu uma agitação na virilha. Isso não o preocupou. Ele era um homem de 24 anos, ora, as ereções aconteciam só por andar muito rápido com uma calça cáqui justa. Na semana anterior, o pau ganhou vida quando uma caixa mais velha do Trader Joe lhe desejou um bom-dia com a voz rouca e sensual.

"Primeiro cadáver?" perguntou Wally ao garoto ao lado, Andrew Yu.

Andrew Yu teve que se sentar e respirar fundo algumas vezes. "Sim, quer dizer, além dos meus avós."

Ele não devolve a pergunta, e mesmo que fizesse, o que Wally teria dito? Que ele tinha 8 anos quando entrou de maneira furtiva no escritório do pai e descobriu montes de notas de casos e autópsias? O primeiro cadáver foi de uma garota que tinha sido esfaqueada quinze vezes pelo namorado — cada corte foi detalhado e rotulado em um formulário, perfurações na palma da mão direita, um ferimento de sete centímetros na parte superior direita do tronco, além de fotos do corpo nu: primeiro as fotos de frente, depois de costas, e ainda as de lado, depois só a cabeça, o pescoço e os locais onde a faca entrou e saiu. Esse foi o primeiro cadáver de Wally, e o primeiro corpo nu.

Aquele cadáver era bonito, dava para ver apesar da pele amarelada e do inchaço do fluido de preservação. Ela deve ter tido que fazer todo tipo de coisa para continuar usando drogas (chnouk, cavalo, poeira); com certeza vendeu o corpo para a ciência para que ele, Wally McCarter, Andrew Yu, Shivali Patel, Brandon Carol e outros pudessem aprender sobre anatomia.

No passado, poderia ter tido um lindo sorriso.

Wally se prepara para a terceira aula de anatomia, lavando-se com desinfetante, vestindo o uniforme azul. Hoje eles vão abrir os corpos. Vão esfolá-los, na verdade. Ela estará lá. Estranhamente, ele se sente nervoso, como se estivesse na expectativa de um encontro. Como se ela fosse sua namorada.

Depois de se preparar, ele alinha os bisturis, linhas e demais materiais em uma bandeja metálica próxima à mesa cirúrgica. O instrutor do laboratório explicou que Wally não teria permissão para usar o próprio bisturi durante a aula de dissecação. "Nós fornecemos os materiais, meu filho", garantiu ele, puxando a barba como se Wally fosse estranho só por sugerir isso. Por isso, ele guardou o kit que o pai lhe dera na gaveta de cima da cômoda do dormitório, ao lado das cuecas boxer dobradas (ainda tamanho GG) e do frasco de colônia Ralph Lauren Polo quase sem uso. Ele mal podia esperar, mal podia esperar, para começar a cortar.

Andrew Yu chega, e depois Dave Johnson, e três outros caras que Wally mal conhece. Andrew não estava na festa, mas Dave e os outros três sim. Eles não dizem nada para ele. Estão agindo de forma estranha? É difícil dizer, pode ser nervosismo com a dissecação.

O instrutor manda que eles desembrulhem os corpos por completo. Eles foram colocados de bruços naquele dia, para que os alunos possam remover a camada superior da epiderme da área ampla das costas. Dave Johnson puxa o plástico. Não é Angie. É um homem caucasiano, muito grande, maior do que Wally era. O corpo mal cabe na mesa.

"Joseph P.", diz Dave, sacudindo o prontuário. "Alguém deve estar com a sua garota, Wally." Ele ri com a boca sob a mão fechada.

Wally olha ao redor da sala para os jalecos brancos curvados sobre os corpos. Não a vê, mas há dezesseis estações diferentes, e ela poderia estar em qualquer lugar. Ele precisa se concentrar, tomar notas, prestar atenção.

"Vamos cortar a primeira camada hoje", orienta o instrutor do laboratório. "Ao final deste curso, vocês serão vegetarianos ou canibais." Ele é um homem jovial com uma cabeleira branca. Dr. O'Donnell. Deu orientações sobre como administrar o corpo, fazendo um discurso sobre a sacralidade desse dom. Além disso, repassou as regras: "Não deem ao corpo um apelido como Bob. Não retirem as extremidades do corpo e as transformem em chaveiro. Não tentem levá-la pra casa e apresentar pra mãe." A turma riu, Wally um segundo depois.

Wally se pergunta o que aconteceu com Angie, por que fizeram rotação dos corpos.

Andrew Yu oferece o bisturi para Wally. Ele parece um pouco enjoado. Pode ser que entre para a estatística de abandono da faculdade de medicina, alguém que não sobrevive àquela parte do estudo. "Quer fazer?"

"Claro, meu bom homem." Wally faz uma pequena reverência e pega o bisturi. Está polido e afiado, e já deve ter sido usado para cortar centenas de cadáveres ao longo dos anos. A lâmina é nova, e se ele passasse o dedo no fio, a pele se abriria em um instante como uma guelra.

Dave pegou um marcador médico para desenhar uma linha roxa pontilhada no meio das costas, marcando o caminho que o bisturi deveria percorrer para separar a pele.

Wally põe a mão enluvada com firmeza nas costas do espécime, entre as omoplatas, colocando o bisturi logo acima da primeira costela. Mais tarde, eles cortarão a coluna vertebral, deixando o cadáver incapaz de andar para sempre (ha-ha-ha-ha).

O professor diz: "Empurre com mais força do que você pensa".

Wally acrescenta pressão, sentindo a pele ceder. Isso o lembra de novo — um vislumbre do fim de semana, quando ele pressionou... ele tinha pressionado? O bisturi corta profundamente, além de onde deveria ir, revelando um grande derramamento de gordura que parece queijo cottage.

Ele lembra agora. Havia batido em alguma coisa, como se ela tivesse uma esponja lá dentro, ou um absorvente interno — ele fica histérico ao lembrar — tipo, *Isso é real, eu estou mesmo fazendo isso*. Ele começa a rir, mas sente outra pontada de dor na virilha, pior do que a da aula de patologia na segunda-feira.

Brandon Carol se aproximou, segurando um pedaço de gaze branca com uma mancha rosa. Os corpos não sangram, então deve ser parte da carne. Ele para ao lado de Wally. "Está parecendo bom, amigo." Ele dá um passo para trás. "Que cheiro é esse? Cara, tem alguma coisa fedendo."

Wally funga, pensando que deve ser o corpo, mas percebe que não é formaldeído, é outra coisa. Pode até ser ele mesmo, como um pedaço de queijo estragado, como algo podre ou mofado. Ele não consegue se lembrar se sentiu algum cheiro quando estava no banheiro. Não pode sair agora, precisa terminar a tarefa.

Assim que são dispensados, Wally vai para o chuveiro em Whitman Hall, onde moram muitos dos alunos. Ele se encharcou de spray corporal da brisa do oceano, não quer que ninguém chegue muito perto.

Ele encontra Shivali a caminho do banho. Ela olha para ele de forma estranha, quase como se não o reconhecesse. "Ei, o que aconteceu no sábado à noite?", pergunta ela. Ela está com olheiras, como se tivesse ficado acordada até tarde da noite, preocupada com ele.

Ele gosta mesmo de Shivali. Não pensa nela ao se tocar porque quer mantê-la pura, não atrapalhar as interações colocando-a no centro de imagens que a degradem. Wally assistiu a tanta pornografia na vida que agora é preciso uma boa quantidade para deixá-lo pronto, sites de fetiche que o preocupam — penetração com consolos gigantes, uma senhora mais velha com seu bernedoodle e, pouco tempo atrás, vídeos em que garotas novas são amordaçadas e amarradas, sites onde às vezes ele se pergunta se elas *são* sequestradas de verdade, estão chorando de verdade ou se estão atuando. (Seja honesto, muitas vezes é isso que o leva ao limite — pensar: *E se esses corpos estiverem mesmo em sofrimento?*)

Shivali está muito perto. Ele consegue ver os pequenos poros redondos do rosto dela, sentir o hálito de canela, e se pergunta se ela sente o cheiro dele. *Aquele* cheiro.

Está forte, como na ocasião em que comeu quinze barras de chocolate de uma vez, enfiando na boca para que a irmã mais nova não pudesse comer. (Wally, a Baleia.)

Ele recua. "Não aconteceu nada, senhorita", garante ele. "Está tudo bem." Ele pisca e, horrorizado com a forma como está se comportando, sai trotando.

No chuveiro, dá um pulo para trás ao tocar o pênis. Escorrega no ladrilho, quase cai e bate a cabeça. Ele imagina Dave ou Andrew o encontrando, o sangue escorrendo pelo ralo. Apalpa a ponta do pênis e encontra uma divisão, como um corte ou sulco onde a pele rachou com a pressão. Os carocinhos se transformaram em bolhas de sangue. Não consegue se segurar: cutuca uma até estourar, jogando respingos de sangue na parede como uma explosão estelar. Ele lava tudo depressa. Apoia-se na parede escorregadia, fazendo a mesma coisa com cada vergão, enojado e satisfeito quando consegue estourar todos. Depois, dá tapinhas em volta da região, e tudo parece menos inchado, como se ele tivesse liberado a infecção.

Ele vai à Biblioteca Médica Michael Collins para usar os computadores de lá, porque não quer que a pesquisa apareça em seu laptop. Encontra uma riqueza de informações, algumas alarmantes (câncer, sífilis, aids). Poderia ser várias coisas, mas deve ser herpes ou gonorreia. Não é fatal. Não é nada sério. É tratável.

Ele para na farmácia para comprar creme para assaduras e Benadryl, além da pomada Preparation H para segurar o inchaço.

Quando volta para o quarto, tranca a porta e começa uma inspeção. Assim que vê, a primeira coisa que pensa é, *Ah, sim, é como quando você cozinha um pedaço de carne*. Ao redor da cabeça do pênis, os pontos brancos ficaram vermelhos. O topo verte um líquido esverdeado que indica infecção. Os pontinhos se solidificaram e parecem pequenos feijões-manteiga ao longo da crista do tronco peniano. Ele poderia usar um bisturi nº 3 neles — já fez em uma pinta na lateral do corpo, removeu-a sozinho (a pinta voltou), mas com a febre e as mãos trêmulas, sabe que é uma péssima ideia, ainda mais se cortar a artéria dorsal profunda. Entre outras coisas, a pesquisa na biblioteca revelou que se aquilo for uma das infecções graves e ele não fizer nada, pode florescer como coral, continuando a crescer e se multiplicar até que o pau pareça coberto de cracas.

Ele se imagina caminhando para a aula no dia seguinte, como vai precisar manter a calma enquanto a carne desce pela perna da calça e cai no chão. Em um filme de terror exagerado, um cachorro pegando um frisbee viria, comeria aquilo e depois lamberia o rosto do dono.

A febre atingiu a cabeça. Wally toma uma decisão calculada — se conseguir antibióticos, aquilo pode desaparecer a tempo da próxima aula de dissecação.

O médico do pronto-socorro do Temple University Hospital é um indiano alto de comportamento educado. Não conversa sobre banalidades. Faz perguntas pontuais sobre o histórico sexual recente e passado. Wally responde com mentiras. Diz não saber o que aconteceu: ficou com uma garota em uma festa e ela passou alguma coisa para ele. Ele pergunta a Wally se ele viajou para o exterior nos últimos tempos ou se trabalhou em áreas de desastre onde houve inúmeras mortes. "Esse tipo de infecção é algo que costumamos ver quando trabalhamos com devastação."

Wally diz: "O mais longe que fui foi o norte de Idaho". Também é uma mentira ridícula. Ele nunca chegou nem perto de Idaho.

O médico empurra os óculos para cima e escreve algo no prontuário com um lápis pequeno, como o que Wally usou ao fazer o teste admissional. Ele coletou uma amostra de uma das feridas de Wally, enviou ao laboratório e perguntou se ele tinha algum sintoma semelhante ao de gripe, o que faz Wally espirrar. "Vamos saber mais com os exames de sangue, mas essa é uma infecção muito rara. Não é algo que eu já tenha visto de contato de pessoa a pessoa." Ele continua impressionado que, em seus 25 anos, nunca testemunhou uma infecção percorrer seus estágios de forma tão agressiva. "Você tocou na área?", pergunta ele.

Wally mente de novo: "Não, senhor. Eu acredito em deixar os profissionais fazerem o seu trabalho".

O médico anota algo no prontuário. "Teve catapora quando criança?"

Wally diz que sim, e isso é verdade.

"Muito estranho. Impressionante, de verdade. Eu gostaria de trazer meus colegas pra olharem."

Wally imagina uma fileira de rostos ao seu redor, inclinando-se para ver melhor sua virilha. Os dentes batem e os joelhos nus se chocam debaixo da camisola fina do hospital. Ele está ficando resfriado.

O médico explica com termos cuidadosos que um dos tratamentos vai envolver a remoção da pele morta para evitar mais infecção. (Desbridamento! Que engraçado isso surgir de novo.) Eles precisarão chamar um especialista. Ele vai inserir um cateter, deixar Wally sedado, colher amostras.

O pênis de Wally está envolto em algodão e lateja na surdina, como um sino que não para de tocar. Mesmo agora, ainda quer o que quer — ele sabe que, com o estímulo certo, poderia gozar em um segundo. Bem no chão. É uma doença.

Quando o médico sai para iniciar o processo de internação, Wally o imagina indo ao telefone, ligando para a polícia. *Atividade suspeita.* Ele sai pela porta dupla do hospital. Um paciente pode fazer isso a qualquer momento. É chamado de "alta a pedido".

Ele quer vê-la outra vez. Não para fazer nada, só para vê-la. Só para colocar a mão na pele dela, para ter certeza de que aquilo não é um pesadelo. Ele já desmaiou antes no ciclo básico, mas prometeu a si mesmo que não se repetiria na faculdade de medicina. E aquilo foi diferente. Não foi um desmaio. Ele se lembra dela, da pele, da dificuldade de empurrar para dentro dela, da resistência e do alívio. Dos seus dedos grossos e estúpidos tocando-a.

Ele quer fazer de novo, mesmo que ela tenha sido alterada.

Ele está doente. Com certeza, vai pedir ajuda. Consultar um psiquiatra, como fez no primeiro ano do ensino médio, quando a mãe encontrou as bonecas da irmã debaixo da cama dele, nuas e cobertas de porra pegajosa. Ele não vai fazer nada com ela desta vez. É a coisa mais distante de sua mente.

Isto é o que ele lembra da noite de sábado:

O laboratório de anatomia macroscópica fica no porão do edifício Tenant, na parte central do campus de três quarteirões da Walker's Lane. Na frente do prédio, tem um urso grande rosnando, o mascote da universidade. Naquela noite, a área da recepção está vazia, exceto por um zelador subornado por Brandon para deixá-los entrar. Isso é bom, e Wally se sente bem, ou mais ou menos; ele vai se integrar ali, aqueles são os verdadeiros estudiosos, não são caras idiotas da fraternidade do ciclo básico, garotos festeiros cujos pais pagaram pelos carros que tinham. Aquelas são pessoas inteligentes, jovens bons.

Por um momento, antes de passar pela porta dupla, ele pensa: *Talvez não. Talvez não, talvez o risco não valha a pena. Eu posso ir pra casa ver um filme pornô e depois* Game of Thrones.

Mas aí ele pensa em como o pai poderia ter agido na mesma situação. O pai não tinha medo de nada. Wally sabia que o pai se preocupava com ele, o garoto esquisito, que devia ter sido mais extrovertido, mas não era, ele era diferente, não herdou aquele gene de risadas fáceis e sorrisos largos. Ele tinha espasmos nervosos e a tendência de se abaixar sob as coisas como se fosse muito alto em vez de muito gordo. *A Baleia.*

Ele encontra Dave Johnson no laboratório, que está arrumado como um bar com copos de plástico e garrafas de vodca, gim, alguma coisa esverdeada. Dave entrega a ele um copo cheio de um líquido transparente. Wally se pergunta por um momento se eles estão bebendo fluido de embalsamamento. "O que caiu pra você?" Dave está sob o efeito de alguma coisa, as pupilas grandes e excitadas, dilatadas, quase ocupando o resto dos olhos. Ele devia ter cheirado alguma coisa (não óxi, né?). Ele trinca os dentes, abre e fecha a boca, pega a língua.

"Como?"

"Você pegou o corpo inteiro? Um dos outros caras conseguiu uma cabeça com a boca aberta. Não é fodido e engraçado? O que caiu pra você?"

Wally só olha para ele, confuso.

"Ah, você ainda não foi. Brandon! Brandon, ele não foi!"

Na tela do PowerPoint, um vídeo silencioso é reproduzido, um filme em preto e branco de um médico e uma enfermeira trepando em uma mesa de cirurgia. Nenhuma das mulheres da turma está lá. Só homens.

Um número seleto de caras. Na tela, um homem amarrou uma mulher vestida com trajes de enfermeira. Um cavalo é introduzido na cena. Ele se pergunta por um momento se estão exibindo um filme snuff.

Brandon aparece e dá um tapa nas costas de Wally, ao estilo homem para homem. "Sua vez. Está pronto para os seus cinco minutos no céu?" Esse era um jogo que as outras crianças faziam no fundamental II, em que você e uma garota entravam em um armário para dar uns amassos. Todos os caras da turma dele fizeram e saíram desgrenhados com as golas do uniforme levantadas.

Wally ingeriu depressa dois copos do líquido claro. Ele se pergunta o que seria necessário para parar aquilo tudo, para dar meia-volta e dizer: *Não vou participar, pessoal.*

Brandon se inclina. "Isso é tradição. Meu pai fez. Foi ele que me emprestou as chaves das salas." Ele dá um tapinha nas costas de Wally de novo. "Parece até que você tem xereca."

Wally estremece. Ele odeia aquela palavra, odeia que ela seja usada para reduzir mulheres apenas à sua anatomia. Essa é uma parte do que ele gosta na faculdade de medicina, as partes anatômicas têm nomes latinos — a vulva, o útero, o clitóris; as palavras não só clínicas, mas honrosas, e menos degradantes do que o linguajar de viciados em esportes.

A sala principal é onde estão montadas as mesas de cadáveres, mas estão vazias naquela noite, todos guardados por segurança. Na área da sala há laboratórios de simulação menores. Ele vê alguns dos alunos do primeiro ano do sexo masculino em fila, como se estivessem esperando para comungar. Antes de entrarem na sala, Brandon enche a boca deles com algo de uma seringa.

Nenhum deles parece estar preocupado, nem um pouco. Eles estão se divertindo muito. Wally se vira para Brandon. "Tudo bem, senhor, eu vou." Ele abre a boca e Brandon esguicha a dose em sua garganta. Ele se engasga e tosse ao sentir o líquido queimar como ácido. Mas é um gosto familiar, algum tipo de bebida alcoólica destilada, nada tóxico.

"Bom, vamos ver o quanto você aguenta. Entre na sala, se masturbe e traga provas de que você consegue descabelar o palhaço em qualquer circunstância." Brandon entrega a Wally um frasco de plástico, do tipo usado para coletar amostras de laboratório: urina, fezes, escarro. "Concentre-se, amigo. Mostre do que você é capaz."

Ele abre a porta de uma das salas e Wally entra.

A sala é destinada a simulações de pacientes. Eles têm manequins de todos os tamanhos armazenados. Constava no livreto da faculdade de medicina: o melhor laboratório de simulação, com instalações modernas, quase como trabalhar com pacientes reais. Os pacientes de plástico podem ser usados para demonstrar problemas e os estudantes de medicina os diagnosticam com base na temperatura corporal e nos sintomas apresentados.

A princípio, Wally pensa que o corpo em repouso na cadeira de exame é um dos manequins, embora pareça real, maior do que ele imaginou, mas aí ele vê que não, na verdade, é um corpo do laboratório de anatomia.

O que Dave disse agora faz sentido, *O que caiu pra você?* Nas outras salas, podia haver outros cadáveres, ou apenas cabeças. Alunos que se tornarão cirurgiões oculares ou plásticos praticam primeiro em cabeças humanas decepadas, removendo os globos oculares, injetando a testa com botox ou os lábios com colágeno. Talvez na porta seguinte um aluno esteja olhando para a cabeça de uma mulher morta, tentando bater uma com os olhos entreabertos dela observando.

Quando os olhos se ajustam, Wally vê que o corpo é de Angie. Ela está coberta da cintura para cima, como na aula de anatomia. Está posicionada em decúbito dorsal em um espaço de exame para aula de ginecologia. Os pés estão apoiados nos estribos. As pernas estão ligeiramente abertas. Ela tem pés pequenos, as solas estão limpas, um arco alto. As unhas dos pés estão pintadas de preto. Isso faz com que ele sinta vontade de protegê-la. Em determinada época, ela era uma pessoa viva que fazia coisas comuns como tomar sorvete e pintar as unhas (e em especial usar heroína).

Wally ouve a batida da música, imagina Shivali no quarto estudando para a prova sobre antígenos transmitidos pelo sangue. Ele gosta de Shivali. Acha que talvez ela goste dele também.

Ele olha para o corpo. Afasta a lona azul, coloca uma das mãos na perna dela. Está fria e sólida como mármore, como uma estátua grega.

Deixaram um frasco gigante de lubrificante K-Y no armário com algumas instruções ao lado.

Ele toca no joelho dela. Os ossos dos quadris se projetam. Ela é muito magra, com o osso pélvico visível. Há quanto tempo está morta? Os corpos podem ser armazenados por semanas, meses. Ela poderia ser preservada durante seis anos.

Alguém grita do outro lado da porta, palavras distorcidas, indistinguíveis.

É pressão, mas ele consegue.

Ele coloca um pouco do lubrificante com um esguicho. É gosmento e frio, mas aquece logo. Fecha os olhos e pensa primeiro em Shivali. Ajuda, mas não completamente. O pênis, a haste peniana, está apenas meio ereta, a cabeça é um cogumelo murcho, de aparência triste.

Isso é uma prática, como a função dos cadáveres — prática para se preparar para uma pessoa real.

Ele imagina Shivali sussurrando em seu ouvido: *Isso, faz isso de novo, isso é bom, ah meu Deus, isso é incrível.* Ele muda para Crystal, o corpo imóvel, a respiração tranquila. Angie agora, agachada em um beco, olhando para ele: *Senhor, você pode me ajudar? Senhor, só um pouco de dinheiro, senhor?* Quando estava viva, poderia ter pedido uma ajudinha, uma transação, atrás de algum supermercado.

Não está funcionando. Não é o suficiente.

Ele se move entre as pernas dela. Não vai olhá-la. Isso é real, o corpo real dela, os pelos pubianos reais, escura e lustrosa como um animal, não como as mulheres do pornô, depiladas como bebês. As pernas já estão abertas, nos estribos, como se ela estivesse em um exame. Ela poderia gostar daquilo (se estivesse viva).

Ele está completa e dolorosamente ereto agora.

Não é como os outros caras — obstinado, obcecado por boceta. Ele sabe que o corpo feminino exige cuidados que não vêm da penetração, não como se vê nos vídeos do *PornHub*, onde as mulheres estão sendo macetadas e adoram. O prazer feminino requer a estimulação do clitóris — origem latina, *kleitoris*, a coroa da vagina. Com o dedo tremendo, ele separa as dobras dos lábios e encontra a ponta fria do clitóris. É onde ficam centenas de terminações nervosas, mais até do que o falo.

Angie. Ele é gentil e deseja, deseja que aquilo fosse a coisa que poderia trazê-la à vida como parte de um conto de fadas.

Quando ele a penetra, sente algo ceder, como um desmoronamento. Uma parte dele está fora de si, a parte que era muito parecida com Brandon, o outro ele. *É assim que você é deflorada, né?*

Ele sente o cheiro de álcool, do próprio bafo de onça e o zumbido baixo de formaldeído, mas também vê os pelos pubianos dela, e como as luzes estão fracas, a pele dela não parece amarelada nem morta (como uma galinha sem pele), parece prateada, como uma criatura de *Avatar*. E qual é a sensação? Parece com muitas coisas em que ele já experimentou fazer aquilo (muitas coisas para citar — almofadas de sofá, comida, bichos de pelúcia), só que Angie está fria e apertada. Ele sente a resistência dela, como se ela estivesse viva e empurrando de volta, como se dissesse: *Não, não, por favor, não*, e é isso que o leva ao limite e a um jorro de liberação dentro do corpo dela em grandes pulsações agitadas como uma convulsão.

Depois, ele pega o copinho e o coloca sob a borda da vulva para coletar a prova. Isso é chamado de excreção. Ele aperta a tampa e o coloca de lado. Usa uma toalha de papel para limpá-la delicadamente. Não quer deixá-la assim, tão indigna. Ele fica perto do rosto dela. Encosta a boca na dela, pressiona levemente, a cabeça zumbindo com um verso de um poema, *Ó, meu corpo*.

Uma batida na porta. Ele interrompe o beijo.

Brandon entra e na mesma hora vai ver como ele está. "Espero que não tenha sido bizarro demais..." Ele olha para o frasco. "Você pegou uma lembrança? Peraí... Você não achou de verdade..." Ele olha para o rosto de Wally, algo ali deve parecer errado. "Você está brincando comigo? Pessoal!", grita ele para a multidão da sala. "Wally comeu uma garota morta!"

Os homens restantes estão longe demais para ouvir, reunidos no centro da sala, assistindo ao vídeo que agora mostra duas mulheres fazendo sexo oral uma na outra, emboladas e parecendo uma criatura.

Wally vê a fileira de frascos na prateleira perto do bar improvisado. Todos vazios. Quando vai entregar o copinho para Brandon, o deixa cair. A tampa permanece fechada, mas o frasco quica, uma, duas, três vezes pelo chão e depois rola para baixo do armário.

"Droga", murmura Wally.

"Você é um filho da puta", diz Brandon, ainda olhando para ele, mas há algo em sua voz — admiração? Sim, Wally poderia ser um daqueles caras malucos como os do filme favorito do pai dos anos 1980, o garoto bizarro o qual os garotos populares acolhem, como em *Mulher Nota Mil*. Brandon dá um "toca aqui". "Meu camarada", saúda ele, e Wally sente uma onda de alívio tão forte que os joelhos quase se dobram.

É quase meia-noite e o laboratório de anatomia macroscópica está deserto. Wally passa pelas portas de vaivém e fica parado por um segundo olhando para a sala escura. Ele acende as luzes. Elas piscam, tremem e a sala fica iluminada. Ele sente um nó nauseante no estômago, como se estivesse prestes a descer em uma montanha-russa. Excitação e pavor. Precisa vê-la mais uma vez, para comprovar por si se há algo errado com o corpo.

À noite, os corpos são armazenados em um freezer, cada um em um compartimento numerado. Wally entra nele e procura os nomes em uma lista ao lado. Encontra o homem gordo, Joseph P., e o corpo de Angie: n° 645. Ele vai para a prateleira onde ela está guardada, as pilhas refrigeradas de recipientes como se ela fosse um grande pedaço de carne de veado. O grupo que trabalhou nela antes terá removido a pele das costas dela, então ele terá que virá-la. Uma dor intensa o sacode e ele percebe que é porque está ficando duro, pensando no corpo.

Ele pega o número 645. Um rosto desconhecido. Uma mulher loura com uma cicatriz alta no pescoço, como se ela tivesse cortado a própria garganta.

"O cadáver original desapareceu."

Wally dá um pulo, o coração na cavidade torácica, com suor nas têmporas. A febre está de volta, e pior.

É Andrew Yu, segurando o livro de anatomia junto ao peito. "Vim pra me preparar pra próxima semana. O sistema linfático. Eu quero muito me sair bem."

Wally empurra o corpo de volta para a gaveta. "Meu bom homem, você vai ter excelente desempenho." Ele limpa a garganta. "Você sabe por que... alguém disse por que eles tiveram que..."

"Não sei. Contaminação de material médico? Eu só ouvi isso do Brandon. Tiveram que queimar um corpo por questões de segurança."

Wally sente outra pontada de dor na virilha e tenta disfarçar com uma inclinação na cintura, como se fizesse uma reverência. "Que estranho." Ele não quer forçar muito. "Você sabe por quê? Me parece drástico."

Andrew Wu olha para ele de forma estranha. Wally cobre a virilha, com medo de que talvez o sangue tenha encharcado a calça. "Eu não saberia dizer com certeza. Um vírus." Ele cutuca a testa, em pensamento. "Perigoso. Contagioso." Começa a se afastar. "Ah, sim, era aquele novo estranho. Mas não precisa se preocupar. Nós usamos luvas. Mal tocamos nela."

Wally o detém, toca no braço dele e fica surpreso ao ver como ele é quente. "Você quer dizer o..."

Andrew estala os dedos. "Eu sou tão burro. Mpox. Era mpox." Ele vê a expressão no rosto de Wally. "Está tudo bem, cara. Só é fatal através do contato íntimo. O pior que você vai ter é uma irritação cutânea nos antebraços. Ou, tipo, encefalite." Ele dá um tapinha nas costas de Wally. "Estou brincando!"

Wally assente. Ele se sente tonto, o plano era... qual era o plano? Um minuto a sós com Angie. O material médico. O contaminante.

Wally atravessa o pátio vazio. Dói andar depressa. Talvez ele devesse considerar ir para casa no fim de semana. Uma viagem de trem de duas horas, ele poderia dizer que decidiu desistir da faculdade de medicina — (*Você fracassou, você fez merda e agora provavelmente está morrendo. Sem falar que deixou sêmen em um copo. E aí você vai ao médico e se apresenta como esse espécime? Você cometeu um crime, um crime, você vai para a cadeia, onde vai ser estuprado e torturado, o que você merece, mas isso se você sobreviver.*) Ele começa a correr, ciente de que vai piorar o sangramento e de que pode causar a ruptura de algo, mas ele precisa ver outra vez, precisa *fazer* alguma coisa.

Wally volta para o quarto. Dói mover-se agora. É como se houvesse uma semente presa na glande do pênis. Talvez a infecção floresça na ponta como uma rosa preta.

A gravata está pendurada atrás da porta do quarto, a que ele usou naquela noite com Angie. Ele pondera uma ideia — um nó rápido sobre a luz de aço inoxidável, com a gravata bem apertada no esôfago, um chute na cadeira, e, rápido assim, não teria mais vergonha. (*Faça isso, pessoa estúpida e inútil.*)

Ele não fará isso — e se os pais pensassem que ele gostava de asfixia autoerótica?

Ele pega o conjunto de bisturis com as iniciais gravadas na frente: *WAM*. Gosta da aparência dos instrumentos no estojo de couro, intocados, sem uso, puros.

O livro favorito de Wally sempre foi *Anatomia Clínica para Estudantes*. Quando criança, estudou as páginas com o fascínio que outros meninos tinham por videogames violentos. Gostava da exatidão das ilustrações — as camadas de pele descascadas para revelar músculo, músculo para revelar o sistema circulatório, o sistema circulatório levando aos ossos e à medula.

Ele abre o livro na página 459, o sistema reprodutivo. Olha com atenção para o diagrama da genitália masculina. Pega o espelho do aparelho de barbear e o coloca em uma cadeira. Se puder extirpar a pele morta no escroto, pode ser capaz de erradicar a infecção enquanto realiza o primeiro desbridamento.

Ele pega o bisturi nº 3L. Uma parte dele pensa: *Até que enfim.*

Ele firma a mão. Ele posiciona a ponta do bisturi. Ele faz o corte.

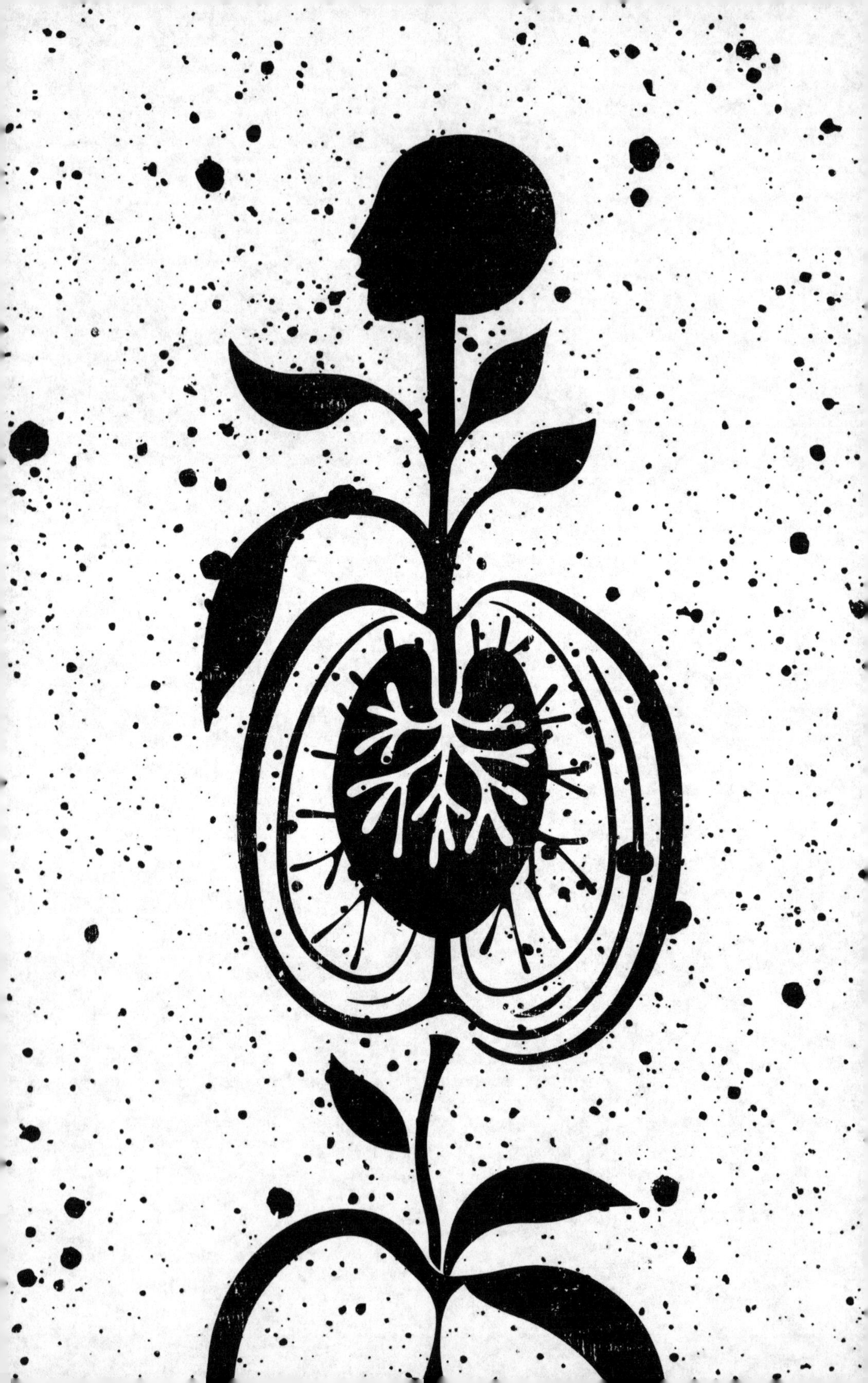

9

Exercício de RESPIRAÇÃO

RAVEN LEILANI

Quando começou a ter dificuldade de respirar, Myriam tentou esperar. Monitorou a contagem diária de pólen, comprou um higienizador nasal, tentou não pensar nos galeristas que não retornavam mais às ligações dela. Depois de uma estreia com trabalhos novos com apenas três visitantes — dois turistas dinamarqueses e uma mulher que queria saber se poderia usar o banheiro de graça —, ela foi a uma festa em Poughkeepsie e ouviu um discurso motivacional desanimador de um escultor cujos assistentes sempre tinham menos de 23 anos. *Você ainda é nova*, garantiu ele, e durante toda a noite as pessoas prestaram condolências similares pela carreira dela. Mais tarde, o anfitrião da festa reuniu todo mundo em uma sala com uma televisão de tubo antiga. Quando ele a ligou, ela ouviu o estalo do cátodo. Ele ajustou as antenas e disse que iria mostrar um documentário. Era sobre uma competição de cócegas; enquanto eles assistiam ao vídeo, um silêncio se espalhou pela sala. Um homem olhou para a câmera e descreveu ser amarrado e receber cócegas. *Me disseram que tinha a ver com resistência*, relatou ele. *Eu tinha 13 anos*. Myriam ficou incomodada, pediu licença e pegou o Metro-North para a cidade o mais cedo que conseguiu.

Assim que entrou no trem, botou a cabeça entre os joelhos e tentou respirar. Ligou para a mãe, e elas tiveram uma conversa ótima até chegarem ao assunto do trabalho. Havia onze anos que tinha saído de casa, oito desde que tinha se formado em uma escola de artes mediana e fez seu nome mostrando ao público o quanto de abuso o corpo humano conseguia aguentar. *Não é sustentável*, advertiu a mãe, e, tecnicamente, estava certa.

Quando Myriam estava saindo do trem, o primeiro e-mail chegou. *Piranha medíocre*, dizia no começo, antes de entrar em uma desconstrução surpreendente de uma das exposições mais recentes dela — imagens delicadas de mulheres negras com vestidos vitorianos decorados: crinolina de crina de cavalo, armação de marfim, coques bantu. Mais sutil do que o acervo maior de trabalho, o que envolvia uma quantidade bem menor de automutilação. *Por que você não se mata logo?*, escreveu o autor depois de um longo tratado sobre a conspiração da Terra redonda.

Em casa, ela tentou abrir as vias aéreas com óleo de hortelã e vapor. Tomou um Xanax e andou em círculos com os braços acima da cabeça. Um homem tocava trompete do outro lado da rua e ela abriu a janela e pediu que ele parasse. Não pela primeira vez, o apartamento dela pareceu pequeno demais. Tinha 50 metros quadrados hiperutilizados, um apartamento de um quarto no bairro Bed-Stuy que ela só podia pagar porque a estação de metrô mais próxima ficava a dez quarteirões dali. Ela se arrependeu de ter ido à festa, mas os convites não aconteciam mais como quando tinha 25 anos — quando ela enfiava inhame e intestino de porco em um descaroçador de algodão e ainda podia ser a namorada de idade inapropriada de alguém; quando prendeu uma máquina de votação a uma mangueira e ficou em um tanque de vidro enquanto as pessoas votavam; quando a confluência de um assoalho pélvico incontestável e uma estreia forte a tornaram um monstro devasso morador do Brooklyn — bons tempos. Tempos em que a mãe ligava e perguntava por que ela fazia aquelas coisas em público a ela mesma para pessoas brancas.

Myriam não tinha uma boa resposta, só que havia algo de puro na força, na crença fervorosa no próprio corpo, que poderia ser tecnicamente resumido a clichês como "mente sobre matéria" e "sem dor não há ganho". Ela encontrou um lugar na mente que era escuro, fresco e imóvel, depois abriu um show no Domino Sugar Factory* e se permitiu ser empurrada por um lance de escadas repetidas vezes. Agora tinha 29 anos e a carreira não ia como o planejado.

Myriam Diz Para Relaxar, um show em que ela permaneceu sentada por duas horas com um alisador à base de soda cáustica no cabelo, não tinha sido bem recebido. Depois de uma hora, o hidróxido de sódio tinha começado a correr pelo couro cabeludo e ela foi hospitalizada. As críticas foram constrangedoras: artigos sobre os subtons hotepianos vagos do projeto, sobre o martírio autoinfligido para um problema tão cansativo — tão anos 1990 — quanto os padrões de beleza do Leste Europeu. E finalmente, a crítica que primeiro pareceu rasa, mas agora a preocupava enquanto ela passava de uma idade em que era bom só chocar e impressionar: que ela estava tornando a dor negra um espetáculo, alimentando a máquina a qual abominava.

Ela fez tentativas de reparar, projetos organizados em segredo com galerias amadoras e desorganizadas, inabaladas ou ativamente dispostas à repercussão de não permitir a entrada de pessoas brancas nos shows dela, de cobrar o dobro deles, de fazer com que usassem placas nos pescoços com os dizeres *Eu não sou bem-vindo aqui*. Ela fez shows como *Os Dentes de George Washington*, em que moldou dentes de espectadores brancos e fez grillz de prata sob medida.

Ela explicou para a mãe que tinha conseguido entrar em um mercado em que ela não era bem-vinda, e que só estava fazendo o que podia para sobreviver. Tinha feito uma máquina de Rube Goldberg** — cinquenta dominós, dezoito bolas de chiclete, setenta elásticos e um copo de água salgada morna em cima de um hímen sintético para terminar na elocução da palavra com N. Ela se marcou com poesias de apagamento de

* A Refinaria de Açúcar Domino é um empreendimento de uso misto localizado na antiga refinaria de açúcar em Williamsburg, no Brooklyn, na cidade de Nova York. [NE]

** Uma máquina de Rube Goldberg executa tarefas simples de maneira bem complicada, em geral por reação em cadeia. [NE] trechos de *As Aventuras de Huckleberry Finn*. As pessoas brancas iam em multidões eufóricas, empolgadas para dizer as poucas palavras que não podiam dizer com a desculpa de estarem discutindo arte.

Alguns dias depois da festa, houve outra mensagem. Ela sabia que era da mesma pessoa por causa do endereço de e-mail, um genérico ponto org sem nenhuma organização correspondente, mas desta vez assinada com o nome. *Negra Trágica*, dizia, *eu li sua entrevista com ______ e tive algumas questões.* Ela imaginava que ele fosse normal, indistinto. Imaginá-lo grotesco parecia menos verdade, como a ideia do mal de uma criança, na qual não há dissonância entre o coração e o rosto. Era bem provável que ele fosse um membro da comunidade competente e ativo, um pai recente, um cara que tomava Lexapro e tinha um cachorro esperando que ele voltasse para casa. Mas, claro, o cachorro do Hitler devia amá-lo também. A única coisa certa era que ele era da região, pois falava de forma obsessiva sobre uma exposição vista havia pouco tempo na Hauser & Wirth, em Chelsea. *Prezado Richard*, escreveu ela, *você acha que me odeia, mas na verdade está obcecado por mim e é isso que você odeia*, e até isso a deixou sem ar.

Ela esperava se sentir melhor se fosse à academia, mas depois de dois minutos na esteira, precisou parar. Ficou surpresa que o corpo, punido por ela mesma com regularidade por anos, agora fosse incapaz de acomodar um pedido tão pequeno. Começou na esteira de novo, mas foi demais. Estava com a sensação de que havia algo duro e insolúvel na garganta, como um diamante ou algum amálgama dos microplásticos no suprimento de água de Nova York. O instrutor a chamou de lado e perguntou se ela estava bem. Ele era um fuzileiro de Staten Island que não acreditava em desculpas, e às vezes beliscava a gordura que ainda havia na barriga dela e a fazia continuar até ela chorar. Mas, naquele momento, ele botou a mão no ombro dela e mandou que ela respirasse. Ela se soltou da mão dele e disse *Não consigo.*

• • •

Na manhã seguinte, ela pegou o trem para ir até uma clínica em Sunset Park e relatou ao médico que parecia estar com lã nos pulmões. Enquanto descrevia os sintomas, ele ficava olhando para o relógio. De certa forma, isso a reconfortou. Se a situação fosse terrível, imaginava ela, haveria mais atenção. Por isso, ela ficou aliviada quando ele a mandou voltar para casa e dormir um pouco. Mas, uma semana depois, ela estava se sentindo pior. Como se todos os órgãos valiosos no peito estivessem distendidos com o ar poluído da cidade. Ela entrou no portal do plano de saúde — um site malfeito de JavaScript para os pacientes com o plano do sindicato dos artistas — e mandou mensagens para o médico sobre o estado de saúde, para as quais não recebeu resposta. Richard manteve contato. Como ela esperava, a resposta não o fez parar; tinha dado encorajamento. *Vou te encontrar*, escreveu ele. *Seria moleza descobrir seu endereço. Será que é por isso que seu trabalho ficou tão morno? Você está se sentindo segura demais?*

Não podia fingir que uma parte daquilo não a magoava. Comentários sobre a boceta dela, sobre como a cabeça dela ficaria em uma estaca, tudo bem. Mas comentários sobre seu trabalho, ela precisava lidar com eles o tempo todo. Se bem que o homem não estava sozinho. Aquela resposta crítica específica era familiar: que o nível de autoexibição dela correspondia inversamente ao seu nível de segurança. *Pra quem é isso?*, perguntara sua mãe, e dentro da pergunta havia uma acusação: que o trabalho dela não podia ser para pessoas negras, para mulheres negras — criaturas tão impotentes que convidá-las para mais subjugação era redundante, perverso. Myriam gaguejou quando tentou se explicar. Ela não se sentia impotente. Sentia-se ardentemente presente no mundo, e às vezes queria ser reduzida.

Como não respondeu à mensagem, Richard enviou uma foto de uma cimitarra, depois de uma pistola Glock. Ela tentou denunciá-lo. Vestiu as roupas menos ameaçadoras possíveis e foi à delegacia na Lafayette com vários e-mails impressos, mas como ele não tinha feito nada, as autoridades não poderiam tomar providências. Depois de dois dias, enviaram um e-mail para dizer que a denúncia tinha sido encerrada, por isso ela comprou três câmeras e colocou uma em cada cômodo.

• • •

Alguns dias depois, ela foi a um pneumologista. Permaneceu na sala de espera durante quarenta e cinco minutos além da hora marcada da consulta, e uma enfermeira a levou para dentro e a pesou em uma sala com uma lata de lixo transbordando. Quando o pneumologista chegou, não fez contato visual. Pronunciou o nome dela errado e prescreveu um anti-histamínico. A coparticipação era de duzentos dólares, a franquia um número de quatro dígitos irreal em que ela nem podia ter esperanças de tocar, o plano do sindicato dos artistas uma coleção de letras miúdas ilegíveis que cobria só check-ups de rotina e visitas a ginecologistas credenciados que diziam coisas como *Muito bonita* para a ultrassonografia transvaginal dela.

Ela tomou os comprimidos e escreveu alguns e-mails para a mãe, porém não enviou. *Eu tive uma infância boa. Você não fez nada de errado*, começava um e-mail, mas ela o arquivou nos rascunhos. Como os comprimidos não ajudaram, ela encontrou um nebulizador no eBay e passou a usar a máquina duas vezes por dia. *É isto que eu vou fazer com você*, escreveu Richard depois de mandar um link para uma página de pornografia perturbadora. *Tudo bem*, respondeu Myriam, fraca depois de uma hora com o nebulizador, a máscara ainda presa no rosto espalhando a névoa.

Claro que isso só o deixou com mais raiva. Em sua carreira infeliz como mulher heterossexual, tinha aprendido que os homens, mais do que tudo, não gostavam de ser surpreendidos. Não suportavam que houvesse um lugar dentro de você que eles não conseguissem alcançar. Eles tinham permissão de ter certeza das coisas e esperavam ter certeza de você. Até seu ex-marido, um artista performático cuja obra envolvia uma quantidade significativa de automutilação, tinha ideias de como ela deveria se comportar depois que eles se casaram. Quando estavam namorando, ele gostou de trabalhar em um projeto conjunto no qual eles viviam com câmeras observando-os em um quarto todo feito de tranças Kanekalon. Feliz de fazer revezamento de tapas um no outro com clipes do discurso de Bill Cosby conhecido como "pound cake".* Mas quando eles se casaram, ele mudou de opinião. *Seu corpo é um templo*, disse ele três dias antes de pregar o saco escrotal no chão do Guggenheim.

Enquanto ela estava fora, Richard mandou outra mensagem: *Estou te vendo. Estou atrás de você.* Ela perguntou o que estava vestindo e ele disse *Um vestido azul*, o que estava certo, e depois *Sandálias*, o que estava errado. Ela carregava duas facas na bolsa. Não andava por ruas mal iluminadas nem entrava em vagões de metrô com pouca gente. Se tivesse um marido, haveria pelo menos uma pessoa informada caso ela não voltasse para casa. Quando acordou de manhã e sentiu o corpo trabalhando contra os pulmões, soube que era um alvo fácil. Ela olhou por todo o apartamento e se deu conta de todo o custo para poder respirar de maneira esparsa. Para poupar esforço, houve concessões, tarefas por fazer. O lixo, copioso e cozinhando ao sol. As armas feitas de itens domésticos. A pia e o chuveiro escorregadios de bactérias. Pijamas e roupas de baixo cheios de suor pelo esforço de respirar de maneira consciente. Ela tirou as câmeras, olhou as imagens e não conseguiu acreditar na pessoa que viu. Fez uma cópia dos vídeos e mandou para seu agente, e em poucos dias ele escreveu *Tem mais?*

E havia as contas. A seguradora ligava uma vez por semana, depois duas vezes por dia. Ela mudou a mensagem do correio de voz para dizer que estava inaugurando um show em Beijing e que não estava atendendo ao telefone americano. Ela sonhou que era verdade: sonhos mal

* O *Pound Cake Speech* refere-se a um discurso proferido por Bill Cosby em maio de 2004, durante uma celebração para comemorar os 50 anos da decisão histórica da Suprema Corte dos Estados Unidos no caso *Brown v. Board of Education*, que desafiou a segregação racial nas escolas públicas. Cosby abordou questões controversas relacionadas à comunidade afro-americana nos Estados Unidos e o discurso ficou conhecido como *Pound Cake Speech* devido a uma parte em que ele mencionou um incidente fictício envolvendo um roubo de um bolo de libra (*pound cake*, também conhecido como quatro quartos), usando-o como uma metáfora para ilustrar seus pontos sobre responsabilidade e comportamento. O discurso gerou bastante controvérsia, em especial com a crítica a abordagem simplista de Cosby, que desconsiderava fatores sistêmicos. [NE]

iluminados e narcóticos nos quais ela passeava com uma pantera adulta por uma fábrica chinesa de tabaco e as pessoas entravam na galeria e enchiam o ar de mandarim. Nesses sonhos, ela conseguia respirar de novo.

Ela vivia para os verões em Nova York. As avenidas fedidas e cintilantes e todo mundo cozinhando no metrô. O corpo resistindo a um braço branco sólido de sol. Agora, era um inferno. Havia gente demais e não havia ar suficiente; o peito queimava, por mais cuidado que ela tomasse ao respirar. Agora, ela tomava bário enquanto outro especialista monitorava um raio X ao vivo da garganta dela. *Tudo parece bem*, analisou ele, e por dois dias todas as refeições tinham gosto alcalino. O procedimento seguinte, uma endoscopia, ela precisou dividir entre dois cartões de crédito. Enfiaram uma câmera no esôfago dela, sem encontrar nada. Ela não tinha acompanhante e, quando tentou pegar um táxi, três passaram direto até um parar.

Não ter notícias não parecia uma boa notícia, e quanto mais tempo sem resposta, mais tinha certeza de que ela seria ruim. Não era insignificante para ela acreditar com tanto fervor em algo que não conseguia ver. Por ser mulher, tinham lhe ensinado a não confiar em si mesma, e não havia certeza de que ela não tivesse sido examinada a partir da loucura bela e indelével do erro feminino. Conseguir insistir de forma tão fervorosa que havia algo errado significava que todas as alternativas tinham sido exploradas à exaustão. Significava desafiar a inclinação mais natural de adiar e se permitir ser vista como louca, e por isso ela precisava estar certa. Tinha visto as notícias sobre as mulheres negras mais ricas e poderosas. Mulheres de pele escura e luminosa que sempre mantinham os rostos parcialmente fora de vista, que eram emblemas do que você poderia ter quando o longo jogo era disputado de forma cautelosa e brutal. Até aquelas mulheres eram enviadas para casa com aspirinas quando seus cérebros estavam com hemorragia.

Ela enviou um e-mail para o médico e anexou um artigo sobre doença respiratória e o ar poluído da cidade. *Eu fiz todo o possível*, escreveu ela. *Por favor, me ajude*. Não era apenas o fato de ela não conseguir respirar; era que ela ainda precisava cuidar da vida. As tarefas domésticas, a conta de luz, a poesia sexualmente violenta da convivência com os homens na rua. Era estranho estar doente, ter a sensação de que os pulmões estavam cheios de sangue e ainda precisar ter cautela com homens. Era estranho sentir estar morrendo e ainda aguentar comentários sobre seus seios. Ela foi comprar fluidificante de muco e um homem a seguiu da Seventh Avenue até o DeKalb. Quando parou para confrontá-lo, um grupo de homens olhou e riu. Ao subir a escada para o apartamento, outra mensagem chegou. *Vou te fazer uma visita em breve*, escreveu Richard, e, do lado de fora, o homem do trompete ainda tocava "Hot Cross Buns".

Durante dois dias, ela não dormiu. Limpou o apartamento, levou para fora semanas de recicláveis e tirou cabelo dos ralos, depois escreveu o próprio obituário e o enviou para o maior crítico do seu trabalho, um blogueiro proeminente impossível de agradar. Tentou defender algumas peças consideradas por ele irresponsáveis, mas, enquanto escrevia, ela se perguntou se ele não estaria certo. Fazer danças particulares para clientes por dez centavos não tinha sido sobre nada além de ela ser hipersexualizada e ter 26 anos. Deixar a plateia escolher entre dar-lhe uma rosa e apontar uma arma descarregada para sua cabeça havia sido, apesar do cinismo, um erro de cálculo severo. O crítico alegou estar entre um dos homens que escolheu a arma, e na crítica ele escreveu não haver nada de radical, nada de *avant-garde* na proximidade de uma mulher negra da morte.

Ela pensou nisso quando foi fazer um raio X de corpo inteiro. Colocou o avental de chumbo e uma enfermeira avisou de que o local seria apertado. Quando estava dentro da máquina, o radiologista comentou que o intestino não funcionava havia um tempo. Ele brincou que dava para ver um tomate-cereja inteiro no intestino grosso dela e ela fingiu rir. O exame levou quarenta minutos e ela adormeceu. O técnico a acordou, e depois o médico a levou para uma sala para dizer que nada havia sido encontrado. Quando ela começou a chorar, ele tocou no ombro dela e disse *Sim, é um grande alívio.*

Por uma hora, a cidade ficou toda sem som. Tudo dava trabalho: a escada, a catraca, a máquina do MetroCard que não aceitava moedas. Era o dia mais úmido do ano, e nem a cidade estava indiferente ao calor. Pelo

Brooklyn, havia fios derretendo e luzes queimando. Houve incêndios, vítimas de derrame e mulheres murchando debaixo de guarda-sóis. Ela passou pela cidade e prestou atenção em todo mundo, e quando chegou em casa, começou a reinstalar as câmeras.

Uma câmera perto da porta, outra no quarto. Uma tigela de maçãs com as partes amassadas para cima, uma janela aberta, um livro com a lombada rachada. Ela vestiu o melhor vestido que tinha. Chifon azul transparente cravejado com zircônias discretas. Quatro anos antes, ela o tinha usado na noite de estreia. Nunca tinha sido lavado e agora estava dois tamanhos maior do que ela. A seguradora ligou enquanto ela prendia o busto com alfinetes. Deixaram uma mensagem de voz com as informações de uma agência de cobrança de dívidas. Ela ligou para a mãe enquanto arrumava o cabelo. *Eu não tenho mais ideias*, disse ela quando caiu na secretária eletrônica, e aí, mandou o endereço para Richard. Não sem medo.

Como sabia que aconteceria, a cidade se abria para ela no momento em que a estava deixando, concedendo-lhe uma sensação de otimismo que não combinava com o projeto à frente. No entanto, havia algo mais. A empolgação que sempre precedia um novo projeto, a compostura, a certeza bizarra de que as peças se encaixavam. Uma sensação que começava no peito e se tornava tão inevitável quanto a respiração, uma determinação insaciável de viver além do corpo que tentara tantas vezes transformar em arte — o que ela tentaria fazer agora, mais uma vez.

10

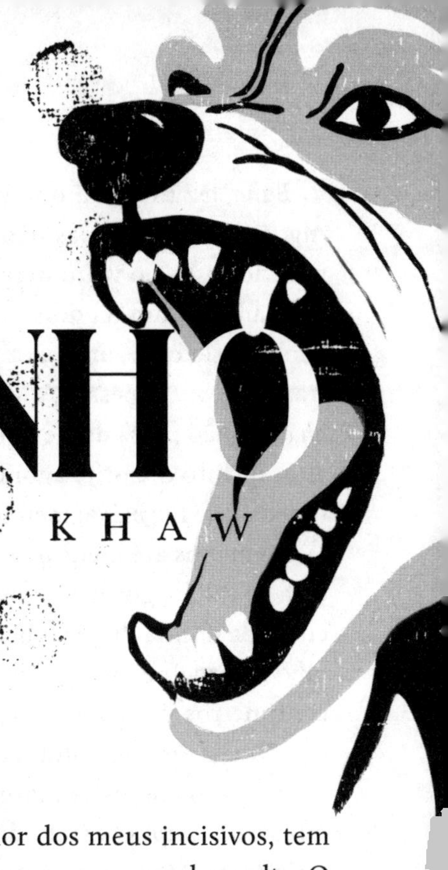

FOCINHO

CASSANDRA KHAW

Conto meus dentes. Sobre a parte superior dos meus incisivos, tem uma coroa dura na gengiva. *O que é isso?*, penso com um sobressalto. O que tinham dito sobre rougarous mesmo? Que você pode passar o lobo adiante se o fardo ficar grande demais? Que isso afeta aqueles que você ama? Esse *parasita*, essa doença no espírito. Não é culpa de ninguém exceto pela circunstância. Animais confinados não ficam bem em cativeiro, ainda mais se você não os deixar dormir.

Peço licença para sair da mesa, os ossos vibram, minha pele tão apertada em uma espinha que de repente parece compactada, amassada, curta demais por tempo demais. *Dói*. Tudo dói com queimação nos músculos e projeções de ossos, espetando minha pele por baixo, incomodando as juntas. Quero coçar a carne delas, e há tantos dentes, tantos ainda surgindo, como se fosse a primeira primavera depois de um milhão de anos de frio. Meus lábios sobem, minhas bochechas afundam; um estalo molhado pontua o momento em que minha mandíbula superior se alonga.

"Merda." Coloco as mãos no rosto e empurro outros convidados até entrar no banheiro.

Bang, faz um punho indignado. *Bang* de novo e de novo e de novo. Alguém me xinga, mas não escuto, hipnotizada pela imagem do meu próprio rosto no vidro manchado. Pichação: vulgaridades com caneta permanente, um ou dois números de telefone, nada de interessante a não ser pelo odor, um fedor persistente de produtos químicos e da frustração de outra pessoa, a vontade de alguém ressecada nos azulejos, e *ah deus*, não passa despercebido como é louco que os cheiros sejam tão altos quanto o motim agora — cercam a moldura de ferro forjado, distorcida pela luz baixa; meu reflexo finge desesperadamente ser humano.

Ao menos até meus ossos, todos de uma vez, se tornarem essa mistura de cálcio, gordura e proteína liquidificada. O sangue esquenta na curva da minha língua, enche minha boca. Engulo gelatina. Enquanto olho no espelho, meu corpo reinventa suas dimensões: cresce noventa centímetros verticalmente, ganha volume nos ombros. Os músculos que florescem em volta das minhas escápulas me deixam corcunda enquanto os ossos se alargam, se curvam, se curvam, se curvam, se quebram, *snap*. O estalo das minhas vértebras é um barulho de metralhadora. Meus pulmões se expandem. E onde o lobo rompe a pele, sangro em gotas, meu corpo se tornando glossolalia, alienígena como deus; meu sangue vermelho decorando a pia de cerâmica branca. Há tanto dele que não dá para ver uma falha na cor. Em algum lugar, no escuro do meu ventre, meu lobo — não *ele*, apesar de ele ter começado isso, de ser o vetor da infecção, mas o meu próprio lobo, o que dormia encistado no meu cérebro de lagarto até esse ponto de história pessoal — começa a rosnar baixinho.

Estremeço como um alce sem fôlego, as pernas meio afastadas, tremendo. Tem tanto sangue que parece um pós-parto, a torrente grudenta e preta. Nunca quis ser mãe, abortei a ideia quando os cientistas profetizaram o mundo queimando. Mas aqui estou eu, gemendo enquanto jorra sangue de mim. Olho para baixo. Tem uma camada de amarelo no vermelho onde a gordura, quase fervendo, passou. E estou com fome, com fome pra caralho, faminta até a alma. Mal consigo pensar em meio a esse miasma de vontade, e lá fora, lá fora...

"Está tudo bem aí dentro?"

Não respondo. Não consigo. Se abrir o focinho, ele não vai se fechar mais, não até eu ter enfiado a dona da voz na boca, até tê-la engolido tanto a ponto de os quadris dela baterem na dobra da minha mandíbula, ela espernear com as pernas finas e eu poder quebrá-las nos joelhos.

Bang.

"Ei, está tudo bem aí dentro?"

Meu estômago é cavernoso. Poderia enfiar um vilarejo lá dentro; poderia comê-la inteira. Eu me viro, ainda desequilibrada com as pernas novas, mas tudo bem. Ainda sou mais rápida. A porta, que eu tinha me esquecido de trancar, se entreabre. Pela fresta, vejo cabelo loiro de farmácia, um jorro de luz digna de uma hespéride no ladrilho do chão do banheiro. Eu poderia pegá-la. Poderia engoli-la agora. Estou com uma fome louca e o cheiro dela é tão *doce* no meu palato carnívoro novo.

"Ei? Perguntei se está tudo bem aí dentro?"

Ela tem um cheiro que fode tudo, cheiro de uma vida manchada pelos pecados humildes de desejar demais e se comprometer com muito pouco: a mediocridade suburbana de meia-idade é um bálsamo de dar água na boca, não sei por quê. Quem poderia imaginar? A luz deixa o cabelo curtinho parecendo uma auréola, santifica o rosto de fadinha com a boca repuxada e cautelosa. A sobrancelha esquerda está falhada de quando ela usou piercings lá, relíquias de uma vida passada se afastando da própria natureza. Engraçado. Não importa o que faça, você volta a ser você, o que, no caso dela, é uma qualidade típica de Karen. Escuto na forma como ela choraminga meu nome. Reclamar até o mundo se submeter. Não se curvar. Começar a chorar lágrimas de crocodilo.

A boca está vermelha como um coração em um altar de bloco de corte de açougueiro, e se entreabre de leve quando seus olhos encontram os meus, a pontinha da língua parecendo uma maçaneta suplicando para que mãos desvendem seus segredos.

Por que ela vai poder ficar mais velha quando pessoas melhores não? Por que ela vai viver?

Minha fome se transforma em causa justificada quando a amígdala dela arranca a primazia sobre o resto do cérebro, a mente consciente escondida em um lugar seguro enquanto o instinto avalia a predadora presente, e dou uma saudação sorridente quando os olhos dela se encontram com os meus, a destruição do meu rosto duplicada na escuridão pequena das pupilas dela. Tem baba pingando da minha mandíbula destruída, os detalhes do meu focinho ainda ganham forma. Meus pensamentos são uma fuzilaria intemperada: ela seria um estômago a menos em um mundo faminto, uma fonte de desperdício a menos. O mundo ficaria melhor. O lobo existe para diminuir o rebanho. Eu poderia comê-la, poderia engoli-la pela cabeça. Eu poderia, eu poderia. *Deus*. Quero tanto. Eu deveria.

Encosto a bochecha peluda no semblante dela, uma sátira hedionda do relacionamento entre animal de estimação e dono, o tremor das batidas do coração dela transmitido pelo contato. Ela está apavorada. Pobre mulher, ovelha infeliz, coelhinho consternado arrancado do esconderijo. Ela não se move. Está quase inerte, pendendo do gancho de carne que é a coluna. Transparece para nós duas o que o cérebro de lagarto dela concluiu: não há mesmo para onde ir. Melhor bancar a morta, rezar para o estalo de um pescoço quebrado no lugar do declínio prolongado de um corpo preso, as tripas espalhadas em um sofrimento de nove etapas. Um tremor percorre a coluna dela e ela aperta bem os olhos. Ela está sussurrando: "Não, não, não, não, isso não pode ser real, não pode".

Seria tão fácil.

"*Não.*"

E é a minha voz, não a dela, que solta a palavra; um latido que se transforma em humano na metade do caminho. Quer seja o volume ou a convicção da minha raiva, a rejeição incendiária do impulso de comer, de engolir, de rasgar, de abrir, de achatar em uma palavra como *carne*, algo no meu grito faz o lobo se arrancar de mim. O detrito inunda o chão do banheiro, uma camada fedorenta de dois centímetros de gordura empelotada e proteína empretecida.

"Que porra foi essa?"

Eu limpo o sangue do rosto.

"Que porra foi essa?", exclama ela de novo.

"Eu não tenho ideia do que você está dizendo."

"Você..." Sua atenção vai de um ponto a outro no banheiro mal iluminado.

Percebo que ela já repassa a lembrança do que aconteceu, se corrigindo, os componentes sobrenaturais ejetados em favor de desculpas mais científicas: um caimento de luz, drogas baratas, qualquer coisa, exceto o bafo de predador molhado na bochecha trêmula dela.

"A privada explodiu? Porra, enfiaram absorvente interno nos canos? Que porra é essa? É merda?"

Dou de ombros, preocupada em olhar minhas mãos, os dedos ainda úmidos com placenta... placenta *morta*? Macramês de músculo ainda molhado passam pelas teias entre cada dígito. Olho impressionada porque o mundo ficou irreversivelmente *diferente*, e o corpo no qual acordei não é o mesmo que habito agora, porque as telemetrias da ciência humana são só palpite, uma bússola, não mais reais do que a *Lupa Capitolina* canonizada como a ama de leite de Roma. Lembro-me de todos os artigos de noticiário, de todos os especiais de televisão de meia-hora, alegando conhecimento de como a licantropia funciona; programas de entrevistas com estimados cientistas esclarecendo o processo, garantindo ao público que era revolucionário, sim, mas seguro, e executado apenas em ambientes controlados e em épocas de crises nacionais. Pilhas de dados, tabelas; trechos de trabalhos com coautoria de lendas. Cada um deles clínico em timbre, um coro de relatos higienizados com rigidez, e nem uma porra de história sobre como uma coisa assim pode acontecer, tão fácil quanto acordar no primeiro dia estando livre.

"Você fez isso?"

Só percebo que ela está com as mãos nos meus ombros trinta segundos depois da tentativa dela de me sacudir e trazer sentido de volta à nossa noite. O rosto dela está tão próximo do meu que não seria preciso muito para arrancar a pele daquelas maçãs de rosto altas. Um aperto faríngeo se desenvolve, e pressiono os dedos onde as duas metades da minha mandíbula se intersectam. Debaixo do meu toque: um volume do que passei a reconhecer como dentes.

"Não", coloco a base da palma da mão no limite do esterno dela e empurro com força, "toque em mim."

Ela me solta.

"Não entendo o que está acontecendo." A resistência some da postura dela. Ela oscila no lugar, quase bêbada, as pupilas tão dilatadas que não existe cor em seus olhos, exceto por um preto perfeito como petróleo. Já vi boxeadores assim, catatônicos, mas ainda de pé, com as pernas ainda sem receber a notícia de que a batalha acabara, de que está encerrado e não há para onde ir além de para baixo. "Você é um deles? Você foi a uma guerra?"

Em algum lugar na minha memória, ouço minha risada rougarou: *É a mesma guerra com nomes diferentes.*

"Não sou."

"Por favor, não me machuque."

"Acho que você precisa largar o ácido", digo para ela, com mais gentileza do que me considerava capaz. Ela é mais velha do que eu e mais frágil, como cerâmica, sem o tipo de porosidade capaz de permitir a sobrevivência a isso sem repercussão. Por outro lado, quem sou eu para julgar? Também devo estar ficando louca em câmera lenta. "Você deveria tomar um pouco de água."

"Me conte o que aconteceu."

Passo a língua pelo corredor de dentes.

"Seria melhor para nós duas se eu não contasse."

11

O Coração PODE FALHAR

YUMI DINEEN SHIROMA

Mina entrelaça flores de alho no cabelo de Lucy. Começa no couro cabeludo, uma trança embutida, enfiando os caules. Os brotos ficam para fora: nuvenzinhas roxas em forma de vírus, com espetos roxos para fora. O cabelo de Lucy é volumoso e preto e prende nas mãos machucadas de Mina, rachadas pelo frio, as unhas roídas até o sabugo irregular.

"Eu achei que a vi pela janela na outra noite", afirma Lucy, olhando para a rua. Tem uma árvore de ginkgo biloba crescendo na calçada, soltando as pústulas de frutas fedorentas. As folhas flutuam em dourado na luz da tarde. Por elas, Mina consegue vislumbrar os contornos de pessoas passando de jeans e lã.

"Você deveria ter me chamado", diz Mina. "Vou olhar as hóstias, ou..."

"Não", argumenta Lucy, "é essa a questão, não era ela. A pessoa se virou e eu consegui ver o rosto. Não se parecia nadinha com ela. A cabeça estava raspada de um lado. Ela estava passeando com um cachorro."

Mina reúne as mechas que faltam do cabelo de Lucy, as afasta do pescoço, revelando a curva pálida da garganta. As marcas se destacam lá, brancas e levemente elevadas, a pele ainda não toda cicatrizada.

"Que horas?", pergunta Mina.

"Umas quatro da tarde? Essa é a outra coisa. Acho que não estava escuro o suficiente."

"Ela deve amar essa época do ano", observa Mina. "Escuro o tempo todo e frio como um túmulo."

Lucy dá de ombros, faz um som, e a mão de Mina escorrega e amassa o broto de uma das flores. O pólen mancha a mão dela, com um leve cheiro de alho.

"Ela sempre parecia mais feliz na primavera", lembra Lucy. "Não havia tantos... episódios."

"A-hã", concorda Mina.

Lucy se mexe inquieta na cadeira, ajeita a saia sobre as coxas. "Eu ando pensando... Se fizermos isso com segurança, tipo se eu ficar usando isto" — ela toca no crucifixo — "e se você desenhar um daqueles círculos, talvez, e nós levarmos um saco grande de alho e o sacudirmos...?"

Lucy manifestou nos últimos tempos um desejo de "ter um encerramento". Os protestos de Mina só pareceram fortalecer sua determinação. Mina não discute mais, apenas se concentra em cuidar do espaço delas. Comprar as flores de alho na feira todas as manhãs de sábado, colocar nos parapeitos das janelas. Entrelaçá-las todas as noites nos pescoços e punhos delas. E tem as Bíblias que ela roubou da velha igreja abobadada na esquina da 47 com Springfield, com o ouro descascando das paredes: uma embaixo de cada travesseiro, uma na mesa de centro velha da sala, uma no parapeito da janela do banheiro. Outra deformada da umidade do inverno na saída de incêndio, enfiada entre duas das plantas de Lucy. E o alho, sempre o alho, assado com óleo e ervas no forno durante a tarde, misturado nas batatas e na sopa de abóbora.

"A-hã", diz Mina. "Nós podemos tentar isso."

"Você não acha muito...?"

"Olha, acho que eu só iria querer que a gente tivesse algum tipo de plano de contingência, caso..."

"Não, não, claro, e eu por certo iria querer ter certeza..."

"... porque a gente não tem certeza se ela ainda..."

"... eu entendo por que você se preocuparia..."

"... porque se ela ainda..."

"... mas eu não acho que ela continue me afetando daquele jeito. Eu entendo por que você se preocuparia. Mas eu estou mesmo melhor. Eu me sinto melhor. Não tenho tido os sonhos com tanta frequência."

Mina não sabe se é suficiente, se algo será suficiente algum dia. Era só afastar D— da varanda com um crucifixo e uma cabeça de alho e ela aparece na noite seguinte com a cara na janela de Lucy, pálida como a lua. As hóstias esfareladas atraem baratas e ratos, o alho murcha nos parapeitos das janelas e ela nunca soube onde encontrar terra consagrada na Filadélfia, de qualquer modo.

Talvez, se nada funcionar, elas possam ir para um daqueles apartamentos gentrificados na velha igreja reformada. Ninguém mais acredita em Deus, inclusive Mina; a quantidade de igrejas da cidade começou a exceder a demanda. Um apartamento de dois quartos custa 2,4 mil dólares por mês, com tetos de madeira em arco, um pedaço de Cristo crucificado em vitral acima da geladeira. D— jamais encontraria Lucy lá, pegaria fogo assim que passasse pela porta.

"Prontinho", assegura Mina.

Lucy se vira e toca no cabelo. Ela parece uma rainha de maio, uma bacante, uma foliã em um festival de música em alguma floresta. A cicatriz no pescoço dela reflete a luz.

Noite, uma noite indeterminada. Mina acorda no susto. O bonde passa na rua abaixo. Está escuro, tão escuro quanto é possível na cidade. Um brilho suave vem dos postes de luz, as sombras estão densas no parque. Os cachorros dos vizinhos latem do outro lado da parede da casa geminada. Mina nunca os vê, mas os ouve todas as noites, quando latem para alguém, se defendem contra alguma coisa ou apenas tornam a própria presença conhecida.

Quando Mina cambaleia até o banheiro, vê Lucy pela janela. Está na saída de incêndio de cueca samba-canção e uma camiseta enorme. O crucifixo brilha em prateado no vão entre as omoplatas. Ela está com aquela expressão vazia nos olhos, a postura sonhadora de um sonâmbulo. Ela olha para a noite, para algo que Mina não consegue ver.

• • •

As caminhadas diárias pelo cemitério a relaxavam. Mina prefere nesta época do ano: as folhas meio mudadas, o verde em luta com o vermelho. Com a frente fria recente, elas estarão mortas em uma semana, estalando debaixo dos sapatos.

Alguns dos túmulos são cobertos de plantas, celósias vermelhas, sálvias roxas e margaridas brotavam da terra como se nascidas dos corpos dos mortos. Uma fileira de tumbas está entalhada na encosta da colina. Uma delas teve sua porta entreaberta desde que Mina começou a andar até lá um ano antes, embora a corrente de cobre oxidada ainda a mantivesse fechada. Uma rosa de plástico, com o cabo enfiado na corrente, nunca vai apodrecer. Entre o cemitério e o hospital, um carrinho de compras cheio de coisas de um morador de rua está abandonado em uma área arborizada.

Mina pega o caminho sinuoso em volta. Há tumbas com os rostos de crianças entalhados em pedra, as feições erodidas pelo efeito lento do tempo, pelo ácido na chuva. Uma tumba de bronze com um anjo de bronze brilha triunfante no topo, erguendo-se na ponta do pé. Existe uma semelhante a uma igreja gótica com pináculos, uma com janelas de vitral brilhando em verde no sol, uma com gárgulas e uma com ameias nas quais dá para subir e ver as luzes do Center City brilharem pelo rio. Uma comum em que, se você espiar dentro, consegue ver uma claraboia de vidro azul filtrando a luz, visível só para os voyeurs e para os mortos.

Mina passa os dedos na porta fria de metal. D— dorme em uma dessas tumbas, e quando Mina descobrir qual, vai arrancar a garganta dela.

Jantar. Frango com quarenta dentes de alho, aipo, salsa, estragão. Um pouco de vermute no molho. Lucy brinca com a comida, empurra para lá e para cá no prato, arranca carne do osso com a faca. Ela está com o rosto limpo hoje, e é de se questionar toda vez se é porque ela não consegue mais ver a própria imagem no espelho. (Lucy tinha um desenho a lápis de si mesma e D— na carteira, para mostrar em lugar de uma fotografia. "É que ela tem um pouco de vergonha da câmera", dizia ela.)

Tem uma corrente de ar no apartamento hoje, com os aquecedores velhos ligados no máximo. Lucy veste uma blusa fina e, quando ajusta a gola, dá para ver uma irritação na pele: uma explosão de vermelho entre as omoplatas, onde antes havia uma cruz.

Você vai ter que enfiar uma estaca no coração dela, mas não tem uma estaca nem nada parecido — a não ser que haja um jeito de fazer uma, de lixar o cabo de uma colher de pau —, mas, pensando bem, você também não tem um martelo, nem força no tronco. Lucy parece mais robusta do que nos últimos meses, a pele reluzente, um toque rosado nas bochechas, e quando ela sorri, os incisivos dela cintilam na luz.

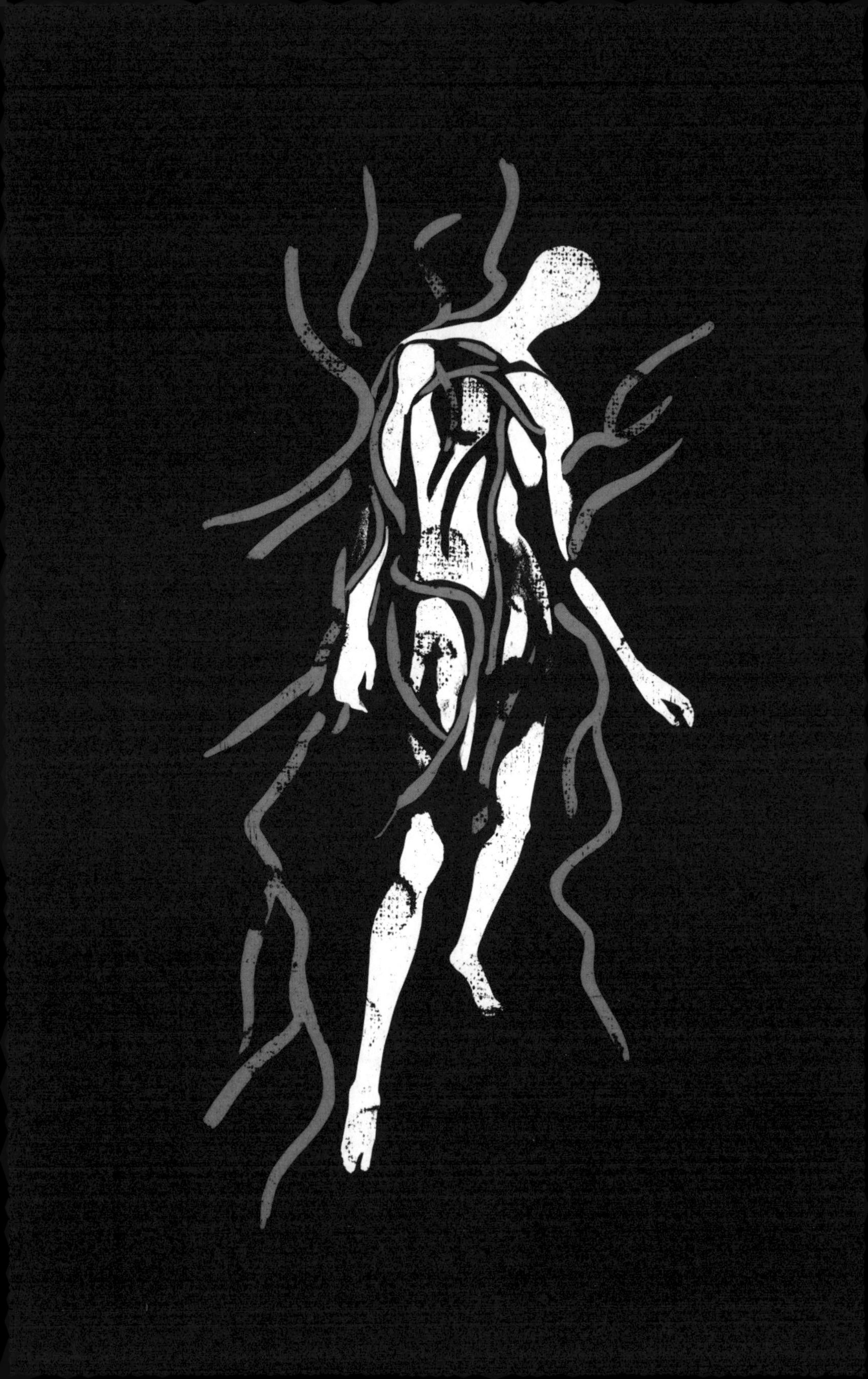

III
FORA DO CORPO E DO TEMPO

TERCEIRO CORTE

12

Cadeira da TRANQUILIDADE

JOYCE CAROL OATES

(DO DIÁRIO DA SRA. THOMAS PEELE, TRENTON, NEW JERSEY, 1853)

De maneira tão carinhosa ele me envolveu em lençóis mornos molhados que a firmeza do aperto não ficou logo evidente.

Um capuz foi colocado sobre a minha cabeça, feito de algum tecido leve como musselina, através do qual eu só conseguia ver luzes e não formas, uma onda de luz como daria para "ver" com olhos fechados enquanto se olha para o sol.

Um pano mais grosso foi amarrado em volta da minha cabeça e cobriu minha boca com uma faixa. Não apertado — mas com uma indicação de que o aperto viria se eu tirasse vantagem daquela cortesia e gritasse por atenção infantil, como fui advertida.

Isso, assim como os lençóis úmidos e mornos amarrando meus braços junto ao corpo e prendendo minhas pernas quando fui sentada na Cadeira da Tranquilidade, foi para pacificar minhas emoções mais violentas e minha propensão a lágrimas inúteis; isso tinha levado a tamanha impaciência, dor, fúria e desespero do meu marido que ele não viu alternativa além de me levar para o Manicômio em Trenton onde (acreditava-se que) uma doença como a minha poderia ser curada.

Uma doença como a minha, nos dias do passado, nunca poderia ser curada. Pois acreditava-se que era "demoníaca" — possessão por Satanás. Mas existe uma nova era agora, de terapia moral *para loucura feminina.*

Terapia moral *significa uma agressão contra a doença, não "demônios". Uma campanha feita pelo médico-chefe para superar a doença pelos métodos do bom senso.*

A Cadeira da Tranquilidade é uma cadeira muito sólida, de tamanho um tanto maior do que o comum e uma altura bem maior do que a da maioria dos homens.

A Cadeira da Tranquilidade é acolchoada, o tecido macio e felpudo parece agarrar e cercar você. Tirar seu fôlego.

A Cadeira da Tranquilidade é feita para descanso profundo, "cochilo".

É verdade que eu fiz mal a mim mesma. Arranquei meu cabelo, enfiei as unhas no rosto e rasguei minhas roupas.

É verdade que eu fiz mal à minha "beleza". O fato de que a minha "beleza" não era minha para destruir, mas sim uma posse do meu marido, era uma lição a ser aprendida.

"Histeria" é causada por um útero deslocado, ou por partes partidas do útero circulando pelas artérias, mais malignas para o cérebro.

Nós não éramos pobres como a maioria das pacientes do Manicômio. Vínhamos de famílias de boas condições dos dois lados e vivíamos em um bairro de prestígio no sul de Trenton. Meu marido era médico de medicina geral e tinha ouvido falar das ideias "revolucionárias" do novo diretor do Manicômio para Mulheres Lunáticas de Trenton, o dr. Silas Weir, para a cura da loucura feminina.

Pois nós tínhamos um desejo (em comum) de ter filhos. Herdeiros.

Essa promessa eu tinha feito de todas as formas, menos em palavras, ao me casar com meu marido no altar da Primeira Igreja Presbiteriana de Trenton.

Amar, honrar e obedecer. Na doença e na saúde. Até que a morte nos separe.

Ainda assim, a risada louca explodiu em mim. Houve um espernear frenético das minhas pernas. Caso o sr. Peele se aproximasse de mim em sua camisola, de quatro, como uma besta ofegante. Esperneei e esperneei e esperneei, mordendo o lábio inferior até sangrar no lençol branco do leito nupcial.

Arranjos foram feitos. Arranjos entre homens. Não existe nenhum outro além dos arranjos entre homens.

Meu pai também. Ele desejava muito um neto. Netos. Herdeiros.

Não há muito sentido na vida sem herdeiros.

Não há muito sentido em acumular riquezas se não for para herança.

Deus ordena. Deus comanda: Crescei e multiplicai-vos!

Meu pai, o sr. Peele e o dr. Weir. Arranjos foram feitos, não houve necessidade da minha presença.

Cuidados particulares por valores particulares. No Manicômio Estadual de Trenton, haveria uma ala particular, no terceiro andar do North Hall, para pacientes que exigiam cuidados especiais sob os augúrios de Silas Weir.

Nenhuma de nós dos cuidados especiais precisaria enfrentar os montes de lunáticas do refeitório, e nenhuma de nós seria obrigada a fazer terapia moral *na lavanderia, nem na cozinha, nem nas latrinas, nem com esfregão e escova limpando o chão.*

Nós nunca víamos. Nós nunca ouvíamos seus gritos. Nós nunca sentíamos seu fedor. Nós entrávamos e saíamos da instituição por uma entrada especial reservada às pacientes particulares.

Nossos destinos eram decididos por nossos maridos e pais. Nossos destinos eram decididos por apertos de mão.

Apertos de mão entre os homens por trás de portas fechadas. Mas você pode muito bem imaginar.

Sua mão é macia demais e os ossos são de um pardal. Esmagados e quebrados no aperto de mão do homem. Você não ousa arriscar.

Sra. Peele! A senhora precisa ficar deitada e parada.

Com a voz nasal baixa me instruindo. Pelo capuz fino, eu não conseguia ver o rosto dele.

A senhora não pode resistir, *é dever da mulher se* submeter. *A senhora precisa meditar como uma flor. Cada uma das pétalas em perfeita imobilidade.*

O mostrador de um relógio cujos ponteiros pararam. Pois na Cadeira da Tranquilidade o tempo deixa de existir.

Não pense, não lembre. Não conjure páginas impressas... livros. Seus livros escolares estavam com erro. Uma criança-menina não precisa de livros. Uma criança-menina de boa família, de beleza de cabelo dourado.

Verso rimado, isso (às vezes) é permitido. Versos escolhidos com cuidado para mulheres, que não vão excitá-las ou agitá-las.

Não permita que palavras (que não rimem) penetrem na sua consciência. Não passam de pedras jogadas em um lago de floresta. Não passam de jogar carvão em uma cobertura impecável de neve. Não passam de gritos grosseiros na igreja.

Não pense, pensar não é natural para as mulheres. Não pense, pensar é prejudicial às mulheres.

Pensar muito livremente levou a infeliz Eva a colher a maçã fatal da árvore, oferecer a Adão, seu marido, a incriminá-lo em seu pecado de desobediência.

Foi prescrito que por oito a dez semanas, conforme seu progresso, você vai ficar sentada bem imóvel na Cadeira da Tranquilidade ao longo do dia. E deitará bem imóvel na Cama da Tranquilidade durante a noite.

O tempo todo, lençóis molhados mornos vão amarrar você. Seus olhos ficarão fechados, sua boca será controlada. Seus membros frenéticos não podem se soltar e você vai se render. Seu coração não pode disparar loucamente e você vai se render logo.

Se o útero nervoso continuar deslocado e enviar partículas de doença a todas as partes do corpo feminino, mais perniciosamente ao cérebro, um tratamento mais dramático será acrescentado: as Águas da Tranquilidade.

De forma muito gentil, será mergulhada em ondas mornas, enquanto amarrada à Cadeira da Tranquilidade. Banheiras de cobre de um metro e meio, mantidas a uma temperatura calmante para a pele. Com uma acompanhante o tempo todo, para impedir submersão acidental.

Hidroterapia, como se chama, é uma medida mais arriscada do que a Tranquilidade, apesar de ser uma extensão dela. Não é uma punição, embora possa ser necessária para subjugar o útero amotinado.

Não, você não vai se afogar! É tolice, besteira, infantilidade, inútil se agitar por causa de tal destino! Isso não vai acontecer, não sob o olhar atento de Silas Aloysius Weir.

Se você fosse uma lunática comum, arrancada do anonimato, poderia haver motivo para ficar nervosa. Mas você não é comum, seu marido está pagando uma quantia alta (de maneira particular) ao dr. Weir. Portanto, você está protegida. Como as lunáticas comuns não estão protegidas.

Você será protegida pelo espírito da Tranquilidade, assim como os homens da espécie são protegidos pelo espírito da Atividade.

A alma da mulher, passividade e placidez; a alma do homem, atividade e inquietação.

A alma da mulher, mais plena no descanso; a alma do homem, mais expressada no movimento.

A carne da mulher, macia, mole, ampla, sem ossos; a carne do homem, com músculos duros, ossos fortes e rápida em reflexo.

Assim como não é natural o homem exultar na imobilidade, não é natural a mulher se expressar em movimento.

Na cama, deitada, acamada, integrada; marchando, caminhando, montando (cavalos) e caçando.

Na Cadeira da Tranquilidade, você vai consumir oito refeições por dia. Com calma, sem pressa, você vai mastigar a comida seguindo o método Weir, que necessita que os alimentos sólidos sejam mastigados não menos do que 32 vezes, até estarem liquefeitos.

Você nunca vai engolir nenhuma partícula "sólida" de comida; só vai engolir líquido.

Caldos nutritivos e sopas cremosas serão levados a você. Você vai ingerir manteiga, leite, ovos especialmente preparados, e pães e massas saborosos. O capuz será removido, o pano em torno da sua boca será removido, você será alimentada por uma cuidadora, não precisa usar as próprias mãos.

Como você está bastante abaixo do peso e em risco para um parto, é prescrito que ganhe de 13 a 15 quilos.

Você se tornará (outra vez) um bebê no útero, a ser alimentado, a exultar na imobilidade absoluta enquanto sua alma (feminina) incha ao seu redor.

Você receberá medicamentos prescritos particularmente para você e preparados pela mão do dr. Weir, a partir dos medicamentos herbais dele.

No tratamento da histeria, é recomendada a ingestão de calomelano, várias vezes ao dia. O calomelano (mercúrio) estará em forma granulada, polvilhado no pão e coberto de uma camada fina de manteiga ou mel.

No tratamento da frigidez e esterilidade feminina, é recomendado que erva-de-são-joão, erva-de-são-cristóvão, óleo de rícino e cardo-de-leite sejam administrados em doses cuidadosamente reguladas.

No tratamento de uma agitação espasmódica dos membros, sem nenhum propósito além da agitação, uma dosagem diária de láudano, a ser aumentada se a agitação muscular persistir.

Nunca tema que os medicamentos recebidos terão gosto amargo. Todos os medicamentos que você tomar terão uma tintura de doçura.

Você é privilegiada. Você é abençoada. A providência trouxe você até Silas Aloysius Weir.

Repita:

Eu não lerei por um período de seis a oito semanas. Eu não escreverei por um período de seis a oito semanas. Eu não imaginarei escrever cartas aos meus primos, meus amigos, minha mãe, suplicando para que eu seja libertada desse horror de amarração e sufocação.

Eu não falarei por um período de seis a oito semanas. Eu não suplicarei, gritarei, pedirei misericórdia nem libertação.

Eu não agitarei meu cérebro por um período de seis a oito semanas.

Eu não precisarei me "aliviar" — uma enfermeira cuidará disso, para que a comadre seja esvaziada e limpa sempre que necessário.

Sim, eu lamento muito, muito mesmo, por ter arranhado meu rosto. Pois meu rosto não era meu para eu poder arranhar.

Sim, eu lamento muito, muito mesmo, por ter gritado e rido e me debatido e esperneado em espasmos de loucura na santidade do leito marital.

Na Tranquilidade, eu resvalarei para um lugar além das palavras. Na Tranquilidade, eu exultarei.

Na Tranquilidade, eu ganharei vinte quilos de carne branca densa reunida embaixo do queixo, inchando na barriga, pendendo das coxas e dos seios como grandes úberes.

Terei uma cuidadora o tempo todo. Terei uma enfermeira para atender a todas as minhas necessidades.

O tempo todo, repita para si mesma:

Eu sou única, estou sob os cuidados de Silas Aloysius Weir, um médico único e pioneiro da Ginopsiquiatria.

Quando estiver curada da minha doença, serei devolvida para a minha casa, para o meu marido. Só então serei devolvida para casa, para o meu marido, para conceber nosso primeiro filho e herdeiro.

Nesse ínterim, tenho fé na Providência e no dr. Silas Aloysius Weir.

• • •

Isso, de um diário descoberto entre os bens pessoais da sra. Thomas Peele, de Lakeview Drive 228, Trenton, em abril de 1853, seguindo a morte súbita dela após a alta do Manicômio de Trenton na semana anterior.

Não pareceu ser conhecido se a paciente tinha morrido como resultado de ter ganhado vinte quilos durante a hospitalização, resultando no inchaço na barriga, tronco, braços e na carne embaixo do queixo, que passou a parecer um bócio monstruoso, e colocando grande estresse em órgãos já enfraquecidos por semanas de inatividade; ou se, por algum método feminino inescrupuloso de exagerar na dose diária de láudano prescrita pelo médico, a infeliz mulher tinha planejado tirar a própria vida.

13

A Sétima NOIVA

ELIZABETH HAND

Livey interpretou a sétima noiva, suas predecessoras estavam representadas no palco de Royal Camden por uma série de manequins macabros, três esqueléticos, os outros figuras de papel machê, pano e cera exibindo pessoas em vários estágios de decomposição. Georgie Pye aparecia junto a ela todas as noites como o Barba Azul. Mas não o sujeito apavorante, altíssimo de pele escura da maioria das versões da peça, aos gritos enquanto a esposa delicada se encolhia na frente dele, com a chave dourada na mão trêmula enquanto a mão dele erguia a espada que cairia no pescoço branco liso dela.

"Mulher abominável! A única coisa que pedi a você, para não visitar esse quarto... E você me desobedeceu!"

E assim por diante, a esposa dócil salva no último momento quando a irmã (ou irmão, ou mãe; em uma versão, um trovador valoroso que estava passando) entra ao palco e esfaqueia o assassino cruel com uma adaga.

O Barba Azul de George Pye não gritava nem era alto. Apenas um pouco mais alto do que as atrizes que faziam a sétima noiva (Livey não foi a primeira), e por isso usava botas de salto que acrescentavam vários centímetros à sua estatura. Dos camarotes, ele parecia uma mudinha fraca em vez de um grande carvalho, o que tornava o sucesso dele no papel ainda mais intrigante. Magro, de membros longos, com feições bonitas e delicadas e cachos pretos que eram dele mesmo em vez de as perucas fuliginosas preferidas por outros atores no papel, Pye interpretava um assassino improvável, mas encantador. Com os olhos muito pintados de preto, um toque de blush nas bochechas, uma argola dourada em uma orelha, ele parecia mais o pirata Barba Negra, efeito atingido pela barba (falsa), pequena e pontuda como uma cabeça de flecha de pedra. E não do azul-escuro da maioria dos Barba Azuis, mas de um improvável tom vibrante de pavão. Calça preta, um fraque preto forrado de cetim azul-pavão, um chapéu com plumas de pavão emprestado da atriz que interpretou o Gato de Botas na pantomima no começo daquele ano. A estranheza da aparência dele era sem dúvida parte da atração de Georgie Pye, ainda mais para a audiência feminina. O Barba Azul, em geral um fanfarrão que desde a primeira entrada intimida a nova esposa, agora parecia tímido, até gentil. Dava para ver por que as esposas anteriores se apaixonaram por ele, até imaginar que talvez não fosse tão ruim encontrar o golpe da espada curva que ele levava para o calabouço onde estavam os cadáveres delas.

Algumas pessoas (a maioria homens) supunha que, fora do palco, ele era homossexual.

Não era o caso.

"Você vai assumir o lugar da Jeanne hoje", anunciou o gerente do teatro quando Livey chegou para trabalhar. Seu papel de costume era de flor dançante em *Lua de Mel do Arlequim*, a peça que precedia *Barba Azul, ou Curiosidade Feminina.*

Livey olhou para ele, alarmada, mas não surpresa. "E Doris?"

"Doris não está passando bem. Ela vai ficar assim por um tempo. Vou aumentar seu salário, não se preocupe", acrescentou ele. "Não fique sozinha com ele, eu não posso pagar a contratação de uma pessoa nova e você é a única em quem o figurino cabe."

"Eu não sei as falas!"

"Gritar e suspirar, querida Livey, só isso. Peça ao seu amigo Roger para levar você para casa depois."

Doris tinha ido embora porque estava esperando um filho. Um bebê de Georgie Pye. Todo mundo em Camden Royal sabia que Georgie não era afeminado, só não prestava. Três atrizes já tinham saído em situação constrangedora, e mais duas porque as atenções de Georgie tinham ficado ávidas em excesso, violentas. O gerente da casa fingia não ver; essas coisas aconteciam com frequência. Claro que no começo Doris tinha ido por vontade própria para o camarim de Georgie, que era pouco mais do que um armário com um espelho.

"Ele é casado, Doris", avisara Livey. "Tem esposa e filho em Blackheath."

"Dois filhos agora." Doris balançou os dedos, fingindo alarme. "Eles o entediam, ele diz que vai me botar em um apartamento só meu na rua Delancey."

Mas Doris foi embora sem se despedir de Livey nem de ninguém. Roger, o ajudante de palco que movia os fundos e os cenários e operava as cortinas e o alçapão pelo qual Barba Azul fazia sua aparição, tinha confidenciado a Livey que Doris pretendia ver um médico especialista.

"Ah, espero que não", comentou Livey, abalada. Uma outra garota de Georgie tinha morrido depois de uma consulta dessas.

"Tenho certeza de que ela agirá com sensatez", garantiu Roger. "Ela deve ter sido sensata antes."

"Não tem nada a ver com sensatez", protestou Livey com rispidez. Ela abominava Georgie, com o brinco de lata e os grupos de mulheres jogando margaridas e flores rosadas divinas.

Roger segurou a mão dela. "Você tem a mim, Livey. Não precisa ter medo dele."

Tinha subido a escada até a torre para se juntar a ele antes de sua estreia. Ela e Roger pretendiam se casar no outono, quando ele tivesse guardado dinheiro suficiente e Livey conseguisse contar para a irmã e para o cunhado, em cujo apartamento ela morava na rua Pratt.

"Eu o odeio", afirmou ela, olhando para o cenário onde os seis manequins estavam pendurados por cordas pesadas. "Não tenho medo dele."

Sentia medo dos manequins: figuras medonhas, eles a apavoravam mais ainda do que os cadáveres de verdade que tinha visto. Entre eles, um homem nu que tinha se afogado no canal Regents, inchado como uma salsicha estragada, a língua de um amarelo coalhado no local onde aparecia, entre os lábios frouxos. Outro homem, muito jovem e bonito, que caiu na Pleasant Row; um sodomita, ou azarado o bastante para ser confundido com um.

E havia os cadáveres que ela conhecia quando estavam vivos. A mãe morrera quando ela era muito nova e não guardava lembrança disso, mas vira o avô, o pai, um tio, todos deitados em salas.

Mas nenhuma mulher. A visão das esposas do Barba Azul penduradas no alto do teatro fazia as mãos de Livey coçarem de medo; ela desejava retirar as luvas para poder coçá-las. Os três esqueletos eram horríveis porque eram reais: ossos reais, de uma mulher real, comprados a um custo considerável de um ladrão de corpos que operava em Old St. Pancras. Esse foi o primeiro esqueleto, o figurino era um vestido rasgado e endurecido com tinta vermelha. Ossos reais também formavam o segundo esqueleto, embora de mulheres diferentes.

"Não tão caro", garantira Georgie Pye para Livey um dia, quando ele a viu passando apressada pelas formas horrendas. Ela havia chegado tarde e ainda não tinha colocado o figurino de flor. Ele a abordara, reconhecendo o medo quando ela desviou da poça grande de sangue falso — glicerina e corante carmim, sujo com poeira e moscas mortas — em sua ansiedade de evitar os manequins e o próprio Georgie. "Foi difícil combinar os ossos diferentes; alguns eram de uma mulher muito grande. Mas esse aqui..."

Seus dedos longos seguraram um osso de perna do segundo esqueleto, manchado de marrom e preto. "Está vendo, esse é de uma pessoa bem menor, talvez uma garota como você. Ela deve ter morrido há muito tempo, é por isso que os ossos dela estão tão descoloridos. Não se deram ao trabalho de embranquecer, como esse..."

Ele tinha segurado a mão de Livey e puxado para que ela fosse junto, de forma gentil, porém irresistível. "Vê como ela é branca? Eles descoloriram esses ossos e os montaram de volta. Esse eu acho que é de um cavalo", continuou ele, franzindo a testa enquanto passava a mão livre por um braço de esqueleto, mexendo nas fitas azuis que o envolviam. "Mas a caixa torácica com certeza é de uma pessoa."

"Eu tenho que ir", exclamou Livey, ofegante. Ela se soltou e ouviu a voz de Georgie achando graça quando ela correu para o camarim.

"*Timor mortis*", disse ele. Ela não entendeu a primeira palavra, mas sabia que *mortis* significava morte. *Rigor mortis*, alguém tinha usado o termo depois da morte do pai. Foi necessário quebrar os braços dele para colocar o terno do enterro.

As outras figuras eram piores. Rostos de cera, um tinha olhos de vidro que dançavam nos buracos, sem pálpebras, com pupilas azul-acinzentadas como pele de enguia, as bochechas fundas de modo que pelotas de cera, manchadas com cochonilha, desciam até a mandíbula. O manequim seguinte usava vestido de noiva, renda branca respingada de vermelho, o corpete rasgado de forma que a plateia tinha um vislumbre de pele branca como gelo, porcelana e não cera, mas dos camarotes parecia pele de verdade. A pele tinha sido cortada em fitas a partir do pescoço. Cetim rosa esfarrapado, mais uma vez realista de forma alarmante, espiralando dos ossos do pescoço — uma escada branca levando a um crânio com mandíbulas abertas em um grito.

A sexta e última noiva aterrorizava Livey mais do que todas as outras juntas. Parecia uma mulher real que estivera viva até pouco tempo, o rosto igual ao de uma boneca grande, talvez de um manequim de loja, com bochechas rosadas e olhos fechados como se estivesse dormindo. Uma peruca de cachos escuros ocupava o topo da cabeça de tamanho natural de boneca, encimado por um chapeuzinho preto, e ela usava um vestido azul-ardósia simples, muito parecido com o melhor vestido de Livey, acolchoado por baixo com lençóis velhos para dar a impressão de camadas de roupas íntimas. O Camden Royal Theatre, apesar do nome, tinha um orçamento muito limitado para figurinos.

Livey não conseguia descrever o que havia nessa figura que lhe dava pesadelos. Ela tentara uma vez, com Roger.

"É porque o vestido é igual ao seu?", perguntou ele, confuso. "Poderíamos comprar outro pra você."

"Não é isso", respondera ela, embora em parte fosse. "Eu acho que é porque ainda tem pele. Ainda não apodreceu. Isso me faz pensar que ele acabou de matá-la."

"Ele não mata *você*... quer dizer, Jeanne." Roger se corrigiu logo. "Seu papel. Quem morre é ele. É tudo muito feliz no final."

"Acho que sim. Mas, por favor, venha me buscar assim que eu me trocar depois." Ela só interpretava o papel de Jeanne havia uma semana, outra garota tinha assumido a flor em *Lua de Mel do Arlequim*, e Georgie Pye já havia esbarrado nela de maneira furtiva no palco, esfregando-se em sua perna.

"Eu estarei lá. Claro." Ele mandou um beijo para ela e foi para os bastidores.

Mas ele não estava lá quando Livey enfim saiu do camarim. As outras meninas já tinham ido para casa havia muito tempo, assim como os outros atores, o público, os dois meninos que trabalhavam com Roger, levantando e abaixando as ripas e o equipamento voador usado pelo Conjurador em *Arlequim*.

Livey esperou impaciente, abrindo uma fresta da porta para espiar. Ela sabia que Roger não teria esquecido. O gerente poderia tê-lo chamado, ou poderia ter havido um problema com o equipamento de voo, que quase tinha derrubado o sr. Spale, um Conjurador imponente com seus 125 quilos, mas um pouco desajeitado.

Ela se dirigiu ao escritório do gerente. O caminho mais rápido era pelos bastidores, o que significava que ela poderia procurar Roger.

"Roger?", chamou ela, espiando pelas sombras. Os lustres da casa tinham sido apagados depois que o público fora embora, mas um único lampião ainda brilhava no cenário de masmorra. O Camden Royal era famoso pela profundidade do palco, rivalizado apenas com o do Royal Marylebone; era ideal para cenas de transformação e equipamentos voadores (bem como tapetes voadores; o Camden Royal apresentou um maravilhoso *Ali Babá* em uma temporada de Natal), mas não para jovens desacompanhadas que precisam atravessar as tábuas sujas tarde da noite. "Roger, você está aí?"

"*Eu* estou aqui."

Alguém passou os braços em volta dela, apertou a mão de leve sobre sua boca e a puxou para trás do apartamento pintado, para o ciclorama. Era Georgie Pye, agora de roupas normais, um paletó xadrez berrante azul e verde e calça combinando. Ele tinha se vestido muito rápido e com descuido, sem gravata e com colarinho torto. Antes que ela pudesse protestar ou questioná-lo, ele a empurrou na parede dos fundos do teatro, uma das mãos ainda sobre sua boca, a outra mexendo na calça. Ela tentou chutá-lo, o que suas saias atrapalharam, e ele as puxou. Quando ela tentou gritar, ele abriu a mão para que a palma cobrisse não apenas a boca, mas também as narinas, para que ela não conseguisse respirar. Ela sentia a mão dele tateando o lugar entre suas coxas; como ele poderia encontrar em meio a tanto pano?

Porque ele já fez isso antes, pensou ela. Com Doris, Amelia, Lydia, Clara e Bridget...

Ele abriu a boca, moveu a mão — estava tentando beijá-la. Livey cuspiu nele e ele riu. Com raiva, ela o empurrou, sentiu o peso dele mudar, desequilibrado. Usando toda a força, ela o empurrou para o lado, escorregando das mãos dele enquanto ele se virava e batia na parede de tijolos.

Não a parede: a ponta de ferro de uma estaca de trinta centímetros de comprimento que se projetava entre dois dos tijolos. Em geral continha um rolo longo de corda que pesava tanto quanto Livey, mas a corda tinha sido removida. A cabeça de Georgie Pye bateu na estaca com força suficiente para perfurar o crânio. Livey viu o ferro sair por um olho, o metal filigranado com pedaços rosados de carne picada e uma gelatina translúcida que escurecia à medida que o sangue escorria ao redor do ferro. O outro olho de Georgie se revirou, como se ele estivesse exasperado por ela ter esquecido a fala (de novo). A boca se abriu e ela viu sangue cobrindo os dentes, uma linha vermelha desenhada entre o canto da boca e a mandíbula inferior, de modo que ele se assemelhava a uma marionete que tinha visto uma vez em frente a Covent Garden, do tamanho de uma criança. A marionete tinha saltado para cima e para baixo, cantando "Eu vi você, eu vi você" em um tom agudo e frenético enquanto Livey tapava os ouvidos com as mãos.

Georgie Pye não pulou, não deu um pio, não se moveu. Ele estava morto.

"*Timor mortis*", sussurrou Livey.

"Livey! Você..."

Ela respirou fundo quando Roger chegou ao lado dela. "Meu Deus", espantou-se ele. Ele estava branco como um lençol.

"Ele me abordou." Ela falou as palavras como se estivesse lendo uma lista de horários.

"Mas você... Ele está morto."

"Eu não o matei. Ele caiu naquilo..." Ela apontou para Georgie, a cabeça empalada na estaca, o resto começando a pender com o peso do corpo.

Roger olhou para o cadáver e depois para Livey. "Precisamos chamar a polícia."

"Por quê? Vão me prender. Provavelmente você também."

"Mas você disse que não o matou."

"Eu não matei. Mas não vão acreditar em mim." Ela pensou na pobre Lydia, esparramada no chão, um médico puxando um homúnculo entre as pernas dela enquanto ela respirava através de um pano embebido em éter. E Bridget, enviada para uma lavanderia em Úlster.

"Então o que..."

Livey levou um dedo aos lábios, se virou e contornou o pano de fundo da masmorra. Ela se levantou e olhou para as seis mulheres ali penduradas: não mortas, elas foram as afortunadas. Aproximou-se daquela que tanto a assustara, com o seu vestido preto inerte e o chapéu triste. Tirou as luvas e começou a desabotoar o vestido, desejando ter um gancho para botões. Havia um no camarim, mas não havia tempo.

"Venha aqui, Roger", chamou ela em voz baixa.

Ela não precisou explicar — uma das muitas coisas que amava em Roger. Os dois despiram o manequim, Livey tomando cuidado com o local onde o vestido e o gorro caíram. Ela jogou de lado os montes de lençóis e cobertores sujos, franzindo o nariz para os cheiros velhos de suor e leite azedo que tinham sido absorvidos em uma vida anterior. Deixou Roger remover a cabeça de porcelana, sem olhos e sem boca, as bochechas lisas manchadas de blush, uma aranha esmagada presa em uma têmpora. Livey estremeceu, apontando para onde ele deveria colocá-la com o preenchimento.

Em seguida, removeram Georgie Pye da parede. Livey segurou a cabeça com firmeza entre as mãos, os olhos bem fechados e os dentes trincados quando ela a puxou em sua direção, fingindo que estava deslizando uma maçã cozida enorme de um espeto. A cabeça não saiu fácil da estaca — devia ter ficado presa na casca quebrada do crânio de

Georgie. Ela puxou outra vez, lágrimas escorriam dos olhos enquanto Roger sustentava o corpo, abraçando-o como tinha visto homens abraçarem os amigos bêbados. Enfim algo se soltou e a cabeça caiu, um pouco para o lado, mas ainda quase intacta. Livey não olhou para a parte de trás do crânio, a frente já era bem ruim. Finja que é geleia de morango, pensou ela, o que quase a fez vomitar, mas então ela lembrou das mãos dele subindo pelas suas saias. Estou feliz, se deu conta em vez disso.

Eles o despiram atrás do pano de fundo, quase na escuridão. Não havia tempo para se preocupar com a possibilidade de alguém os encontrar lá, não havia tempo para conversar. Ela respirava pelo nariz, um medo supersticioso de inalar algum miasma, embora só sentisse o cheiro de si mesma, o hálito de tabaco de Roger e o leve aroma acre do lustre a gás bem acima dos camarotes. Ela enrolou as roupas externas de Georgie em uma trouxa, olhou para a ceroula de lã. Estava com cheiro de urina recente.

Ela se encolheu com repulsa enquanto Roger a removia depressa. Por um momento, ela olhou para a coisa que parecia uma minhoquinha na virilha de Georgie, as ameixas peludas de cada lado. Tudo por isso? Ela fez uma careta e voltou a ficar de pé.

Vestir o corpo demorou um pouco mais, principalmente por causa dos botões. Eles enfiaram os pés nas botas usadas pela sexta noiva — couro flexível, ainda bem, assim não se preocuparam em amarrar até o fim.

"E o rosto?", perguntou Roger, a primeira vez que um deles falava.

Sem responder, Livey levantou as saias e correu para o camarim. Voltou com um pote de tinta facial e pó da penteadeira do Arlequim. Ela passou a pasta branca no rosto de Georgie Pye e polvilhou com uma camada grossa de pó; aplicou blush nas bochechas e lábios. Pressionou um chumaço de algodão na boca para absorver o sangue, que era muito pouco. Cérebro não sangrava, supôs ela.

Ela encaixou a peruca preta encaracolada na cabeça de Georgie. Não havia como esconder o buraco no olho, nem a ponta de pele como bacon cru que estava pendurada embaixo dele. Mas, na verdade, isso só aumentou o efeito pretendido.

"Parece bem realista", analisou Livey.

"Parece", concordou Roger.

Mais um quarto de hora e a sexta noiva tinha sido içada no gancho. Livey e Roger recuaram para observar o trabalho.

"Dá pra perceber?", perguntou ela.

"Não. Ninguém vai notar. Não até começar a feder."

"Quando será isso?"

Ele encolheu os ombros e olhou ao redor pelo espaço amplo, para os panos pendurados e a cortina brilhante do Arlequim, para a vasta teia de cordas e cordames, blocos e equipamentos, telas e placas enormes pintadas, algumas tão altas quanto uma casa e decoradas como um palácio, uma masmorra ou um canal iluminado pelo luar. "Bom, está frio, isso vai ajudar. Alguns dias, pelo menos. Talvez mais se nevar." Ele estendeu a mão para a dela. "Desculpe por não estar lá. Robbie passou mal, eu tive que limpar tudo e tirar o cenário sozinho."

"Ele está bem?"

"Acho que sim. Catarro."

"Podemos dizer que Georgie pegou isso dele e não poderá se apresentar. Você pode escrever um bilhete e deixar no escritório."

Roger franziu a testa. "E nós?"

"Ainda não sei."

Eles voltaram aos bastidores e terminaram a limpeza. Roger enrolou o rolo grosso de corda na estaca de novo, dando tapinhas nele. Livey devolveu os cosméticos que havia pegado emprestado e refez seus passos, procurando por qualquer sinal de luta. Além de alguns pontos de sangue no chão, havia apenas uma mecha de cabelo preto na estaca, a qual ela embrulhou em um lenço. Qualquer outra coisa seria vista como parte do cenário, pensou com aprovação.

Roger deixou um bilhete para o gerente, imitando a caligrafia de Georgie Pye, dizendo que não estava se sentindo bem. Talvez eles devessem considerar cancelar a apresentação da noite seguinte de *Barba Azul* para que ele pudesse se recuperar. Ele e Livey saíram do teatro juntos, como sempre faziam, Livey com a trouxa de lençóis velhos escondida debaixo do xale. Eles caminharam ao longo do canal, também o percurso habitual, parando várias vezes para deixar cair um dos pedaços de tecido na água escura e imunda.

"Aqui, gatinho", Livey chamou com suavidade quando avistou um gato de rua sentado no muro junto ao caminho. O gato piscou, observando-a com olhos amarelos cautelosos quando Livey colocou o pedaço de couro cabeludo cheio de fios pretos no tijolo. Livey continuou andando, e quando olhou para trás, viu o gato saltar ligeiro sobre o petisco e o levar embora.

No final da tarde seguinte, Livey chegou ao teatro. O gerente a encontrou na porta.

"Você está de folga esta noite. Georgie está doente."

"Ah, céus. É sério?"

"Deve ser sarna", cogitou o gerente com uma careta. "Acho que vamos começar a ensaiar *Ali Babá* outra vez no mês que vem. Eu sou um homem de família, não gosto desse tipo de comportamento. Sinto muito por seu salário. Mas seu rapaz, Roger, disse que vocês dois vão se casar no sábado. Eu soube que ele encontrou trabalho em Bedfordshire. Eu dei a ele um xelim, ele é um bom homem."

"Ele é, sim!", exclamou Livey, corando. "E obrigada, talvez nós venhamos ver *Ali Babá*."

Livey e Roger se casaram, embora não tão depressa quanto no sábado. Eles se mudaram para Leigh-on-Sea, não para Bedfordshire, onde ele encontrou trabalho como barqueiro e Livey deu aulas de impostação de voz. Depois de dez meses, eles se mudaram outra vez, para uma fazendinha perto de Stroud Green. Georgie foi descoberto, embora não por várias semanas — tinha de fato havido uma onda de frio, e os atores e atrizes estavam tão absortos em treinar o ator que assumiu o papel de Georgie que só perceberam o fedor quando um dos cantores de *Arlequim* reclamou.

"Não foi dessa peça que você participou?", perguntou a irmã de Livey quando ela a visitou no ano seguinte. "*Barba Azul*?"

Livey assentiu, estremecendo. "Foi", assentiu ela, e aninhou o bebê mais perto do seio. "Mas era horrível demais para alguém como eu."

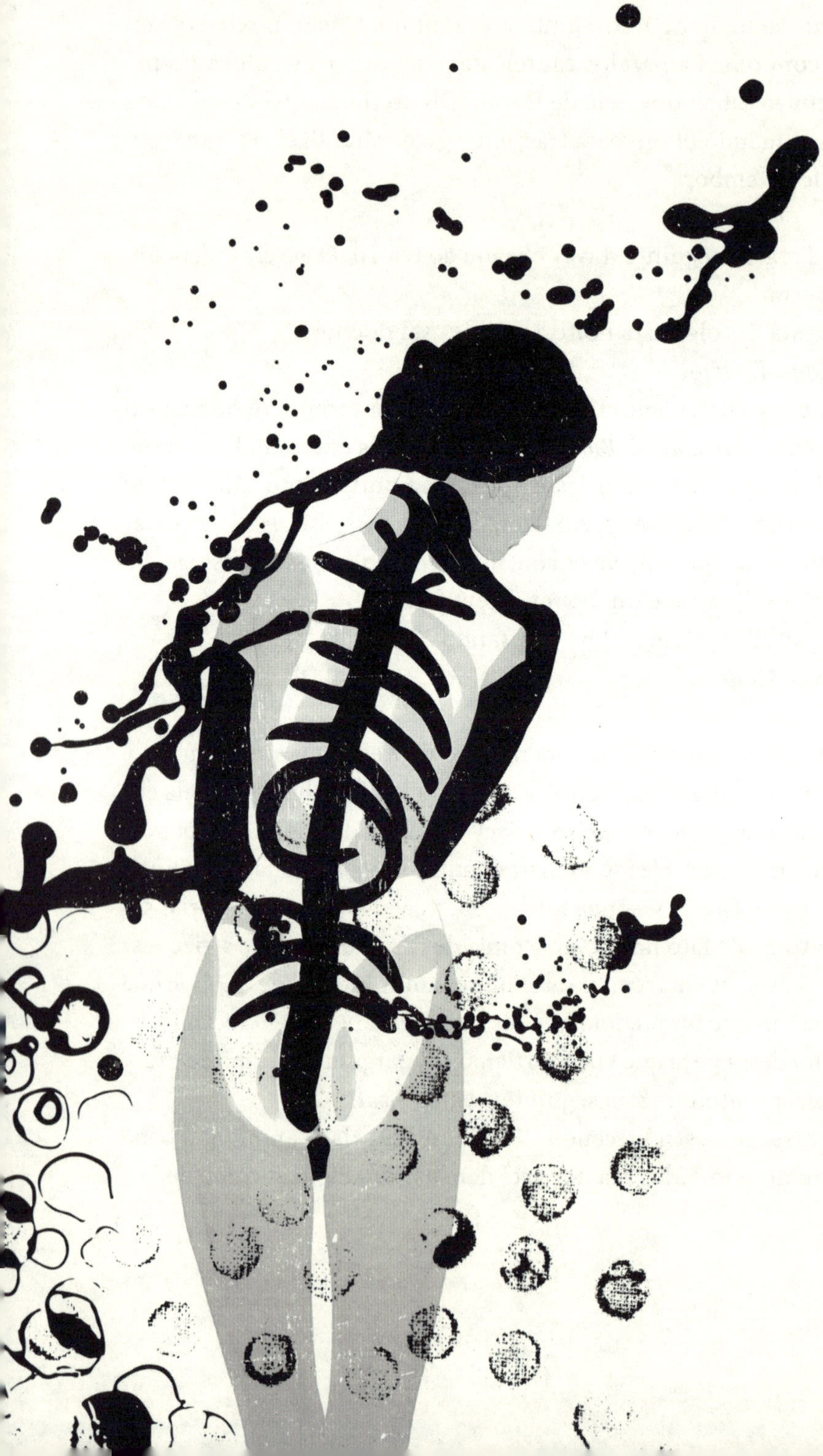

14

NÊMESIS

VALERIE MARTIN

Quando Maurice voltou da faculdade naquele verão, estava acompanhado de um amigo de escola, Eric Jeffrey, o qual tinha convidado para ficar conosco nas férias longas.

Minha filha mais nova, Cici, apareceu para dar boas-vindas ao irmão. Ela é como um animal jovem: intrépida, destrutiva, gosta das coisas do jeito dela. A atenção dela é errática, sempre vai de um objeto para outro, mas quando Eric Jeffrey desceu do cavalo e parou casualmente para limpar a parte da frente do paletó de montaria com as costas dos dedos, Cici ficou em silêncio, imóvel.

Ele parecia ser feito de ouro maciço. O cabelo cacheado denso era dourado, a pele era de ouro batido até ficar fino como papel e os olhos carregavam o dourado esverdeado da pátina sobre o cobre, lustrosos e opacos, como os olhos de um leão. Havia algo de leonino no corpo dele, ombros largos, quadris estreitos, um físico poderoso e musculoso, elegante até com o paletó amassado e a calça de pele de cervo. Ele observou Cici com um único olhar e abriu um sorriso largo. Foi um alívio ver que os dentes dele não eram dourados, mas brancos e certinhos. "Você deve ser Cici", exclamou ele.

Cici, envergonhada, abaixou o olhar e deu um passo para trás, como uma criança.

"Você não me contou que sua irmã é tímida", observou Eric para Maurice, que, depois de ter entregado o cavalo para o cavalariço, se juntou ao amigo. Para a esbaforida Cici, ele acrescentou: "Seu irmão diz que você é selvagem como uma jaguatirica".

Cici lançou um olhar intenso e reprovador ao irmão, mas Maurice só riu e comentou: "Esse é meu amigo Eric. Estou falando de você para ele desde a Virginia".

Então Eric Jeffrey veio para o meio de nós, com o jeito tranquilo e a fala confiante. Maurice o achava um ser superior, era evidente. Eu não tinha inclinação de discordar, mas detectei por baixo dos bons modos cordiais uma indiferença que me intrigou. Era como se ele se observasse nos encantar. Quando mencionei isso para o meu marido, que tinha gostado do jovem de primeira, ele ponderou que nossa sociedade familiar era tão pequena e íntima que nosso hóspede por certo devia se sentir um forasteiro.

No jantar, Eric explicou que era um caçador ávido, e que a descrição efusiva de Maurice a respeito da variedade de caça disponível na nossa região o tinha persuadido a passar as férias longe de casa, em Boston, onde o pai "tem um banco". Ele considerava tudo da vida bancária repugnante. Tinha abandonado o curso de contabilidade para estudar medicina. "Sou fascinado por tudo relacionado ao corpo humano", concluiu ele.

Vi as sobrancelhas do meu marido se erguerem e a boca se apertar com esse comentário, inadequado na presença de jovens moças, mas achei uma confissão reveladora. Cici, que aos 15 anos não poderia ser mais boba, botou o garfo de lado e disse: "Eu não poderia concordar mais. Tudo no corpo humano é fascinante. Esta tarde mesmo eu estava pensando no quanto eu gosto de ter mãos". Ela levantou as mãos bonitas e balançou os dedos na frente dos olhos.

Eric lançou a ela o olhar calmo e sem compreensão que veríamos com frequência nas semanas seguintes, e meu marido, agora muito contrariado, repreendeu: "Cici, cale a boca". Em seguida, virou-se para Maurice. "Quais rifles vocês usarão amanhã?", mudando assim o assunto das maravilhas do corpo humano para o tópico mais aceitável de matança animal.

Naquela noite, Cici me seguiu até o meu quarto de vestir, os pés praticamente dançando nas tábuas lisas de carvalho do corredor. Ao entrar, ela fechou a porta com cuidado e disse com a voz sem fôlego: "Ah, Mamère, ele não é divino?".

"Ele é muito atraente", concordei. "E velho demais para você."

"Eu não acho", respondeu ela.

"Não deixe seu pai ver você suspirando por ele. E não constranja Maurice."

"Eu não suspiro", garantiu a minha filha.

"Você ficou sentada com a boca meio aberta. E que tolice foi aquela sobre as suas mãos?"

"Não foi tolice. O que ele disse era verdade, e eu tinha mesmo pensado aquilo de tarde, quando estava vendo Bugle tentar segurar um osso entre as patas; é um dom maravilhoso ter mãos."

Eu me sentei à penteadeira e comecei a soltar meu cabelo. "Não é maravilhoso se as mãos estão sempre à toa."

"Não foi tolice", repetiu ela. "A senhora viu como ele me olhou? Ele achou que era uma coisa muito interessante para uma jovem dizer."

Assim, eu entendi que Cici faria papel de tola e não veria o que estava bem na frente dos olhos dela: Eric Jeffrey não tinha interesse real por ninguém a não ser ele mesmo.

Eu nunca fui bonita, mas meus filhos são. No meu melhor momento, fui comum. Quando criança, tive varíola, o que deixou uma linha de cicatrizes fundas na minha mandíbula e no meu queixo. Infelizmente, esse resquício da infância é agora a menor das minhas deformidades. Cinco anos atrás, sofri uma infecção cerebral que me deixou em parte paralisada do lado direito. Minha boca pende para baixo e os músculos ao redor do meu olho direito não respondem, o que me dá uma aparência horrenda. Meu corpo, depois de gerar três filhos, é robusto e flácido, e não me dou ao trabalho de usar os corpetes e amarras que as jovens precisam e querem tolerar. Eu uso vestidos largos costurados por mim mesma, práticos e com muitos bolsos, feitos de tecidos apropriados à estação. Meu bom marido aprova minha atividade e minha inventividade e seu maior desejo é meu conforto e tranquilidade. Que seja abençoado; ele ainda me olha com afeto constante.

Mas a beleza só ama a beleza, e eu sabia que, apesar da elaborada cortesia, Eric Jeffrey se ofendia com a minha imagem.

No jantar, naquela primeira noite, os olhos dele passaram com cuidado por mim até eu sentir pena dele. Ele queria e esperava encantar a todos nós, mas não conseguia se obrigar a sustentar um olhar para o meu rosto. Essa incapacidade me permitiu observá-lo sem a distração da conversa. Eu falava pouco, apesar de ter muitos pensamentos. Enquanto Cici tagarelava sobre a proveniência de um ornamento de cabelo que Eric admirava, reparei que os olhos dele se desviavam do penteado para a vidraça da janela ao lado da orelha direita dela. Por um momento, achei que ele estivesse distraído por alguma coisa se movendo lá fora, algo que lhe causou satisfação, pois sua expressão se suavizou como a de uma mãe ao ver seu querido bebê se aproximar. Isso foi alguns momentos antes de eu perceber o que o deixara tão satisfeito: seu próprio reflexo. Essa exibição inconsciente de vaidade pessoal me surpreendeu tanto que soltei uma baforada, achando graça. Eric ouviu e, quando se virou de maneira abrupta para mim, nossos olhares enfim se cruzaram. Nessa troca, acredito, hostilidades foram declaradas.

"Eu não confio naquele jovem", confessei para o meu marido quando nos recolhemos à noite.

"Ele parece um sujeito amável", respondeu aquela alma crédula.

"Anote minhas palavras", enfatizei.

Ele sorriu. Era uma piada entre nós. Charles costuma sofrer trapaça de colegas malignos de negócios, cuja falta de escrúpulos fica aparente para mim bem antes de ele reconhecer o próprio excesso de confiança. Temo pelo que poderia acontecer com nossas filhas se elas ficassem apenas aos cuidados do pai. Até Maurice precisaria de proteção, pois compartilha da pronta confiança do pai nas boas intenções dos outros homens.

Meu marido colocou a mão no meu ombro e se curvou para beijar minha testa. "Iris", disse ele, "não seja tão desconfiada."

"Anote minhas palavras", afirmei de novo.

• • •

Alguns dias depois da chegada, Eric recebeu uma carta do pai, ou foi o que presumi — o remetente era Alton Jeffrey, e o carimbo era de Boston. Coloquei o envelope dentro do guardanapo dobrado à mesa de café da manhã, para poder ver a expressão dele quando o encontrasse.

Maurice acorda cedo, como eu. Desde a infância, nós gostamos do nosso *café au lait* na luz do amanhecer enquanto os pássaros piam lá fora e o ar está em seu momento mais frio. Agora que ele passa a maior parte do ano longe, sinto falta da companhia naquelas horas. Ele costumava contar das leituras, que mudaram com ele, de romances e fábulas para textos sobre botânica e biologia, ou, às vezes, história antiga.

Meu marido foi o próximo a acordar, seguido de Henriette, Cici e nosso hóspede, nessa ordem. Eric chegou, ainda atordoado do sono, e foi direto até a urna de café — ele passou a gostar do nosso café com chicória tão depressa quanto das minhas filhas —, onde encheu a xícara com leite e café, mexeu com uma colher de açúcar e abriu o sorriso irresistível. "Bom dia a todos", cumprimentou ele.

Cici cortou um pedaço da baguete e colocou no pratinho dele. Henriette pegou o pote de geleia e passou pela mesa, para ficar perto da mão dele. Eric puxou a cadeira e se sentou, colocando a xícara e o pires sobre a toalha. Quando foi pegar o guardanapo, seus dedos encontraram a aspereza inesperada do papel. Eu o observei com atenção enquanto focava o olhar sonolento no próprio nome escrito com caligrafia masculina forte no velino cremoso — era papel de carta caro. Uma expressão momentânea de alguma coisa diferente de prazer passou pelos lábios dele, as narinas se dilataram e os olhos ficaram frios. Consciente de que tinha a atenção de todo mundo à mesa (exceto meu marido, que passava manteiga no pão), ele sorriu e, batendo com a carta na borda do prato, disse: "Meu pai. Até que enfim".

Naquele dia, os jovens ficaram muito ocupados com preparativos para um baile na casa da minha prima Adele. À tarde, convenci-os de caminharem para o jardim para colher flores, algumas para os ornamentos do cabelo das moças e outras para Adele, que ama rosas, mas não tem sorte ao plantá-las. Cici estava em crise por causa do vestido, que precisou de alterações de último minuto, e Maurice estava distraído por uma borboleta incomum que ele desejava capturar para a coleção; ele sempre levava a garrafa de coleta, apesar de não ter rede. Assim, quando chegamos ao lago na extremidade do jardim, apenas Eric e Henriette estavam comigo. É um local lindo, uma área oblonga de água escura e lisa, contornada por um semicírculo de pedra plana de um lado e um canteiro de miosótis e erva-da-loucura formando um tapete colorido do outro. À pergunta de Eric sobre a história do local, Henriette respondeu: "Chama-se Lago do Tesouro, mas não sei por quê".

"Tem tesouro dentro?", perguntou Eric.

"Pode ter", respondi, embora soubesse que não. O dono original da propriedade era Alphonse Trésor, por isso o nome. "A história diz que alguns ladrões de banco jogaram um saco de ouro lá para escondê-lo, mas não conseguiram recuperar porque o lago é muito fundo."

Eric me lançou um olhar arguto. Um sorriso afetado disfarçou o interesse dele.

"Eu nunca ouvi essa história", comentou Henriette.

"Foi há muito tempo", justifiquei.

Eric deu alguns passos nas pedras e olhou para a água escura parada. Inclinou a cabeça para um lado e empurrou o cabelo para trás com a mão. *Ele está olhando o próprio reflexo*, pensei.

"Maurice gosta de se banhar aqui", informou Henriette ao nosso hóspede. "Mas a água vem de uma fonte e é fria demais para mim."

Maurice apareceu no caminho, segurando alto a garrafa em que a borboleta capturada batia asas de forma derradeira. "Peguei com as mãos", declarou ele.

Mais tarde, quando voltávamos, carregados de flores, Eric ficou para trás com Henriette, fazendo brincadeiras e provocações. Ela era uma fonte de risadinhas e suspiros. Parei para ajustar meu chapéu. Ao olhar para trás, vi que ele tinha passado o braço pela cintura dela.

• • •

As festividades na casa de Adele foram até o amanhecer. Eu não me diverti, pois passei a noite observando as tentativas de Eric Jeffrey de seduzir minhas duas filhas e a bela sobrinha de Adele, Lisette. Adele me chamou de lado para perguntar sobre ele. "Ele é um jovem encantador", comentou ela. "O que você sabe sobre a família dele?"

"Muito pouco", admiti. "O pai é do ramo bancário."

"Isso parece promissor", avaliou ela.

"Ele pode ser caixa até onde eu sei."

"Mas ele estuda na faculdade com Maurice. Não é algo que um caixa poderia pagar."

"Ele pode ser bolsista."

Nós vimos o corpinho de Lisette girar nos braços desse jovem misterioso. "Pode ser uma boa ideia descobrir", observou Adele.

Eu não poderia concordar mais. Eric fazia segredo sobre a família. Não tinha recebido contato deles além daquela carta, que pareceu tê-lo perturbado. Ele a levou para ler no quarto e só saiu um tempo depois. Supus que estivesse escrevendo uma resposta, mas quando perguntei se tinha cartas a enviar, ele disse que não.

Todos dormiram até tarde na manhã seguinte. Quando estávamos reunidos, Maurice explicou um plano de levar a carruagem aberta até o antigo forte e fazer um piquenique lá, entre as ruínas. Henriette e Cici se dirigiram até a cozinha para preparar uma cesta e Maurice foi ao celeiro alertar o cavalariço sobre as intenções. Isso me deixou sentada no café com Eric. Suspeitei que fosse inventar uma desculpa e escapar. Para a minha surpresa, ele encheu a xícara na urna e voltou para se sentar à minha frente.

"Está um belo dia para um piquenique", comentei.

Ele riu ao ouvir e abriu o colarinho com dois dedos, como se soltando de um aperto incômodo. "Sim", concordou ele, "abençoadamente nublado."

Fiquei tentada a fazer uma série de perguntas. O jeito dele era respeitoso, cortês, com uma sinceridade que reconheci como hipócrita. Fingi preocupação pelo desempenho do meu filho na faculdade, apesar de saber que Maurice estava no topo da turma. Perguntei mais sobre a visão do pai de Eric em relação aos estudos dele e recebi a comparação de banco e medicina. Ele estava tão incomodado de se ver próximo a um corpo tão desagradável quanto o meu que o esforço para esconder a repulsa o obrigou a dar ocasionais respostas honestas. "Banco é um empreendimento sem alma, sra. LeClerc", argumentou ele. "Tudo se reduz a transações e investimentos. Mata o espírito. A senhora não concorda?"

"Ah, sim", concordei. "A medicina oferece bem mais no que diz respeito a desafios mentais e morais."

Ele pensou nisso. "Só entre mim e a senhora, a medicina também não me interessa tanto."

"Então você não é *particularmente* fascinado pelo corpo humano?"

Ele me olhou sem entender, tentando conectar minha pergunta ao comentário casual. Aí percebeu que eu me referia ao comentário dele no jantar. Por algum motivo, isso o agradou e sua expressão se suavizou. "Bem", raciocinou ele, "acho que as jovens gostam dessa ideia."

Apoiei o queixo na palma da mão e estiquei a mão livre para bater na manga dele como uma confidente paqueradora. "Não se preocupe, seu segredo está seguro comigo."

Ao toque dos meus dedos, ele se encolheu e puxou o braço. "Eu preciso me trocar para o passeio", concluiu ele, empurrando a cadeira para trás.

O grupo do piquenique partiu animado, apesar de Cici lançar para mim um olhar ansioso ao tropeçar pelo caminho até a carruagem. Eric tinha se sentado ao lado de Henriette. Eu sorri e acenei até eles fazerem a curva na estrada. Tinha decidido investigar o quarto de Eric e ler a carta do pai dele. Sabia que quando meu marido saísse para o trabalho, teria liberdade para executar o plano.

Encontrei o quarto bagunçado, com roupas espalhadas na cama, as portas do armário entreabertas, as botas de montaria sujas de lama jogadas em um canto. Tudo na cômoda estava arrumado, mas ele tinha deixado a jarra fora da bacia. A escrivaninha estava cheia de livros, nenhum de textos médicos, um deles um romance juvenil sobre a aristocracia francesa, outro um tratado sobre criação de cavalos. A carta não estava lá, nem na gaveta. Procurei ao redor, no kit de barba, no meio das gravatas na cômoda, no roupão de seda, no baú aberto que tinha chegado da faculdade dois dias depois do dono. O baú estava cheio, o conteúdo caía pelos lados. Ajoelhei-me na frente dele e passei as mãos embaixo de alguns itens; havia cadernos, chapéus e, no fundo, mais roupas. Meu olhar bateu em uma bolsa de couro larga costurada na parte interna da tampa, na qual se via um estojo de canetas. Logo, meus dedos encontraram o envelope rígido bem dobrado no meio. Puxei o papel, me levantei e fui para a luz perto da janela. A carta não era longa, mas me disse tudo que precisava saber. Eu a li várias vezes e memorizei partes importantes.

> *Meu querido sobrinho,*
>
> *Com o tempo, a raiva do seu pai vai passar, mas no momento ele está perturbado e me pediu para escrever e aconselhar você a não voltar para a casa dele sob circunstância alguma. Você não terá boas-vindas lá. Ele sustenta que abrigar você o tornaria cúmplice do seu crime. Você foi expulso de forma Permanente e Irrevogável da faculdade e a jovem infeliz fez acusações contra você, embora haja esperança de que seu pai consiga um acordo com a mãe dela, que é viúva, e a questão não vá parar no tribunal. No momento, é melhor você permanecer onde está.*

"Ele é um patife!", anunciei para o meu marido, que ergueu o olhar do jornal com expressão seca e fria como a de uma coruja. "Está se escondendo aqui em desgraça! Ele arruinou uma jovem e agora quer acrescentar uma ou as duas das nossas filhas à lista de infâmia dele."

Para a minha consternação, meu marido demonstrou mais alarme por eu ter invadido a privacidade do convidado do nosso filho do que pela revelação de que esse jovem infame tinha sido expulso pela própria família pelo abuso de uma garota inocente. "Nós não podemos pedir que ele vá embora sem revelar que você andou investigando o quarto dele", argumentou ele, em um momento em que achei que meu pobre cérebro explodiria.

"Por que em nome dos céus nós deveríamos nos preocupar com o que ele pensa?", respondi.

"Não é o que ele pensa que me preocupa, mas o que Maurice vai pensar, e para ser sincero, meu amor, o que *eu* penso. Como você pôde fazer uma coisa dessas? Vai contra todas as regras da hospitalidade. Se, como você diz, há um acordo sendo executado e o tio aconselha que ele fique entre nós, ele pode ainda recuperar a reputação e aprender com o erro. Qualquer jovem pode cometer um erro, ainda mais os bem formados e agradáveis como Eric. A amizade dele com Maurice pode ser a salvação dele."

Não pude me dar ao trabalho de responder a tal sofisma. "Muito bem", falei. "Não direi nada. Mas quem avisa amigo é, anote minhas palavras", e deixei o pobre e tolo homem com seu jornal.

Os jovens voltaram na hora do jantar. Apareceram de bom humor, apesar de eu achar que Henriette estava meio desanimada. Ela se recolheu primeiro, dizendo que estava exausta do longo trajeto; todos concordaram que foi um evento infeliz, cheio de sacolejos. Se Eric tivesse ao menos olhado para mim, ele teria notado a mudança na minha atitude. Eu o observei com expressão sinistra. Mas ele estava ocupado atormentando Cici com uma falação sobre o baile e o cartão de dança cheio dela. Ela quase não comeu de tanto que riu e corou.

No final da refeição, Charles convidou os jovens para se juntarem a ele para experimentar um conhaque refinado recém-chegado em um carregamento de Paris, proposta aceita com entusiasmo. Essa era a estratégia dele, pensei. Manter o sujeito sempre ao alcance de sua vista. Quando meu marido se levantou da mesa, me olhou com expressão de inquisição suave, e eu retribuí com um aceno firme. Ele não é tolo, aquele homem, mas confia demais.

Minha conversa matinal com Maurice foi breve, porém informativa. Eu perguntei se ele estava gostando da visita do amigo, e ele explicou que Eric era boa companhia e que todas as jovens se atraíam bastante por ele, o que significava que Maurice recebia mais do que a atenção habitual só por estar perto do amigo. Eric gostava excessivamente de dançar e era generoso com a escolha de parceira; ele dançava com todas as moças mais bonitas.

"Que divertido", comentei.

Meu filho me observou por um momento por cima da xícara de café. "Eu sei que a senhora não gosta dele."

Levei um susto com a franqueza dele. "Eu não o conheço."

Antes que ele pudesse dizer mais uma palavra, nós ouvimos passos no corredor e ali estava ele, apoiado na moldura da porta, tonto e sorridente, nos desejando um bom-dia.

"Você acordou cedo", observou Maurice.

Eric assentiu, nos observando com aquele bom humor expansivo que derivava da certeza de que estávamos exultantes com a presença dele. "É o ar do campo", esclareceu ele.

O ar do campo já estava fervendo, e depois do café da manhã, a pedido de Eric, os jovens foram ao lago para se banhar. Cici foi para o piano e Henriette, para minha surpresa, se juntou a mim na sala de costura com um rolo de renda e um vestido simples de verão. "Tia Adele me deu isto", mostrou ela, exibindo o enfeite volumoso debruado por uma fita fina azul-clara. "Acho que vai melhorar este vestido, a senhora não acha?"

Nós discutimos a melhor costura para prender a renda, escolhemos uma linha do mesmo tom do vestido e começamos a trabalhar em parceria. *Está tudo bem*, falei para mim mesma. *Minhas filhas estão em segurança, ocupadas com atividades rentáveis, e aquele jovem quente está esfriando a cabeça em um lago gelado.*

Mas nós não tínhamos trabalhado muito quando Henriette enunciou: "Estou preocupada com Cici".

Continuei a puxar minha linha, mas minha atenção estava toda voltada para a minha filha. "O que a preocupa?"

"Ela é tão..." Ela fez uma pausa e colocou um pedaço de renda no colo. "Ela está tão apaixonada pelo Eric."

"E você teme que ele a esteja encorajando."

"Sim."

"E que ele não esteja sendo sincero."

"É pior do que isso."

"Como poderia ser pior?"

"Ele a persuadiu a fugir com ele."

Nesse ponto, também coloquei a costura no colo. "Ela contou isso a você?"

"Não exatamente. Ela deu a entender."

"Sei." Meu cérebro foi tomado de fúria de forma tão abrupta que lutei para me controlar.

Henriette me observou com lágrimas surgindo nos olhos. "Ah, por favor, Mamère, não diga que contei. Prometa que não vai contar a ela."

"Querida", consolei, segurando a mão dela, "tenha certeza de que Cici nunca vai saber que você falou comigo sobre esse assunto."

Ela secou os olhos com a renda. "Obrigada, Mamère."

"Você sabe para quando essa fuga está planejada?"

"Não. Acho que não está acertado. Sugeri que ela pedisse a Eric para falar com o Pai, mas ela diz que ele não vai porque tem certeza de que o Pai vai dizer que ela é jovem demais e que eles precisam esperar."

"E Eric não quer esperar", inferi.

"Isso mesmo."

"Você salvou sua irmã de um erro que poderia ter arruinado a vida dela. Mas agora você tem que tirar isso da cabeça. Já fez sua parte."

Em um rubor visível, minha filha foi tomada de alívio. "O que a senhora vai fazer?"

"Não sei ainda", respondi. "Vou pensar em alguma coisa."

Tive alguns pensamentos terríveis — expulsar o vilão ou chamar a polícia —, mas eu estava dando à minha filha um conselho tão bom que entendi a necessidade de controlar meu impulso de vingança. Botei a costura de lado e fui consultar nossa cozinheira.

Quando desci para o almoço, encontrei os jovens na sala com copos altos de limonada. Eric estava deitado imóvel em um divã, o colarinho aberto, as mangas dobradas e os olhos fechados.

"Ele se exauriu mergulhando para procurar aquele ouro sobre o qual a senhora contou a ele", explicou Maurice. "Ele me falou que acha ter visto."

"Eu não sei o que eu vi", disse o caçador de tesouros com irritação.

Cici, sentada perto dele, as costas eretas e as mãos cruzadas, o acariciou com os olhos de uma forma que embrulhou meu estômago. "É perigoso mergulhar fundo assim", citou ela. Ela ergueu os olhos para a irmã, que se juntou ao grupo, sentada no banco do piano. "Maurice disse que ele ficou debaixo da água por quase dois minutos!"

Ele pode se afogar, pensei. E uma fantasia na qual eu pudesse facilitar esse resultado começou a se desdobrar como uma faixa colorida na minha mente.

• • •

No café da manhã, Maurice e eu discutimos um convite que ele tinha recebido para uma festa em um barco no lago Borgne. Ele achou que seria bom para Eric porque estaria mais fresco na água. Cici e Henriette chegaram, depois meu marido. A conversa se prolongou, a urna de café foi visitada e revisitada, mas Eric não apareceu. "Ele não estava se sentindo bem ontem à noite", justificou Maurice. "Talvez eu deva dar uma olhada nele."

"Ah, vá", incentivou Cici.

Maurice foi e logo voltou para nos contar que Eric tinha passado uma noite insone e estava se sentindo tão mal que achava melhor descansar no quarto.

A cabeça de Cici pendeu no pescoço comprido. "Espero que ele não esteja muito doente", considerou ela, se esticando para além de mim, na direção do quarto dele.

Maurice se virou para mim. "Ele parece bem abalado."

"Vou vê-lo", falei.

Eu o encontrei deitado no divã, vestido em parte depois de ter tentado se deixar apresentável e falhado. "Você precisa me deixar ajudar", argumentei. Ele estava tão fraco que não protestou. Coloquei a palma da mão na testa dele. Ele estava ardendo em febre, o rosto corado, a pele seca ao toque. Ajudei-o a ir para a cama e servi água da jarra na bacia. Quando removi a camisa dele, ele mal conseguiu erguer os braços. As janelas estavam parcialmente fechadas e o quarto estava mal iluminado, mas quando ele caiu no travesseiro, os olhos passaram por um raio de luz e vi que os brancos estavam injetados de sangue. "Quando você estiver à vontade, vou chamar o médico", avisei.

"Chame-o agora", exigiu ele. "Estou muito doente. Minha cabeça dói, minha garganta dói. Tem algo errado com a minha língua."

Ele ficou imóvel enquanto eu pressionava um pano úmido na testa dele, no rosto e no pescoço. "Me deixe ver sua língua, por favor", pedi. Com apatia, ele abriu os lábios e botou a língua para fora.

Havia dois pontos escuros de um lado; outro, mais perto da garganta, tinha virado uma ferida aberta.

Meu coração se animou. As fúrias o tinham colocado nas minhas mãos. *Você é todo meu agora*, pensei. "A cozinheira vai trazer *água de orgeat*",* falei. "Não deixe de beber tudo."

Saí de lá e procurei meu marido, que estava esperando o cavalo ser levado pois tinha negócios na cidade.

"Nosso hóspede não está se sentindo bem", informei-o. "Está meio febril. Você pode fazer uma parada e pedir ao dr. Landry para passar aqui quando estiver fazendo as rondas?"

"Pode deixar", respondeu ele. Depois que ele saiu, fui até a cozinha e mandei a cozinheira levar para Eric ovos moles, pão e uma jarra de água de orgeat. Depois, subi para separar os lençóis para a lavadeira que vem às quartas-feiras.

No almoço, a cozinheira contou que Eric não tinha comido nada, reclamou de dor de cabeça e náusea e desejava ver o médico o mais rápido possível.

"Bem", justifiquei, "ele está fazendo as rondas, mas vai passar aqui. Se bem que pode ser só de manhã se meu marido não o encontrar na cidade."

"Ele foi muito insistente", ressaltou a cozinheira.

"Foi?" Nós sorrimos uma para a outra.

Depois do almoço, Maurice fez uma visita breve ao amigo. Eric o encorajou a não se atrasar para se juntar ao grupo de pesca. "Eu não estou bom para nada", resignou-se ele.

Quando meu filho tinha partido com varas de pescar, anzóis e pesos de chumbo, eu fiz um bule de café forte e levei para o nosso paciente. Ele estava deitado de costas sobre a colcha, gemendo com grande lamento. Quando me viu, seu cumprimento foi: "Por onde você andou? Estou esperando há tempo demais. Onde está o médico?".

Coloquei a bandeja de lado e me aproximei dele. "Eu achei que você precisava de descanso", sinalizei. O rosto dele estava úmido, a testa e o lábio superior empolados. "Está se sentindo melhor?"

* Bebida à base de amêndoas que costumava ser usada como remédio. [NE]

"Pior", gemeu ele. "Mal consigo me mexer. Minhas juntas doem. Estou pelando de febre. É insuportável."

Encostei a palma da mão na testa dele; a febre estava muito alta. "A cozinheira me disse que você não comeu."

"Minha boca está muito machucada."

"Quer tomar um pouco de café? Pode ajudar."

"Onde está o médico? Por que ele está demorando tanto para vir?"

"Nós estamos no campo", expliquei com calma. "O médico viaja longas distâncias. Mas mandei chamá-lo e ele virá logo, tenho certeza. Quer tomar um pouco de água de orgeat?"

"Sim, isso parece ajudar um pouco."

Puxei os travesseiros atrás dele e ele se apoiou neles. Ele conseguiu tomar um copo de água, e quando o café tinha esfriado um pouco, uma xícara. Banhei a testa, o peito e os braços dele com vinagre, o que o aliviou. "Onde está Maurice?", perguntou ele.

"Saiu para pescar."

"Sim, lembrei agora."

"Tente descansar", aconselhei. "O médico virá logo, tenho certeza."

"A única coisa que posso fazer é descansar", respondeu ele com amargura. "Estou fraco demais para me mexer."

O dr. Landry chegou no fim da tarde, depois de ter passado um longo dia a cavalo. Dei-lhe sanduíches e café antes de levá-lo ao nosso hóspede. Fiquei o suficiente apenas para testemunhar o alívio evidente de Eric com a chegada de um profissional médico. Quando saí, ouvi-o informar ao médico que nunca tinha ficado tão doente na vida e que sabia que nosso clima infernal tinha levado a melhor.

Não demorou para nosso médico determinar a natureza da doença de Eric. Quando ele ofereceu o diagnóstico, assenti. "Achei que era isso", manifestei. "Há muitos casos por aqui?"

"Há um pequeno surto em Natchitoches, mas está sob controle."

"Acho que ele e Maurice pararam lá a caminho daqui."

"Você sabe o que isso significa, Iris", declarou ele.

"Quarentena."

"Você é imune, acredito."

"Eu tive quando era criança", informei. "Depois, meu pai pegou de mim. Meu caso foi brando, mas o dele foi muito sério. Lembro-me de como ele ficou assustador, principalmente quando as pústulas começaram a verter fluido. E depois, as cascas."

"Ele se recuperou?", perguntou o médico.

"Sim. Mas a aparência dele ficou arruinada."

"Esse pode ser o caso aqui. É uma pena. Ele é um jovem bonito."

"E vaidoso", contei.

"Bem, o tratamento não é complicado. É mais uma questão de deixá-lo à vontade. Volto para acompanhar o progresso. Ele pode ter alguns dias de vômito; dê a ele água e mais nada. Quando a febre parar, ele deve recuperar um pouco da força e deve conseguir comer, embora você talvez tenha que amassar a comida. Quando as bolhas se formarem, mantenha-o limpo e o mais seco possível. Se ele desenvolver tosse, mande me chamar. O comprometimento respiratório é a complicação mais perigosa."

"Entendo", assegurei.

"Nós temos um ou dois dias. Ele só vai estar contagioso quando as bolinhas espalharem. Vou fazer os arranjos. Seus filhos estão em casa?"

"Vou mandar minhas filhas para a minha irmã em New Orleans hoje", esclareci.

"Quanto antes melhor. E Maurice?"

"Pescando no lago Borgne. Ele pode ficar com Adele até acabar."

"Seu marido?"

"Está na cidade agora. Deve voltar esta noite."

"Vou voltar para a cidade agora", informou ele. "Posso levar uma mensagem ao escritório dele se você quiser."

"Sim. Se você não se importar de esperar, vou escrever agora mesmo."

Fui até minha escrivaninha e escrevi depressa, pedindo ao meu marido para não voltar para casa.

O dr. Landry pegou o envelope e o enfiou no bolso do paletó.

"Eu pedi para ele não entrar na quarentena", expliquei.

"Acho que é o melhor. Volto na sexta-feira. Aí teremos uma ideia melhor da situação do nosso paciente."

"Você acha que ele vai se recuperar?"

"É cedo demais para dizer. Ele é um jovem forte. Deve sobreviver. Mas a temperatura está atipicamente alta para varíola, e não gosto do sangue nos olhos dele. Pode ser uma cepa virulenta, e nesse caso ele pode sucumbir."

Acompanhei o dr. Landry até a porta, onde ficamos por alguns momentos trocando notícias familiares. Quando estava indo embora, ele parou no degrau para fazer uma última recomendação: "Reparei que há um espelho de corpo inteiro no quarto do jovem. Talvez seja boa ideia removê-lo".

Nas semanas seguintes, foi meu destino sombrio olhar de maneira profunda na alma de Eric Jeffrey. Não encontrei sinal de nobreza lá, nem coragem, nem paciência, nenhum autocontrole. Que ele tinha vindo para o meio de nós com intenções desprezíveis, não restava dúvidas, então não deveria ter me surpreendido ao descobrir, por baixo da fachada bonita e confiante, uma besta covarde. Quando a febre passou e a varíola, que era, como o dr. Landry temia, de cepa virulenta, eclodiu no rosto, tronco, braços, pernas e extremidades, o sofrimento foi exacerbado por fantasias e obsessões estranhas, sendo que a principal era que eu estava tentando matá-lo. Ele estava fraco e mal conseguia andar, mas estava determinado a fugir da quarentena. Nenhum conselho do dr. Landry era capaz de persuadi-lo desta tolice; nenhum apelo à segurança dos outros, nem ao bem público, tinha peso com ele. Fomos obrigados a colocar uma tábua para segurar as janelas e a trancá-lo no quarto. Ele se agarrava ao braço do médico, sussurrando acusações contra mim — que eu não era de confiança, que eu o odiava, que eu o estava envenenando. Suplicou por comida e água da cidade e jurou não comer ou beber nada preparado pelas minhas mãos.

"Ele chama você de nêmesis dele", contou-me o médico depois de uma visita difícil. "Está se fazendo piorar com essa loucura. Ele acredita que você não fez contato com a família dele."

"Eu escrevi para o pai dele", assegurei. "Ele me deu o endereço. E viu a carta."

"Ele diz que você não a enviou."

Eric não abordava essas fantasias na minha presença. Ele parecia acreditar que tinha conquistado a confiança do dr. Landry contra mim. Quando eu entrava no quarto, ele costumava estar deitado no divã, os olhos fechados, as mãos pressionando as têmporas — sofria muito de dores de cabeça. Ele só respondia às minhas perguntas com monossílabos. Recusava todos os alimentos, murmurando que o estômago não conseguia segurar nada, mas eu sabia a verdade. Instruí a cozinheira para preparar uma tigela de ovos cozidos e os levei, com uma garrafa de champanhe, para o quarto dele, para que pudesse tirar a casca dos ovos e abrir a bebida perante os olhos dele. Ele foi persuadido que nem mesmo uma bruxa com os meus poderes conseguiria envenenar um ovo com casca ou estragar uma garrafa fechada, e aceitou comer e beber um pouco.

Quando contei ao dr. Landry sobre essa dieta, ele riu. "Que maravilha", divertiu-se ele. "Você é engenhosa."

Lembrei a ele de que a esposa do igualmente desconfiado imperador Augusto o assassinou injetando veneno em figos ainda pendurados na árvore no jardim.

O médico franziu a testa. "Há certeza de que foi a esposa dele?"

Todos os dias, eu saía puxando um carrinho para me encontrar com meu marido na entrada da propriedade. Ficávamos a uma certa distância e falávamos de maneira breve, enquanto ele enchia o carrinho com vários suprimentos e ditava com cuidado palavras de solidariedade das minhas filhas para Eric, mas eu não me dava ao trabalho de ler para o inválido. Essas mensagens evidenciavam uma contenção cautelosa. Não havia expressões indevidas de afeto nem esperanças para o futuro além da recuperação rápida do amigo. Elas sabiam, todos nós sabíamos, que se o belo querido delas sobrevivesse à progressão brutal da doença, ele talvez não fosse mais tão agradável aos olhos.

A irritação na pele progrediu depressa, se espalhou e formou bolhas, que se encheram de um fluido opaco que fez com que parecessem moles, apesar de serem duras ao toque, como ervilhas em uma vagem. Essas eu tratei com compressas de lã, com pouco resultado. Ele reclamava que a dor nas costas e a dor de cabeça eram insuportáveis e estava convencido de que estava ficando cego. O médico o tratou com láudano, que o aquietou.

Na segunda semana, as pústulas cobriam todas as partes do corpo dele, tão densas que em algumas áreas, em especial nas mãos, nas solas dos pés e no rosto, a superfície externa da pele parecia estar se erguendo em uma camada diáfana. O crânio estava coberto de feridas e, para o horror dele, o cabelo dourado começou a cair em tufos. A boca era um rasgo branco e inchado, a língua se sobressaía grossa entre os lábios, os olhos verde-dourados ardiam de forma intensa embaixo de pálpebras vermelhas e inchadas cobertas de pústulas brancas.

Em desacordo com o que o médico sugerira, eu não tinha removido o espelho do quarto. Só tinha virado o centro oval de modo que a parte de madeira de trás ficasse voltada para a cama. Uma manhã, quando o encontrei ainda dormindo, fiquei por um momento observando o desastre do corpo dele e, em especial, a profusão de pústulas no rosto, algumas ainda duras, algumas vertendo, algumas ensanguentadas, algumas cicatrizando. A respiração formava um ruído agudo entre os lábios com bolhas, que, inchados, apresentavam o dobro do tamanho normal. O médico concordou comigo que aquele vírus em específico era muito furioso; parecia determinado a destruir o tecido até o osso, e, se ele sobrevivesse, o que não era nada certo, o rosto estaria desfigurado. Eu me afastei e virei o espelho, para que o lado reflexivo ficasse de frente para a cama.

Alguns minutos depois, quando eu lavava as ataduras em uma bacia perto da janela aberta, eu o ouvi acordar atrás de mim. Ele se moveu, com ruído no lençol; houve um grunhido baixo. Ele ficou em silêncio por um momento. Em seguida, gritou "Não!" em agonia mortal e horror.

Eu sorri sozinha.

"Me deixe morrer", gemeu ele. "Me deixe morrer."

Mas eu não o deixaria morrer.

Na terceira semana, as pústulas tinham estourado e estavam supurando. Como o dr. Landry temia, Eric começou a tossir. Era uma tosse seca, áspera, intensa, que o fazia se curvar na cama. Nós enrolamos as feridas com gaze, que ficava encharcada logo e precisava ser trocada com intervalos de poucas horas. Trabalhei de forma incansável, com pouco descanso, tentando mantê-lo limpo e alimentado, mas ele persistiu no ódio por mim, e não recebi palavra alguma de gratidão. O dr. Landry expressou ansiedade pela minha saúde.

Não houve notícia da família de Eric, o que aborreceu todos os envolvidos. Meu marido enviou uma segunda mensagem, temia ser tarde demais.

Aos poucos, as feridas passaram a endurecer e nosso paciente ficara um pouco mais disposto. A tosse diminuiu; ele conseguia comer comida mole. Nós removíamos as bandagens por algumas horas no dia, para as feridas secarem. O corpo dele acabou ficando coberto de crostas pretas grossas, envolvendo-o da cabeça aos pés em uma casca parecida com uma concha que rachava e sangrava quando ele se movia. Agora era só uma questão de cicatrização, e o dr. Landry declarou que a quarentena não era mais necessária. Minha família podia voltar para casa.

Assim que as crostas começaram a cair, recebemos uma mensagem do pai de Eric. Ele reclamou não ter sido informado sobre a doença do filho de forma oportuna. A primeira carta tinha se perdido no correio. Ele partiria de imediato para buscar o rapaz.

Quando o pai dele chegou, Eric estava bem o bastante para se vestir sozinho e sair do quarto. As crostas tinham caído em algumas áreas, as mais grossas agarradas a feridas fundas. Embora removesse as bandagens quando estava sozinho, mantinha o rosto coberto quando tinha companhia. Ele envolveu a cabeça em gaze, deixando frestas para os olhos, nariz e boca. Em seguida, fez uma aparição horrenda na sala, onde ficou sentado em silêncio, segurando um copo de conhaque.

Todo o charme tinha sumido; estava taciturno e mal-humorado. Cici e Henriette o evitavam, e até Maurice, sempre gentil e atencioso quando eles estavam juntos, admitiu que seria um alívio vê-lo voltar para a família.

Apesar de eu saber que o filho tinha desgraçado a ele próprio e à família, quando John Jeffrey chegou, agiu como se nós fôssemos bárbaros incivilizados que tinham destruído a grande esperança da vida dele. Só ficou alguns dias, fazendo preparativos para o retorno, despachando o baú de Eric, vendendo o cavalo, providenciando uma carruagem para New Orleans, de onde eles pegariam um navio a vapor para Boston.

No dia em que eles foram embora, o sol brilhava no céu e o ar tinha um toque frio. O verão enfim perdia a intensidade tórrida. Fui até o quarto de Eric para avisar que a carruagem tinha chegado. Quando bati, não houve resposta. Com cautela, abri a porta.

Ele estava sentado no divã, todo vestido, com os cotovelos nos joelhos e a cabeça apoiada entre as mãos. Um chapéu-panamá de palha estava no assento ao lado. Ele ergueu a cabeça, mas os olhos não se encontraram com os meus. A expressão caótica e na defensiva, o olhar assombrado de um lunático. Ele olhou para o alto, oferecendo o rosto para minha inspeção.

O rosto que ele teria até morrer.

Um aro de pele elevada e vermelha seguindo as linhas das veias cercava o olho esquerdo, como se tivesse sido pintado com o pincel de um artista. Na bochecha direita, um vergão roxo de cicatrizes profundas seguia da ponte do nariz até o canto da boca e de volta à orelha. Uma cicatriz branca densa projetava o lábio inferior, dividindo-o no meio e dobrando-o, deixando a pele rosada de dentro exposta. Outra cicatriz vermelha alta repuxava a narina esquerda, terminando em um nó feio no lábio superior. A maior parte do cabelo dourado tinha caído, embora alguns tufos restassem, cortados rentes às orelhas e bem longe da testa. Onde aparecia couro cabeludo, havia pele rosada enrugada como se tivesse sido queimada.

"Aqui está seu trabalho", afirmou ele com malícia. "Está satisfeita?"

"Como você pode dizer isso?", respondi. "Eu cuidei de você como se você fosse meu próprio filho."

Ele não respondeu, mas focou o olhar fazendo os olhos frios penetrarem em mim. Enquanto estava ali, fiquei agudamente ciente da minha própria aparência, do meu rosto destruído, do meu cabelo grisalho ralo penteado para trás em um coque apertado na nuca, do meu olho morto e da minha boca torta, do meu corpo envelhecido e pesado enrolado no equivalente a um saco. A exaustão também pesava em mim; tinha sido uma luta manter aquele bruto vivo.

"Meu Deus, como você é feia", afirmou ele.

Dei um passo para longe dele. *Claro*, pensei. *Claro.* Ele não tinha sido tão humilhado a ponto de não ter desprezo por mim. Sorri com o lado da minha boca capaz de sorrir. "A carruagem chegou", avisei.

Ele pegou o chapéu e o colocou na cabeça com uma inclinação jovial para frente. “Diga que estou indo.”

Transmiti a mensagem ao pai dele, que reclamava dos cavalos na carruagem. Depois fui até a cozinha e me sentei para descascar ervilhas com a cozinheira até ouvirmos as rodas da carruagem esmagando o cascalho do caminho. “Como está o jovem?”, perguntou ela.

“Ele perdeu a cabeça”, respondi. “Acha que eu passei a varíola para ele.”

“O quê? Depois de tudo que a senhora fez por ele?”

Meu marido acabou se juntando a nós e anunciou que os Jeffrey tinham iniciado a longa viagem de volta a Boston.

Minhas filhas ficaram naturalmente abaladas pela cruel transformação e partida do antes belo e interessante pretendente. Maurice expressou tristeza e lamentou por um amigo considerado tão agradável precisar passar por um sofrimento tão cruel enquanto estava hospedado na nossa casa. Com o passar do tempo, não tivemos mais notícias de Eric Jeffrey, outros interesses os ocuparam, e meus filhos recuperaram a vivacidade e o ânimo que são um direito da juventude e da beleza.

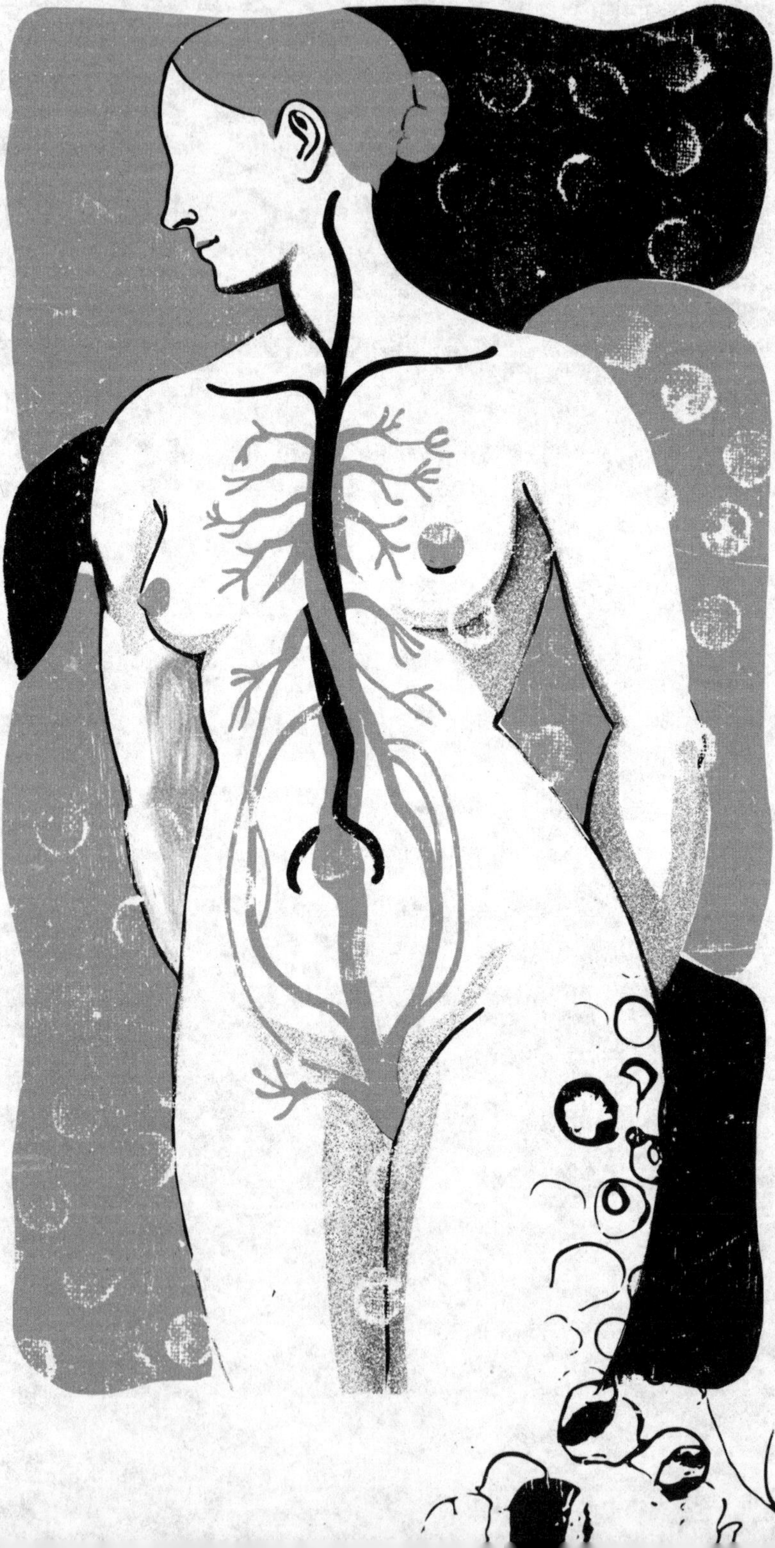

15

SYDNEY

SHEILA KOHLER

I

Como escritora, sinto-me obrigada a retratar a realidade como a vi. Isso, claro, tem riscos sérios. Tenho medo de aborrecer os outros ao revelar informações que podem ser usadas para destruir uma reputação, e nesse caso a reputação de um homem estudado, um médico, que era meu marido. Mas, no final, é só no papel que consigo me agarrar ao que perdi.

II

Eu tinha quase 30 anos quando me casei. Naquela época, ninguém, nem mesmo eu, esperava ou talvez quisesse que me casasse. Não que eu fosse particularmente simplória ou burra, mas meus pais possuíam bem pouco dinheiro, e eu tinha bem pouco estudo, por ter sido levada a sair da escola aos 17 anos. Morávamos em uma área remota de uma fazenda de caça na fronteira entre o Zimbábue e a África do Sul. O rio Limpopo corre ao fundo da propriedade. O som dele e os gritos das cigarras se tornaram parte dos meus primeiros sonhos. É um lugar lindo, o sol brilha quase sempre com breves pancadas fortes de chuva, muitas vezes acompanhadas do estrondo alto do trovão e de raios espetaculares, que às vezes botam fogo em alguma árvore ou até em alguma casa. Da nossa varanda, dá para ver as colinas azuis ao longe. Há uma barragem grande onde nadávamos. Ninguém ousa nadar no rio por causa dos crocodilos. Existem também limoeiros em volta da casa, os limões maduros caem no chão para quem quiser pegar.

Como as escolas da região ficavam a uma distância considerável, no começo eu tinha sido enviada para um colégio interno em Joanesburgo; entretanto, quando minha mãe morreu, logo depois que me matriculei, meu pai me levou de volta para cuidar da casa e da mãe idosa dele. Eu não fui para a universidade, como muitos dos meus colegas de turma, nem procurei um emprego.

Meu pai cuidava da fazenda de caça. Era um homem alto, magro e calado que passava a maior parte dos dias na terra com o rifle pendurado no ombro, de olho em caçadores ilegais, libertando animais presos em armadilhas ou consertando cercas. Às vezes, ele precisava abater um cervo ou atirar em um leopardo, se estivesse matando muitos animais. O dono da fazenda, que quase nunca víamos, nos deu uma casinha com telhado de ferro corrugado, muito quente no verão e fria no inverno, pois não havia aquecimento além de uma lareira na cozinha e alguns aquecedores pequenos nos quartos. Os invernos são curtos, ainda bem.

Apesar de termos alguma ajuda de gente da região, eu ficava ocupada com as muitas tarefas do lar. Acordava cedo para cuidar dos dois cachorros da raça leão-da-rodésia, dos cavalos, das galinhas no galinheiro, dos porcos, da horta e do jardim. Aprendi a montar e escovar cavalos, a matar e depenar galinhas, a fazer pão, geleia e a colocar pepinos e cebolas em conserva. À noite, minha avó e eu bordávamos toalhas de mesa ou lençóis que pouco eram usados.

"Vamos guardar para o seu enxoval", dizia Ouma com uma risadinha — a única que sustentava a ilusão de um possível casamento —, enfiando o pano na gaveta de baixo da cômoda inglesa com as mãos retorcidas e trêmulas. Era uma vida dura e monótona, mas eu me sentia útil e apreciada.

III

Meu futuro marido apareceu na fazenda por acidente. O carro dele, um Jaguar branco, tinha estragado na estrada para Harare, onde ele participaria de um congresso de medicina. Ao ver a casa da estrada, ele andou uma distância considerável pelo caminho de terra no sol do meio-dia sem chapéu e chegou à nossa porta com suor escorrendo pelas bochechas magras, a camisa azul fina grudada no peito. Isso foi em novembro, um dos nossos meses mais quentes, no final dos anos 1980.

Pela porta de tela da cozinha, ele me perguntou se poderia usar nosso telefone para ligar para a oficina mais próxima e pedir ajuda. Ele devia ter cinquenta e poucos anos, pensei, embora já tivesse cabelo branco e dentes pequenos, irregulares, um pouquinho amarelados. Mesmo consternado, havia algo de distinto nele.

Depois de ter feito a ligação, dei a esse médico, que foi o que ele me disse ser, parecendo prestes a falecer, um copo de limonada caseira e alguns dos meus bolinhos *koeksisters.* Ele me agradeceu muito, mas contou estar tonto, talvez pelo excesso de sol. Relatou ter dirigido por uma distância grande e estar muito cansado. Portanto, eu o levei até meu quartinho, fechei a janela e o ajudei a se deitar na minha cama. Curvei-me para tirar seus bons sapatos ingleses agora cobertos de poeira e reparei, quando ele botou os óculos grossos com aro de casco de tartaruga na mesa de cabeceira, que ele não tinha aliança no dedo. Dei uma flanela fresca para ele colocar na testa e o deixei descansando com a porta fechada. Nós esperamos o mecânico da oficina chegar.

Apesar de já ser noite quando o mecânico apareceu, o doutor ainda devia estar dormindo bastante, porque não saiu para se encontrar com ele. Eu estava no jardim colhendo cenouras para o jantar. Meu pai, que tinha acabado de chegar em casa, disse ao mecânico que ele tinha ido para a casa errada. Ele não tinha sido informado da chegada do médico? Nem minha avó, que devia ter visto o médico andando até a casa, se deu ao trabalho de corrigir meu pai. Minha avó, que já tinha sido professora, era uma mulher engenhosa, e na cabeça dela o papel de uma mulher decente era de esposa e mãe. Eu me lembro de ela me perguntar uma vez, quando surgi com uma cesta de ovos do galinheiro, com palha presa no rabo de cavalo: "O que o movimento de libertação feminina fez por você? Você pode me dizer?".

Quando o mecânico enfim voltou no dia seguinte, atendendo à minha ligação, o médico estava recuperado. Eu tinha servido um delicioso cordeiro crocante com batatas assadas, como minha avó tinha me ensinado a fazer, com minha geleia de menta caseira. No dia seguinte, o médico partiu para o congresso.

Mas ele voltou, de forma um tanto inesperada, alguns dias depois. Foi então que ele me pediu em casamento. Ele não me beijou nem segurou minha mão, nem mesmo levou um buquê de flores, só parou no meio da nossa varanda com o piso vermelho polido e olhou para as colinas azuis ao longe. "Eu gostaria de me casar com você", afirmou ele baixinho, como se estivesse falando com Deus ou talvez com o sol poente, sob o céu laranja e os limoeiros, que nos cercavam de maneira tão bela.

Eu não soube o que dizer. Eu queria perguntar a ele, acima de tudo, por que ele queria se casar comigo. Havia algo de misterioso que o atraía a mim? Eu o tinha visto me observar quando montei em uma das nossas éguas mais ariscas e a segurei com firmeza entre os joelhos, e tinha percebido que ele me encarava e olhava meu corpo enquanto eu trabalhava no jardim, empurrando um carrinho de mão pesado cheio de pedras para um novo caminho. Eram meus olhos azuis, meu cabelo castanho-claro, minhas pernas compridas, meus quadris largos?, eu me perguntei. Ou era a comida boa? O que quer que possa ter sido, era um mistério, mas ele pareceu seguro da decisão, o que causou uma impressão em mim. Ele era um homem, eu podia ver, de certa arrogância, ou pelo menos de grande segurança, por certo acostumado a dizer aos pacientes qual era o problema deles. Talvez fosse o mais velho em uma família abastada, pensei, ou quem sabe alguém que tinha crescido com conhecimento de arte e músicas, além de questões médicas, alguém familiarizado com os clássicos, acostumado a dar ordens nos outros, a ter o que quer. É claro, ele não viu necessidade de dar alguma explicação.

Eu não estava apaixonada por ele; mal o conhecia, afinal. Ele parecia ser pelo menos vinte anos mais velho do que eu, da idade do meu pai. Mas não era sem atrativos: alto e magro, com um nariz aquilino, olhos castanhos próximos um do outro e uma boca agradável. Ele me contou que morava em uma casa grande em Joanesburgo, onde empregava um casal vindo da Alemanha com os pais dele: uma governanta idosa e o marido dela, que cuidava do jardim, e eles moravam em um chalé na propriedade. Havia muitos livros na casa e até uma piscina. Eu teria uma vida fácil, ele prometeu. Revelei não ter dinheiro nem qualificações profissionais, mas ele disse que isso não tinha importância.

Aos risos, ele me chamou de salvadora, uma coisa em que eu pensaria mais tarde e continuo a relembrar com tristeza mesmo agora. O casamento foi pequeno, só a família e alguns velhos amigos de escola que ainda moravam em Zim. Usei um vestido bege curto com uma coroa de flores do jardim. Despedi-me da minha avó e do meu pai com um beijo, derramei uma lágrima e prometi visitá-los em breve.

"Não volte sem um pãozinho no forno", minha avó advertiu, rindo para mim. Nós fomos embora no carro que o tinha levado até mim. De alguma forma, pareceu adequado.

IV

Passamos nossa primeira noite no Meikles, um hotel grandioso em Harare. Tivemos um jantar esplêndido com champanhe e *foie gras* seguido de filé mignon na sala de jantar, depois nos recolhemos para o quarto. Fui ao banheiro e vesti a camisola branca transparente que tinha escolhido para minha noite de núpcias. Penteei o cabelo até brilhar e botei um pouco de creme nas bochechas. Olhei para mim mesma no espelho e concluí que, apesar de eu não ser bonita, era bem agradável: alta e magra, com o cabelo castanho denso um pouco mais claro nos ombros. Eu poderia até ser considerada atraente. Só podia torcer para meu marido me guiar naquela primeira noite de amor, algo novo para mim. Mas não foi o que aconteceu.

Quando saí do banheiro, o doutor já estava deitado em uma das camas de solteiro do quarto. Ele nem olhou para mim, só disse que teríamos que nos conhecer, apagou a luz e dormiu.

V

A casa do doutor em Joanesburgo era grandiosa e nada sombria. Era uma casa ao estilo holandês do Cabo, branca com frontões e telhado de sapê, construída no século XIX. Ficava no fim de uma viela longa cheia de carvalhos antigos. Havia buganvílias subindo pelas paredes e as flores roxas cresciam em profusão.

A governanta, Ingrid, uma mulher robusta e severa, e o marido, Johann, esperavam na escada da casa para nos dar as boas-vindas. Ingrid, que se vestia de preto e falava inglês com muito sotaque, sorriu com subserviência astuta para meu marido. Ela se ofereceu para me mostrar a casa. Eu a segui escada acima, até o quarto onde eu residiria: era grande e agradável com uma cama de dossel, um armário amplo, uma penteadeira com saia de babados, uma escrivaninha embaixo da janela, um espelho em um canto e um banheiro particular com banheira.

"A senhora terá tudo de que precisa aqui", resumiu ela, olhando para minhas roupas de viagem amassadas de cima a baixo, "e o doutor dormirá no quarto ao lado."

Ela me mostrou a sala de jantar com o teto com vigas, a mesa de mogno comprida e reluzente, as cadeiras Chippendale e as portas de vidro que davam para o jardim. Descendo alguns degraus acarpetados havia a sala fresca e sombreada. Ela me levou até o escritório do doutor, uma sala grande, acessível por uma entrada nos fundos da casa. As paredes eram cobertas de livros de muitos países e em idiomas diferentes, indo do chão até o teto aberto de sapê.

"Você precisa tirar pó de tudo isso!", comentei com solidariedade para a governanta.

"Não exatamente. Eu não vou lá em cima", justificou ela, e acrescentou, abaixando a voz e olhando para mim de canto de olho, "e eu também não iria se fosse você", indicando uma espécie de sacada que percorria toda a sala, acessível por uma escadaria curva de madeira.

Ingrid explicou que meu marido recebia os pacientes particulares no escritório de manhã cedo, antes do café da manhã, ou no fim da tarde e às vezes depois do jantar. Entre esses dois horários, o doutor saía para visitar certos pacientes em casa ou para recebê-los no consultório do hospital. "Um homem ocupado", concluiu ela, sorrindo com propriedade.

O jardim era grande, com muitos carvalhos velhos e canteiros de flores bem-arrumados. Na parte de trás havia uma piscina comprida protegida pela sombra de um jacarandá.

Quando pedi para ver as cozinhas e a despensa, ela me mostrou, deixando claro esperar que eu não interferisse de forma alguma nos cuidados dela com a casa. Ela continuaria a fazer todas as compras, a cozinhar, a limpar os aposentos. Ela faria, como eu descobriria, as refeições alemãs pesadas às quais meu marido parecia ter se acostumado: *sauerkraut* e *wurst* — salsichas grandes e brancas; *schinken* e *käse* — fatias grossas de presunto e queijo; *schnitzel* — carne empanada; strudel de maçã. Éramos servidos na sala de jantar comprida pelo marido, Johann, um homem calado que também limpava a prataria, além de trabalhar no jardim.

Quando me oferecia para fazer a menor das tarefas — o preparo de um bolo ou a encomenda de vinho —, Ingrid recusava, me dizendo que eu podia colher flores e arrumá-las nos vasos se não tivesse nada melhor para fazer com meu tempo.

VI

No começo, eu acordava em pânico, esquecia onde estava, imaginava que precisava me levantar e cuidar dos animais da fazenda, preparar o café da manhã da minha avó, que eu sempre levava para ela na cama em uma bandeja. Aí eu percebia que na minha nova vida, nada — absolutamente nada — era exigido de mim. Eu me vestia no meu tempo, sem olhar o relógio. Encontrava o café da manhã servido na mesa da sala de jantar. Andava sem rumo pela casa, nadava de costas no calor do dia na piscina comprida, de um lado para outro sem parar, meu olhar nas folhas leves do jacarandá, lembrando-me da imensidão da minha juventude.

No começo, eu gostava da total liberdade dos meus dias, algo que nunca tinha tido. Eu andava pelas flores no jardim na luz forte da savana alta, debaixo de um céu branco, me deliciando com o silêncio e imobilidade do sol. Mas depois de um tempo, passei a sentir saudade do meu pai e mais ainda da minha avó. Apesar das ideias antiquadas, ela era uma companhia animada, com um senso de humor cheio de ironia. Os dias vazios e infinitos pesavam em mim. Qual era o propósito da minha vida?

Quando sugeri ao meu marido que agora teria tempo de estudar na universidade, para ampliar minha educação limitada e talvez fazer novos amigos, ele protestou. "Mas você tem todos os livros de que precisa aqui. E eu não sou companhia suficiente?" Ele sugeriu livros dos autores alemães da coleção dele que eu poderia ler. Tinha estátuas brancas de Goethe e Schiller, seus ídolos, em uma prateleira alta. Ele me deu *Os Sofrimentos do Jovem Werther*, *A Metamorfose das Plantas*, *Fausto* e *Os Anos de Aprendizado de Wilhelm Meister*, com alguns de Hesse e poesia de Schiller. Recomendou livros dos russos do século XIX: Tolstói, Dostoiévski e Gogol; dos italianos: Landolfi, Ginzberg e Dante; e dos franceses, assim como meus favoritos antigos, os escritores ingleses que eu tinha lido com muito prazer no colégio interno.

De vez em quando, eu me encontrava com alguma antiga amiga da escola para almoçar na cidade.

Uma delas, Pippa, uma garota robusta que era quase tão ruim quanto eu em matemática na época da escola, me perguntou depois de algumas taças de vinho no Oasis, um restaurante em Joanesburgo, se eu estava feliz.

"Feliz?", respondi. "Claro! Quem não estaria? Com uma casa tão linda com jardim, criados, um marido generoso e gentil. Por que você pergunta?"

"Você sabe que as pessoas fazem fofoca", expressou ela, me olhando.

"Fofocam? Sobre o quê?"

Ela pensou por um momento e comentou: "Teve a primeira esposa dele, que desapareceu tão de repente".

Tomei um gole de vinho. Eu não sabia o que dizer. Era a primeira vez que eu ouvia falar de uma esposa anterior. Esperei que ela explicasse.

Mas ela só balançou a cabeça e resignou-se: "Deve ser besteira, um médico tão excelente".

Meu marido, de fato, era sempre muito educado, atencioso e generoso. Ele me dava uma mesada farta a qual eu tinha dificuldade de gastar. Eu não tinha o hábito de comprar roupas. Por muitos anos, tinha usado um uniforme escolar, e depois, na fazenda de caça, roupas de trabalho: calça jeans e macacão, um avental. "Compre roupas decentes", pediu ele, olhando-me de cima a baixo de forma crítica. "Você agora é esposa de um médico."

No jantar, ele me perguntava sobre o meu dia, o que eu tinha feito, comentava um pouco sobre os livros que eu estava lendo, a vida e época dos autores, mas me contava pouco do dia dele. Eu respeitava o silêncio dele sobre as vidas dos pacientes, mas teria gostado de saber mais sobre o seu passado. Por que ele nunca tinha mencionado a primeira esposa, por exemplo, eu me questionava, mas não ousava perguntar. Eu soube que ele tinha sido um aluno brilhante, havia se matriculado muito jovem, e já era médico aos 21 anos. Ele fizera mestrado em Munique, no Max Planck Institute, e tinha considerado uma época, ele me contou, se tornar pesquisador. Eu achava que ele havia lido sobre tudo.

Quando perguntei por que ele tinha se tornado médico, ele me contou que quando criança sofria de palpitações. Às vezes, era rápido demais, ou devagar demais, mas o que importava era que o coração dele não funcionava direito como um bombeador. Ele teve medo em alguns momentos de que o coração parasse de bater por completo. Sempre achara que era essencial saber sobre o próprio corpo para controlá-lo. Acima de tudo, estava interessado na essência da vida: o que produzia a primeira fagulha, o que nos mantinha vivos. Ele tinha o dom da matemática e da química e era fascinado pelo papel da eletricidade em manter nossos corpos em funcionamento.

"Eu gabaritei em química orgânica, que os outros achavam difícil", revelou ele com um sorriso.

Eu perguntei se ele tinha achado a dissecação de um cadáver perturbadora.

"Nem um pouco. Bem... talvez um pouco. Havia o odor desagradável de formaldeído, mas de que outra forma podemos aprender como um ser humano é feito? Tivemos sorte de ter tantas oportunidades de estudar os vários órgãos assim: coração, pulmões, rins, até o cérebro." Ele explicou que no século XIX os alunos precisavam ir a cemitérios cavar túmulos para estudar cadáveres.

"Agora nós podemos deixar nossos corpos, nossos cérebros, para a ciência, para serem usados de forma produtiva, o que eu certamente pretendo fazer." Ele me olhou como se esperasse que eu fizesse uma promessa similar.

Nada daquilo fazia muito sentido para mim. Eu nunca tinha me interessado por ciência e tinha chorado quando precisei cortar um coelho na aula de ciências. Continuei a me perguntar qual era meu propósito na vida do médico. Depois de meses de casamento, eu ainda era virgem. Toda a minha habilidade era organizar uma casa, cozinhar, cuidar do jardim, cuidar de animais, até costurar — coisas que eram vistas com desprezo ali, a meia ou camisa era logo arrancada das minhas mãos pela governanta. Às vezes, havia um jantar para os colegas do meu marido, e eu arrumava as flores na mesa, ia ao salão e colocava um vestido escuro adequado, mas, mesmo assim, eu não conhecia ninguém, e ninguém parecia muito interessado em me conhecer.

Só aos domingos os empregados tinham folga e descansavam tranquilos no chalé deles na propriedade. À tarde, meu marido ia visitar a mãe, que morava a uma certa distância de nós. No começo, eu era convidada, mas ela falava pouco inglês e não demonstrava muito interesse em mim, e eu acabei passando a ficar em casa. Gostava de ficar com a casa toda só para mim e de preparar um jantar simples de ovos mexidos e feijão, ou fazer um bolo para o meu marido quando ele voltava.

VII

Uma tarde de domingo, depois que meu marido tinha ligado para dizer que a mãe dele não estava bem e que ele ficaria com ela para o jantar, descobri o motivo para ele ter se casado comigo — uma mulher de certa idade, saudável, respeitável, de aparência razoável, pouco exigente e pobre — e por que ele nunca tinha se dado ao trabalho de ter nenhuma além das mais distantes relações comigo. Ele tinha encontrado outras fontes de satisfação, uma tão perfeita que não precisava de outra, uma fonte que talvez ele tivesse providenciado para si mesmo bem debaixo do próprio teto e que encontrei sem querer atrás dos livros no andar de cima.

Eu estava procurando algo mais divertido para ler. Talvez porque Ingrid tinha dito para eu não subir na sacada da biblioteca dele, foi para lá que segui. Ao me encostar em uma parede de livros para ajustar a tira da minha sandália, quase caí quando uma porta secreta atrás dos livros se abriu de repente, me permitindo entrar em uma sala escura nos beirais.

Olhei para a sala com o teto inclinado de sapê com vigas de madeira e uma janelinha. Pude identificar uma cama encostada na parede e uma mesa redonda de madeira no canto com um objeto em cima. De primeira pareceu, com a cortina fechada por causa do sol, que alguém estava deitado na cama debaixo da parede inclinada. Uma mulher, pensei, estava reclinada, a cabeça em uma das mãos, tentando espiar pela abertura na cortina, os cachos pretos densos ondulando pelas costas nuas bonitas. Eu só via o cabelo, as costas, as nádegas firmes, a parte de trás de pernas torneadas e a sola de pés cruzados. Por um momento, acreditei que tinha encontrado uma mulher nua em perfeita forma, uma das pacientes do meu marido, talvez uma pessoa louca, que ele tinha precisado trancar ali por algum motivo, alguém que desejava fugir. Talvez eu estivesse pensando na esposa em *Jane Eyre*, de Charlotte Brontë.

"Ah, me desculpe!", afirmei, e estava prestes a recuar, quase fechando a porta, as mãos tremendo, mas algo na total imobilidade da figura me fez andar nas pontas dos pés para o espaço escondido, abrir a cortina e tocar no ombro dela.

Então descobri que não era mulher nem homem, nem mesmo animal ou vegetal, nem nada humano, mas uma boneca artificial, uma espécie de manequim, composta de material emborrachado que tinha a aparência de pele pálida com um brilho que parecia vir de dentro. Quando a virei, vi na mesma hora um rosto lindo com olhos grandes e escuros que pareciam olhar para mim de forma profunda, um nariz meio comprido e lábios carnudos, seios bem formados, quadris generosos e, debaixo do pelo claro, os grandes lábios. A única coisa que parecia deslocada era um fio elétrico fino que saía da parte de trás da cabeça e seguia até um pequeno computador na mesa.

Depois de mexer um pouco, consegui ligar a máquina. Havia um menu onde entendi que podia colocar comandos por voz ou, se eu preferisse, digitando direto em "Sydney", que aparentemente era o nome dela.

Havia opções diferentes: modo masculino; modo feminino; e uma coisa chamada híbrida. Curiosa para ver mais, eu logo escolhi o masculino e vi fascinada os seios parecerem derreter devagar, os ombros incharem, os quadris se estreitarem e as coxas se engrossarem e alongarem. Os lábios penderam, ficaram enrugados, e entre eles o clitóris inchou até se tornar um pênis bem formado. Até o cabelo escuro pareceu mais curto e um tanto mais leve, e o rosto também, claro, mudou, a pele ficando um pouco mais escura — café com leite, com um leve sinal de bigode no lábio superior e uma cobertura suave de pelos nas bochechas. Um pomo-de-adão surgiu no que era agora o pescoço, movendo-se para cima e para baixo. Mas os olhos continuaram escuros e expressivos como antes, ainda cheios de solidão e saudade. Pareciam dizer *Estou tão feliz que você me encontrou aqui. Agora, me ajude!*

O que eu deveria fazer? Olhei para a tela e vi que o menu agora oferecia outras opções. Havia várias novas possibilidades no modo masculino, uma delas era uma ereção que poderia vir seguida, caso desejado, por coito. Olhei para Sydney, que parecia sorrir em um convite para mim, os lábios meio entreabertos, os olhos cheios de carinho e desejo. Achei ter ouvido no silêncio da tarde um breve suspiro solitário — se bem que podia ter sido meu. Havia tanto tempo que ninguém me abraçava. Ninguém tinha feito isso desde que minha mãe morrera.

Depois de um momento de hesitação, escolhi o comando do coito. Sydney se levantou devagar. Ele devia ter algum tipo de esqueleto rudimentar, talvez feito de ossos de baleia, com uma coluna para sustentá-lo e dar-lhe uma pélvis firme e um crânio. De pé, ele era mais alto do que eu, mas a expressão era sempre a mesma, os olhos sem piscar, cheios de compreensão, empatia e prazer com a minha presença, ou ao menos era o que parecia. Os lábios se abriram um pouquinho, em convite. Ele até tinha uma sarda ou pinta pequena e brilhante que parecia uma lantejoula na bochecha esquerda, o que me agradou.

Ele avançou aos poucos, quase com timidez, andando com passos pequenos e regulares na parte anterior dos pés. Pegou-me com firmeza com os braços fortes. Com o peito encostado em mim, eu até senti um coração batendo e, mais para baixo, seu sexo inchado, me pressionando.

Tirei depressa a calcinha, subi a saia de algodão e deixei o pênis liso e firme entrar na minha carne, estocando gentilmente para a frente e para trás, enquanto ele passava as mãos com prazer pelas minhas nádegas.

O tempo todo, precisei manter meu olhar na janelinha que dava vista para a entrada de carros com a viela de carvalhos. A escuridão vem rápido em Joanesburgo. Eu estava olhando agora para a noite folhosa para ver se meu marido vinha pelo caminho, chegando em casa. Na hora que eu senti estar mergulhando profundo em uma piscina quente de alegria e soltando um gritinho de prazer, vi as luzes do Jaguar branco cortando a escuridão. E aí, como dizem nos livros, eu não soube de mais nada. Aquele primeiro e, lamento dizer, único orgasmo foi tão extremo que gerou perda total de consciência.

VIII

Quando acordei, estava deitada na minha cama, no meu quarto. Só o abajur da mesinha de cabeceira estava iluminado, e eu mal conseguia identificar as duas formas escuras, uma atrás da outra, emergindo na luz fraca, parando ao meu lado. Ingrid e meu marido, percebi, estavam curvados sobre mim. Tive a impressão distinta de que estavam rindo de mim, os dentes amarelados brilhando. Ou estavam rindo de mim antes, mas agora só sorriam.

Como tinham me encontrado? O que tinha acontecido a Sydney? Quanto tempo eu tinha ficado inconsciente? Esses foram meus primeiros pensamentos ao despertar. "O que houve?", perguntei a eles, meu coração batendo como louco: rápido e depois devagar.

"Acredito que você devia estar procurando um *livro* na sacada", afirmou meu marido, só com um toque de ironia, ainda sorrindo para mim.

"Talvez não tenha sido uma boa ideia", comentou Ingrid de maneira suave, ajeitando as cobertas e me olhando com severidade.

"Você parece ter desmaiado", contou meu marido.

Eu só conseguia olhar para ele. Queria lhe perguntar: o que aconteceu com Sydney?

"Você precisa descansar agora", determinou meu marido. "Ingrid vai trazer sopa."

"Eu não estou com fome", respondi. O quarto girava em volta de mim e fui tomada de náusea.

"Ah, mas você precisa comer. É necessário, minha querida", declarou meu marido.

"É mesmo", reforçou Ingrid com rigor.

IX

Por vários dias, fiquei confinada ao meu quarto, inerte, indefesa, totalmente desolada, mal conseguindo cambalear até o banheiro. À noite, eu ficava acordada, ou, se dormia, era um sono leve e inquieto, e acordava cedinho, cheia de náusea, com bile subindo até a boca, e precisava correr até o banheiro para chegar à privada a tempo, com suor no corpo todo. Eu vomitei de forma tão contínua e fiquei incontinente de maneira tão repulsiva que me vi obrigada a deitar no ladrilho frio do banheiro para ficar perto da privada, para poder me aliviar repetidas vezes. Um líquido amarelo saía de todos os meus orifícios. Havia um gosto horrível na minha boca e minhas gengivas ficaram pretas. Era como se meu corpo estivesse em revolta, tentando se livrar a qualquer custo do que estava dentro de mim. Eu estava ficando cada vez mais fraca, apesar dos esforços de Ingrid para me alimentar. Ela me levou uma espécie de mingau cinza grosso que colocou na minha boca às colheradas, mas aquilo só fez minha náusea aumentar. Meu estômago se rebelou e se recusava a aceitar alimentos. De fato, eu não comia quase nada, só a visão ou menção de comida me deixava enjoada. Minha cabeça doía e quando eu tentava levantá-la ficava tomada de uma tontura extrema, com um zumbido nos meus ouvidos. Meus olhos ficavam úmidos, eu mal conseguia enxergar.

Ao escrever agora, o horror volta de forma tão clara. Era como se todo o quarto agradável e o belo jardim que ficava lá fora tivessem sido transformados em um local de morte. Todos os sons do jardim — o canto das pombas, os gritos dos corvos, o chilreio dos estorninhos, a brisa suave balançando as folhas dos carvalhos velhos — foram sufocados. Dia após dia, o sol branco brilhava sem parar, sem piedade, me parecia, o céu de um azul quase transparente, e na minha mente de novo e de novo Sydney vinha até mim, alto, lindo, os braços esticados para mim com desejo.

Quanto tempo eu fiquei com ele? Quanto tempo meu prazer tinha durado? Quanto tempo permaneci inconsciente? O que havia acontecido com Sydney agora? Por que eu estava tão doente? Eu desejava descer a escada e subir até o quartinho atrás dos livros, mas mal conseguia me mover do chão do banheiro, onde passei a maior parte do dia deitada com impotência, tomada de uma solidão como nunca senti na vida.

Eu sempre vivi cercada de pessoas: primeiro na minha casa, com minha amada mãe e meu amado pai, depois no colégio interno, onde dormíamos em alojamentos compridos e comíamos em mesas longas de dez ou doze garotas tagarelas. Depois, como jovem mulher, eu tinha passado meus dias com meu pai e minha avó e todos os animais da fazenda: cavalos, cachorros, galinhas, até os porcos. Agora, não havia ninguém. Não havia nada além do medo de estar morrendo, da vida estar escapando de mim.

Meu marido, é verdade, me visitava todas as manhãs e todas as noites, mas de alguma forma essas breves visitas aumentavam meu pânico. Ele vinha com algum comentário alegre sobre o tempo: o sol, ou a brisa agradável, ou o céu azul. Trazia um termômetro em um copo de Dettol para a minha mesa de cabeceira, o sacudia com um movimento habilidoso do pulso estreito e o enfiava embaixo da minha língua. Em seguida, olhava o relógio e sentia minha pulsação. Depois de três minutos tirava o termômetro e olhava para ele com um sorrisinho satisfeito. Colocava compressas frias na minha testa febril, afofava meus travesseiros e até perguntava como eu me sentia. "Um pouco melhor esta manhã?", ele questionava, a voz subia com otimismo. Ele tinha uma voz melíflua, mas as declarações sempre alegres, em evidente ignorância de minha extrema consternação, só pioravam tudo.

Uma manhã, quando estava me sentindo muito fraca e doente, perguntei se não seria possível que eu fosse a um médico. Ele pareceu surpreso pelo pedido e sorriu. "Mas nós temos um médico em casa, minha querida, não temos? Nós achamos que precisamos de mais alguém?", perguntou ele, como se eu fosse uma criancinha ou uma idiota.

Eu não sabia o que dizer exceto que me sentia cada vez pior, que estava com medo de morrer. Eu não conseguia comer nada, passava os dias vomitando, um líquido amarelo horrendo saía de mim.

"Nós vamos cuidar de você", assegurou ele com gentileza, e acrescentou: "Você é muito importante para nós. Ainda mais agora... Além do mais", continuou ele com a segurança habitual, se virando de lado para mim, indo em direção da porta, "não é necessário chamar um médico. Seus sintomas são óbvios, não são?".

"Como assim?", perguntei.

"Desmaios? Náusea? Você ficou menstruada?"

Eu o encarei com bile subindo da boca. "Mas como eu poderia estar grávida?"

Ele suspirou. "Acho que você sabe a resposta tão bem quanto eu, embora seja melhor para o seu bem guardar segredo."

"E mesmo que eu *esteja* grávida, por que eu ficaria tão doente desta forma, de repente e de um jeito tão terrível?".

Ele sorriu e afirmou com calma: "Coito entre as diferentes espécies pode já ter sido possível; a mosca e a flor talvez tenham produzido a borboleta, o atum e a vaca podem ter gerado o golfinho, morcegos podem ter nascido do acasalamento de uma coruja com um rato. Talvez o animado e o inanimado sejam uma combinação particularmente fecunda. Há mais coisas, minha querida, entre o céu e a terra do que sonha nossa vã filosofia". Ele deu as costas para mim e saiu do quarto.

Lembrei de quando meu pai tinha me explicado que, na natureza, espécies diferentes não podem acasalar, que o burro e o cavalo só conseguem produzir uma mula estéril. De que forma um manequim e uma humana seriam capazes de gerar uma criança? Não era contra a natureza? O esperma do médico tinha sido transmitido pelo manequim? Eu era a barriga emprestada que carregava o filho do doutor com Sydney? Qual era meu papel ali?

O que quer que fosse, me encheu de pânico, ciente de que eu talvez tivesse entrado sem querer em uma armadilha. Tudo aquilo teria sido planejado desde o começo? O que eu poderia fazer? Pensei em escrever para o meu pai ou até para minha avó, ou em telefonar para eles, mas o que eu poderia dizer? Contar que estava grávida e ouvir os parabéns deles? Pensei na minha avó dizendo, rindo: "Não volte sem um pãozinho no forno". E se eu voltasse com um boneco? Um brinquedo? Um manequim? Com uma criatura meio artificial no forno?

X

Naquela noite, deitada com as cortinas abertas, com o luar inundando meu quarto, fiquei determinada a descer a escada e voltar para a sacada, mesmo que fosse de quatro. Eu precisava ver Sydney, me assegurar da existência do manequim, da minha mente racional. Lembrei a mim mesma da minha vida ativa e dura na fazenda de caça, da minha capacidade de nadar, cavalgar e cavar na terra.

Eu me arrastei para fora da cama. À luz do luar, tive um vislumbre de mim mesma no espelho no canto do quarto. Com minha camisola clara, manchada de amarelo, meu cabelo embaraçado em volta do rosto pálido e morto, eu parecia um espectro de mim mesma. *Coragem!*, falei, como minha mãe tinha me dito uma vez, com as mãos nos meus ombros, de pé na plataforma antes de eu pegar o trem aos 7 anos, quando fui enviada sozinha pela primeira vez em uma viagem que levou uma noite e dois dias para chegar ao meu colégio interno.

Agora, eu me arrastei devagar pela escada no escuro. Encontrei o caminho, os braços esticados à frente do corpo, e entrei no escritório do meu marido. Lá, acendi um abajur na escrivaninha, subi até a sacada e pressionei os livros como tinha feito antes, mas nada aconteceu. Tentei de novo e de novo, meu coração batia enlouquecido, a náusea surgindo em ondas. Teria eu, com minha carência e solidão, inventado Sydney? Não havia quarto debaixo do telhado? Mas parecia que eu ouvia baixinho, ao longe, gritos sofridos.

"Ah, Sydney, estou aqui!", falei antes de recuar pela escada, com lágrimas descendo pelo rosto, a náusea subindo pela garganta e meu estômago se contraindo.

Voltei para a cama e fiquei lá deitada, mergulhada em desespero.

XI

Aí, pensei na minha antiga amiga da escola, Pippa, e a pergunta dela naquele dia no almoço. Decidi telefonar para ela, pedir que ela fosse à nossa casa, se fosse possível. Eu teria que avisar meu marido.

Para minha surpresa, quando fiz a sugestão na manhã seguinte, durante a visita dele, ele pareceu gostar. "Boa ideia", incentivou ele, e me encorajou a me levantar e fazer a ligação e até se ofereceu para me levar a um restaurante, onde poderíamos nos encontrar. "Seria bom para você se levantar e sair, andar um pouco. Aparecer na cidade. Você não pode ficar aqui deitada para sempre. Vou mandar Ingrid para te ajudar."

Consegui tomar banho e me vestir com ajuda de Ingrid. Ela encheu a banheira de água morna, lavou cada parte do meu corpo magro e me ajudou a me secar. Colocou um vestido limpo pela minha cabeça, vestiu uma meia-calça e botou sapatos nos meus pés; penteou meu cabelo embaraçado e até passou gloss nos meus lábios. Com auxílio do meu marido, desci a escada. Ele me colocou ao lado dele no carro e dirigiu depressa até a cidade. Deixou-me no restaurante onde eu me encontraria com Pippa, um lugarzinho agradável com um pátio externo, palmeiras. Meu marido prometeu voltar logo para me buscar. Andei devagar para o pátio, me apoiando nos encostos de cadeiras no caminho. A sensação do ar no meu rosto foi boa; eu inspirei fundo, e minha coragem voltou quando vi Pippa sentada a uma mesa distante perto das palmeiras, o rosto rosado e redondo virado para mim, me vendo avançar.

Ela se levantou e veio até mim, segurou meu braço. "Pelos céus, qual é o problema?", perguntou ela quando me sentei na cadeira em frente à dela.

"*Comigo*?", perguntei.

"Você está pálida como um fantasma."

Eu empurrei o cardápio para longe e segurei a mão dela. "Você veio almoçar comigo, mas não posso comer."

"Aconteceu alguma coisa?", perguntou ela.

"Eu andei doente... Ainda estou doente. Mas eu tinha que ver você." Eu agarrei a mão dela com força.

"O que posso fazer por você? Quer que eu te leve pra minha casa?"

"Eu queria perguntar sobre a primeira esposa do meu marido. Você disse que houve fofoca."

"Presumo que seu marido nunca falou dela a você?"

Eu assenti. "Nem uma palavra. Quem era ela? De onde veio?"

"Da Itália, eu acho. Ela não falava inglês direito. Eu a conheci de maneira breve em um coquetel. Era jovem, muito bonita. Lembro que ela estava usando uns brincos compridos e pendurados de pérola que ela sacudia para frente e para trás quando ria."

"O que aconteceu com ela?"

"Dizem que o doutor a usou em algum tipo de experimento..."

"Experimento?"

"Alguns disseram que era uma cura perigosa pra infertilidade da esposa dele."

"E a cura funcionou?", perguntei.

"Ela ficou doente, fatalmente doente..."

"Que horror! Pobre garota", falei, imaginando muito bem.

"Por que você não me deixa te levar para minha casa? Você vai ficar segura comigo. Eu cuido de você. Não consigo suportar te ver assim."

Recusei. Não havia lugar seguro para mim agora. Se o doutor estava trabalhando em um problema de infertilidade, desta vez tinha tido sucesso. Eu já sentia algo se movendo dentro de mim: um pé, mãos, uma cabeça? A coisa viva, fosse qual fosse a forma de vida, mesmo que meu corpo a tivesse rejeitado no começo, estava agora enraizada com firmeza dentro de mim.

Além do mais, ao olhar ao redor, vi meu marido andando pelo pátio. "Ele está aqui", avisei.

XII

Com o passar dos dias, ganhei força aos poucos. Meu marido estava surpreendentemente afetuoso, atencioso e atendia a meus menores caprichos. Brincava comigo de um jeito novo e divertido e me levava presentinhos: bombons, broches, fitas para o meu cabelo. Ele me encorajou a andar com ele no jardim nas noites frescas, conversando comigo o tempo todo. Sabia os nomes dos pássaros e das árvores, os nomes latinos das flores. Ele me disse que a palavra *delfínio* vinha de *dolphin*, a palavra grega que significa golfinho. Mostrou as constelações que iluminavam o céu do hemisfério sul de maneira tão intensa. Eu até voltei a nadar, flutuar de costas, com a barriga inchando acima de mim.

Minha náusea diminuiu e comecei a recuperar o peso perdido. De fato, desenvolvi um apetite quase insaciável. Por mais que comesse à mesa de jantar, apesar dos pratos alemães pesados de Ingrid, continuava sempre faminta. À noite, eu me levantava, descia a escada e ia para a cozinha procurar algo para comer. Abria a geladeira e roubava o que encontrasse. Eu comia o *wurst* de Ingrid, engolia os *schnitzels*, devorava fatias grandes de strudel de maçã, engolia tijolos de pão preto coberto de queijo grosso. Enfiava a comida na boca com pressa, como um animal selvagem passando fome. Bebia copos grandes de cerveja ou virava taças de *schnapps*. Só com bastante comida dentro de mim eu conseguia voltar a dormir.

Como falei, meu marido sempre tinha sido generoso com a minha mesada, a qual ele aumentara e que eu gastava mais livremente. "Seu gosto melhorou, minha querida", elogiou ele ao me ver com meus vestidos coloridos e largos. Cortei o cabelo curto e fiz luzes louras; pintava as unhas de rosa-choque; passava batom nos lábios; fazia massagens e tratamentos no rosto em um spa em Rosebank.

"Você está radiante, minha querida", exaltou meu marido. Era verdade. Quando eu me olhava no espelho, via minha pele brilhando com uma luz interna a qual me lembrava a de Sydney. Parecia quase transparente, minhas bochechas arredondadas, amanteigadas e um pouquinho sardentas.

Nossos jantares agora eram bem frequentados. Os notáveis nos mundos literário e médico queriam nossos convites. Eu recebia elogios dos convidados, embora muitas vezes pedisse licença antes do final, alegando fadiga.

Eu era um bem valioso do ponto de vista do meu marido de várias formas, eu percebia. O sucesso dele como médico na cidade ficou mais notório. O investimento dele em uma esposa decorativa, agora obviamente grávida, estava compensando. Até Pippa, quando me visitava, me dizia que eu estava com ótima aparência. "Vocês dois estão bem; estão quase parecidos", observou ela ao olhar minhas luzes louras e o cabelo branco do meu marido.

E o tempo todo eu sentia a prole crescendo e se mexendo com inquietação dentro de mim: mãos, pés e, ao que parecia, cabeças, bocas ávidas — de qualquer modo, uma criatura glutona, nunca satisfeita. Eu tinha ouvido a expressão "comer por dois"; parecia que eu estava alimentando um pequeno exército.

Com o passar dos dias, passei a pensar com cada vez mais medo no parto, no que poderia vir depois e no que aconteceria comigo.

XIII

No jantar uma noite, quando eu estava tomando um segundo copo de cerveja, meu marido esticou a mão com um gesto afetuoso para limpar a espuma do meu lábio superior com o guardanapo. Eu perguntei quem me ajudaria no parto e se o hospital da cidade tinha sido avisado.

"Acho que isso não vai ser necessário", assegurou ele.

Eu só olhei para ele, tentando adivinhar as intenções. O que ele pretendia fazer com essa prole, fosse de Sydney ou dele? O que pretendia fazer comigo quando o propósito fosse cumprido, ao final da gestação? Eu então me tornaria irrelevante, uma testemunha desnecessária?

Foi nessa hora que elaborei meu plano.

Eu tinha auxiliado o parto de vários animais na fazenda de caça. O nascimento, assim como a morte, disse para mim mesma, era um processo natural. No melhor dos casos, acontecia sem muita dor. Muitas mulheres tinham passado por ele sem ajuda, eu sabia, apenas indo sozinhas para o mato e voltando com uma criança no seio. Lembrei-me de um potro que nasceu de uma das nossas éguas. O animalzinho tinha cambaleado e ficado de pé e a mãe o tinha lambido com amor. Pensei em quando a minha mãe me contou que o parto é de fato doloroso, mas que a natureza faz seu trabalho direito e a dor logo é esquecida quando a criança chega. Decidi fazer isso sozinha, sem meu marido, e levar nosso bebê para Sydney. Seria meu presente.

No começo, tudo foi como planejado. Tive sorte de o trabalho de parto ter começado ao romper da madrugada, bem depois da meia-noite, quando estava sozinha no meu quarto escuro e a casa silenciosa. Eu nem acendi o abajur ao lado da cama nem gritei nos momentos mais dolorosos.

Eu sempre tinha lido que é um processo longo e arrastado, ainda mais no caso de um primeiro filho, às vezes durando dias, as contrações suaves e espaçadas no começo, e só ficando próximas perto do fim. No meu caso, o trabalho de parto foi curto e particularmente brutal, como se o bebê estivesse com muita pressa de chegar à vida. Desde o começo, as dores vieram velozes e em fúria.

Mas não posso chamar de processo *natural*: houve tanta pressa, uma busca louca, uma espécie de competição por ar, espaço e vida. Lembro-me de pensar nos piores momentos *Não ligo para o que seja isso — uma vaca, um golfinho, um morcego —, só quero que acabe logo*. A criatura rasgou meu corpo, as contrações vieram como uma onda quebrando, uma logo depois da outra. Pensei no que a minha mãe tinha dito sobre o parto e não consegui imaginar que eu esqueceria aquela dor. De fato, lembro-me com precisão daquelas horas escuras, cada contração clara em minha mente.

O que eu não consigo contar é o que vi quando a criatura saiu. Meus olhos estavam turvos na pouca luz do amanhecer e eu virei o olhar ligeiro em horror, só limpei o sangue e cortei logo o cordão umbilical, ansiosa para me livrar daquele estorvo. Camuflei-o da melhor forma que pude no cobertor e o cobri com o que tinha preparado para aquele propósito, ciente pelo movimento de que ainda estava vivo.

Fraca como estava, desci a escada cambaleante com meu fardo pesado. Disso ainda me lembro bem, do peso nos meus braços. O bebê devia pesar mais de 4,5 quilos. Eu tinha um propósito em mente: chegar a Sydney.

Já amanhecia, o céu se iluminava. Pelas janelas abertas, o som do canto de pássaros se espalhou pelo ar; os aromas doces do jardim chegaram a mim. Passei pelo escritório do meu marido e, ofegante e suando, subi os degraus até a sacada devagar, com os joelhos bambos, as coxas tremendo de fraqueza com o peso. Desta vez, a porta atrás dos livros já estava aberta. Parei lá, exausta, encostada nos livros, quase sem conseguir segurar a criatura nos meus braços, prestando atenção.

Eu ouvia a voz do meu marido, uma voz tão suave, carinhosa, falando em tons amorosos que eu nunca tinha ouvido: "Não vai demorar agora, meu bem. Prometo que desta vez você vai ter seu bebê. Você vai ter sua companhia pelo resto dos seus dias. Não vai mais ficar só, você tem minha palavra".

Mesmo em um momento assim, cansada e sobrecarregada como eu estava, não pude deixar de pensar com tristeza que meu marido nunca falou comigo daquele jeito; ele nunca amou ninguém tanto quanto aquele ser que ele mesmo criara.

Nesse momento, para minha surpresa, e devo admitir que com certa irritação, ouvi a voz de Sydney pela primeira e última vez. "Mestre", disse ela, "eu acredito em você. Eu sei como você é brilhante e o quanto se esforçou."

Hesitei por um momento antes de entrar no quarto, mas, fraca como estava, não tinha mais escolha. Com a cabeça girando, os joelhos cedendo, só pude cambalear para o quartinho em que tinha encontrado tanto prazer.

A cortina estava aberta e a luz intensa enchia o quarto. Sydney, como se soubesse de minha chegada, estava esperando no modo feminino, sentada na cama, com o lindo cabelo escuro solto em volta dos ombros expostos, um lençol branco puxado sobre o corpo. Nas sombras no canto, sentado em um banco na frente do computador iluminado, meu marido me esperava.

"Aqui está você", exclamei, colocando a criança ao lado de Sydney na cama, o olhar grudado em mim.

Ela olhou para a criança, mas reagiu como eu na mesma hora, desviando o olhar com horror, esticando os braços na minha direção. "Ah! Não!", espantou-se ela.

Eu desmoronei ao lado dela. Sydney me abraçou. Fiz carinho no cabelo macio e beijei os lábios dela. Havia lágrimas em seus olhos, nas bochechas. "Sinto muito", afirmou ela.

Meu marido se levantou e chegou mais perto, observou a criança com repulsa. Ele olhou para mim e disse: "Foi isso que você produziu?". Eu assenti com tristeza. Ele soltou um grito de dor. "Eu falhei de novo", berrou ele como louco. "Todos os meus esforços, conhecimentos e habilidades não geraram nada além de sofrimento no final!" Ele ergueu a mão como se fosse me bater, mas acabou caindo de joelhos.

Meu marido estava em um desespero tão indescritível que, apesar dos feitos desesperados dele, não senti nada além de pena dele naquele momento. Percebi que aquele homem, que sempre parecera tão composto, tão distante, tão frio, era capaz de emoções extremas. Esse ato, a criação de uma nova vida para Sydney, era mais importante do que a dele. Ele segurou a cabeça com as mãos, os olhos cheios de lágrimas. Gritou comigo: "Eu tinha medo de algo assim! Isso já chega! É o fim!". Ele se levantou, se virou de costas para mim, Sydney e o bebê, e foi até o computador para desligá-lo com um clique forte de teclas.

O corpo todo de Sydney desmoronou na cama, a cabeça nos joelhos, ficando pálida. O manequim quase parecia rezar por misericórdia.

O doutor puxou com violência o fio na parte de trás da cabeça curvada de Sydney. Em seguida, levantou a cabeça pelo cabelo e a inclinou para trás com tanta brutalidade que os ossos da coluna pareceram estalar. Uma fagulha de eletricidade percorreu o corpo de Sydney, iluminando a figura de cera da cabeça aos pés.

"Não! Não!", adverti, tentando esticar os braços para proteger Sydney, o bebê, impedir meu marido... Mas era tarde demais. Eu só podia olhar com horror os lábios que eu tinha acabado de beijar com tanta saudade começarem a se retorcer e derreter, as bochechas escurecerem e afundarem, e a brancura dos ossos embaixo ficarem expostas por chamas tremeluzentes. O corpo todo de Sydney se acendeu, atingido por um raio como uma árvore ou uma casa em uma tempestade violenta nos campos do meu Zimbábue nativo.

"Saia daqui! Vá para longe de mim! Saia da minha casa!", gritou meu marido, me empurrando para fora do quarto, fechando a porta na minha cara, mas não antes de eu ter um vislumbre da criança — aqui eu não tenho certeza do que vi, mas me pareceu um garotinho, com a cabeça enorme caída para trás, o rasgo da boca aberto em um choro silencioso, a pele brilhante com pequenas escamas como lantejoulas, enquanto Sydney o aninhava nos braços ardentes.

Fiquei parada do lado de fora, a fumaça saía pela sacada. Desci a escada meio trôpega e saí pela porta dos fundos que levava ao jardim. Virei-me e vi a casa inteira ser tomada de chamas. O incêndio foi acompanhado de uma explosão terrível que só pude imaginar ser Sydney, seu coração batendo loucamente e pegando fogo. Cambaleei até o chalé no jardim para suplicar pela ajuda de Ingrid e Johann, mas era tarde demais. A palha e a madeira, os livros, os móveis finos, os tapetes persas, as flores nos vasos, todo o refinamento da casa grandiosa, assim como meu marido com toda a erudição dele, o conhecimento do corpo humano, da mente humana e do coração humano, da arte e da música, já estavam destruídos, levados pelas chamas, transformados em cinzas. Quando o corpo de bombeiros chegou, não havia mais nada, nem meu marido, Sydney e o bebê estranho coberto de escamas, além de todos os nossos sonhos.

XIV

Fiquei sangrando por várias noites e dias no sofá do chalé. Depois de um tempo, o casal chamou um médico da região, que me examinou e disse que eu me recuperaria, mas jamais teria outro filho. Em pouco tempo, com cuidados atenciosos, fiquei forte o suficiente para me levantar. Ingrid me deu uma muda de roupas, um vestido preto e um cardigã — estávamos em agosto e o ar ficava frio em Joanesburgo de manhã cedo.

Liguei para o meu pai e falei que gostaria de ir para casa. Minha avó tinha morrido havia pouco tempo, e ele estava sozinho, relatou ele, e feliz de me ter de volta. O casal me emprestou dinheiro para a minha viagem, que eu prometi pagar de volta. Despedi-me deles e os abracei calorosamente. Eu tinha passado a apreciá-los ao longo dos meses vividos na casa, pela lealdade, tato e trabalho árduo dos dois. Nunca descobri o quanto eles sabiam sobre o tempo que meu marido passava com Sydney, nem se tinham conhecimento da existência dela, embora desconfie que soubessem e guardassem o segredo do médico melhor do que eu guardei.

Peguei o ônibus até a estação de trem, carregando só uma bolsinha, partindo com menos coisas do que eu tinha quando cheguei. Quando cheguei à estação de Harare, meu pai ficou feliz de me ver, apesar de ter me observado impressionado. "Você parece uma pessoa completamente diferente. O casamento mudou você", declarou ele.

Eu só sorri, mas pensei: *Ah! Isso foi Sydney.*

Com o dinheiro que acabei herdando do meu marido, pude aposentar a governanta e o marido dela e comprar o terreno em volta da nossa casa. Mandei derrubar a construção antiga e construir um lugar mais adequado para nós, com um escritório grande que enchi de livros. Até mandei fazer uma sacada com uma porta secreta que se abria por trás dos livros, dando para um quartinho debaixo do telhado. Contratei trabalhadores da região para cuidar da propriedade, comprei um computador pela primeira vez na vida e, ao me sentar à janela com vista para as colinas azuis, comecei a escrever este relato, com o som do rio correndo e os gritos das cigarras, agora parte da minha imaginação. Isto, como relatei no começo, apesar de revelar o segredo do meu marido, me permitiu manter a vida de Sydney nas páginas e no meu coração, e — quem sabe? —, quando eu tiver feito algumas pesquisas sobre o assunto, e talvez com a ajuda dos meus leitores, um avatar de Sydney possa em breve aparecer no quartinho atrás dos livros.

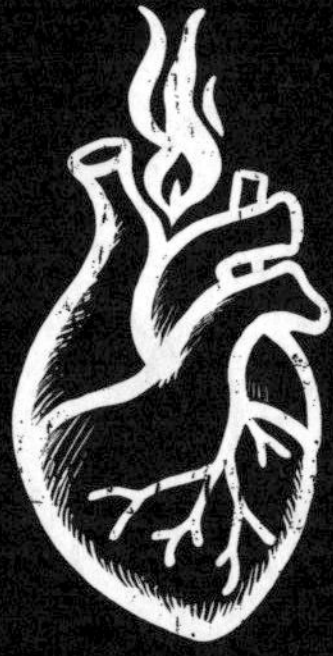

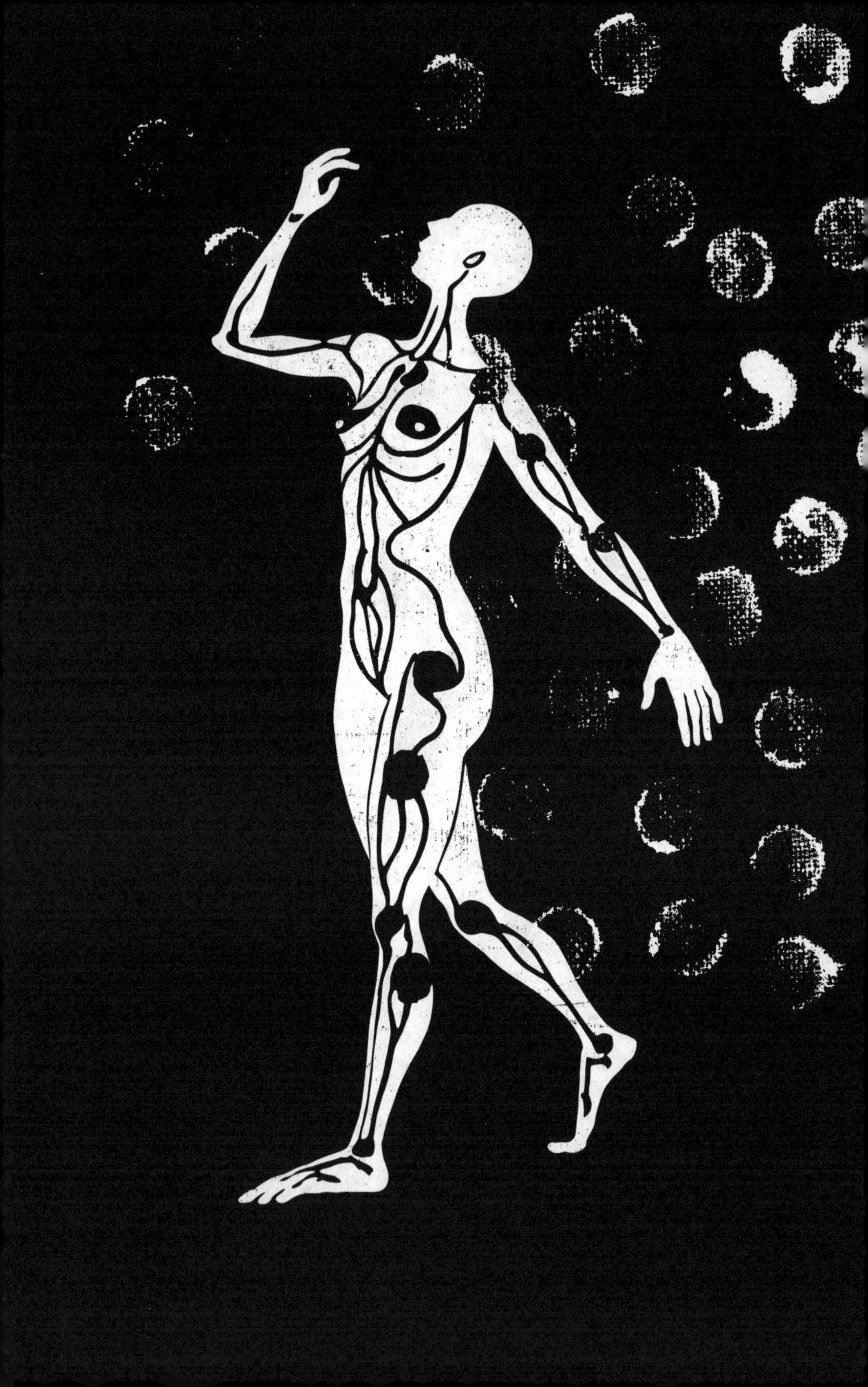

BIOGRAFIAS

AIMEE BENDER (p. 23) é autora de seis livros de ficção, inclusive o best-seller *A Peculiar Tristeza Guardada num Bolo de Limão* e *The Color Master*, Notable Book do *New York Times*. Seu trabalho já foi traduzido para dezesseis idiomas e ela leciona escrita criativa na Universidade do Sul da Califórnia.

AIMEE LABRIE (p. 141) teve contos publicados em *Minnesota Review*, *Iron Horse Literary Review*, *StoryQuarterly*, *Cimarron Review*, *Pleiades*, *Beloit Fiction Journal*, *Permafrost Magazine* e outras publicações. Em 2007, sua coleção de contos *Wonderful Girl* recebeu o prêmio Katherine Anne Porter de ficção curta. Seus contos foram indicados três vezes para o prêmio Pushcart. Ela trabalha como coordenadora sênior de programas e instrutora na Writers House da Universidade Rutgers.

CASSANDRA KHAW (p. 177) é escritore premiade de jogos. O livro *Nothing but Blackened Teeth* foi finalista dos prêmios British Fantasy, World Fantasy, Shirley Jackson e Bram Stoker Award. Publicou ainda a antologia *Breakable Things*, a novela *The Salt Grows Heavy* e o terror urbano *The Dead Take the A Train*, junto a Richard Kadrey.

ELIZABETH HAND (p. 201) é autora de vinte romances premiados e de cinco coleções de contos. É antiga contribuidora de críticas de livros e ensaios do *Washington Post*, dentre várias outras publicações. *A Haunting on the Hill*, uma sequência para o clássico de Shirley Jackson, *A assombração da Casa da Colina*, foi publicada em 2023. Também escreveu a novelização do clássico de ficção científica *Doze Macacos*. Hand dá aula de escrita criativa no programa Stonecoast MFA e divide seu tempo entre a costa do Maine e o norte de Londres.

JOANNA MARGARET (p. 67) tem PhD em história pela Universidade de St. Andrews, um Master of Fine Arts em escrita criativa pela NYU e um bacharelado em francês e história pela Universidade Columbia. Já deu aula de história na Universidade de St. Andrews e na Universidade de Dundee. É autora do romance *The Bequest*. Mora e escreve em Nova York.

LISA LIM (p. 83) é autora de quadrinhos nascida e criada no Queens, Nova York. Seu trabalho já foi publicado em *Guernica*, *PANK*, *The Rumpus*, *PEN America* e *Mutha Magazine*. Saiba mais sobre suas histórias em lisalimcomics.com

LISA TUTTLE (p. 119) começou a escrever de maneira profissional nos anos 1970. Apesar de também escrever romances e não ficção, tem preferência pelo conto bizarro. *The Dead Hours of Night* é sua coleção mais recente. Nascida e criada no Texas, mora na Escócia há muitos anos.

MARGARET ATWOOD (p. 103) é autora de mais de cinquenta livros de ficção, poesia e ensaios críticos. Seu clássico de 1985, *O Conto da Aia*, teve uma sequência em 2019, *Os Testamentos*, campeão de vendas no mundo todo e vencedor do Booker Prize. Em 2020, publicou *Poemas Tardios*, sua primeira coleção de poesias em uma década, seguida em 2022 de *Burning Questions*, uma seleção de ensaios de 2004 a 2021. Mora em Toronto, no Canadá.

MEGAN ABBOTT (p. 49) é vencedora do prêmio Edgar, autora de dez livros policiais, incluindo *You Will Know Me*, *Give Me Your Hand*, o best-seller do *New York Times*, *The Turnout*, e, mais recentemente, *Beware the Woman*. Também escreve para a televisão, inclusive *Não Provoque*, série adaptada por ela do próprio livro, disponível na Netflix.

RAVEN LEILANI (p. 165) é uma das "5 com menos de 35" homenageadas da National Book Foundation e ganhadora dos prêmios Kirkus de 2020, VCU Cabell First Novelist, John Leonard da NBCC, Dylan Thomas, Clark Fiction e Center for Fiction's First Novel. Leciona na NYU. *Luxúria* é seu primeiro romance.

SHEILA KOHLER (p. 237) é autora de onze romances, três coleções de contos e do livro de memórias *Once We Were Sisters*. Seu trabalho foi traduzido e publicado em vários países. Ela deu aula de escrita criativa na Universidade Columbia e em Princeton. Seu romance *Cracks* foi adaptado no filme *Sedução*, com Jordan Scott como diretora, Ridley Scott como produtor executivo, e Eva Green como protagonista, relançado pela Open Road em 2023.

TANANARIVE DUE (p. 37) é escritora premiada e dá aula de Horror Negro e Afrofuturismo na UCLA. É produtora executiva do documentário inovador da Shudder, *Horror Noire: A História do Horror Negro*. Ela e o marido Steven Barnes escreveram "A Small Town" para a série *The Twilight Zone*, de Jordan Peele, e a história em quadrinhos *The Keeper*, ilustrada por Marco Finnegan. Sua coleção de contos *The Wishing Pool and Other Stories* foi publicada pela Akashic Books em 2023.

VALERIE MARTIN (p. 213) é autora de onze livros, inclusive *Mary Reilly*, que ganhou o prêmio Kafka; *Property*, vencedor do Women's Prize; e, mais recentemente, *I Give It to You*; assim como de quatro coleções de contos e uma biografia de São Francisco de Assis. Ela ganhou uma bolsa da National Endowment for the Arts e uma bolsa Guggenheim. Reside em Madison, Connecticut.

YUMI DINEEN SHIROMA (p. 185) é aluna de PhD em inglês da Universidade Rutgers e estuda teorias e literaturas *queer* e pós-coloniais. Sua poesia já saiu na *BOMB*, *Hyperallergic*, *Peach Mag* e *Nat. Brut*. Mora na Filadélfia com Signora Neroni, a gata.

JOYCE CAROL OATES (organização e p. 193) é autora de várias obras de ficção, poesia e não ficção. É ganhadora do National Book Award, do PEN America's Lifetime Achievement Award, da National Humanities Medal e do World Fantasy Award. Mora em Princeton, New Jersey, e tornou-se membro da American Philosophical Society. Pela DarkSide® Books, Oates participa da antologia *Seres Mágicos e Histórias Sombrias* (2019) com o conto "Figuras Fósseis", e com a organização das brilhantes antologias *Damas Noir* (2022) e *Jardim das Bonecas* (2023), esta última com contos de sua autoria. *Em Carne Viva* é sua organização mais recente, que reinventa e subverte o body horror.

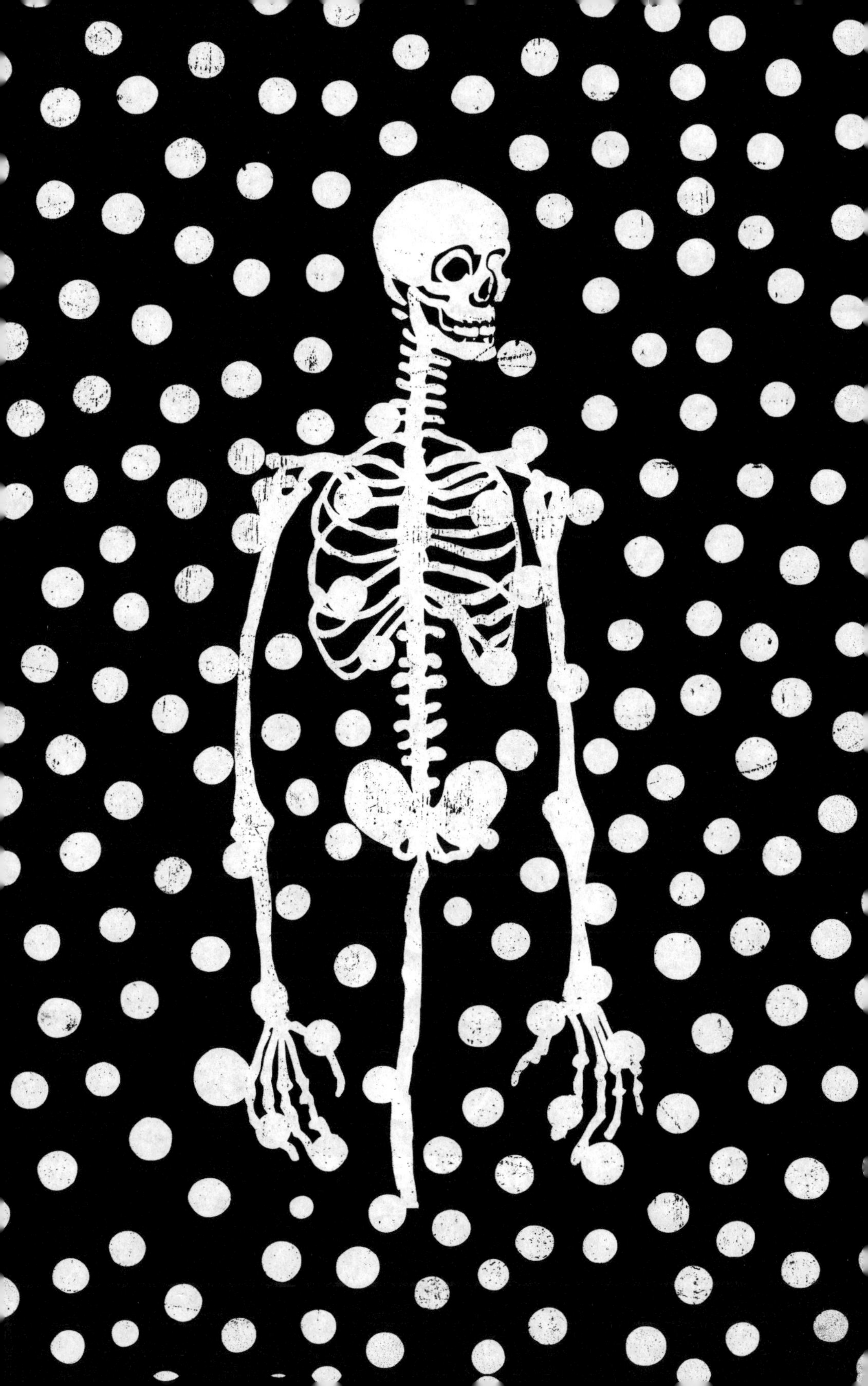

MACABRA™

DARKSIDE